L'ÎLE DES LARMES

979-10-97127-29-9.
www.editionslagrangebateliere.fr

L'ÎLE DES LARMES

Roman

Laurence Hubert-Souillot

La Grange Batelière

À ma petite Suzanne,
pour quand elle sera grande.

À la mémoire de Léon et Ida Brocard
et de Lucia Hubert.

Il regarda longtemps les rives qui moururent
Seuls des bateaux d'enfant tremblaient à l'horizon
Un tout petit bouquet flottant à l'aventure
Couvrit l'Océan d'une immense floraison

GUILLAUME APOLLINAIRE
L'Émigrant de Landor Road

PREMIÈRE PARTIE

LES MOUSSURES
(1904-1906)

1

Baptiste quitte le village des Moussures dès le lever du soleil. Taraudé par la colère et la rancune, il a mal dormi. Il compte bien, après quelques heures de marche, rejoindre l'oncle Ernest qui garde un troupeau au pic de Couret. La journée s'annonce belle, c'est toujours ça… Un vent vif pique les joues du garçon. Il allonge le pas. « Je n'en peux plus… Oncle Ernest va m'aider, c'est sûr… Lui raconter la dispute d'hier soir, les hurlements, les brimades… les coups ! Me frapper à mon âge… »

Baptiste quitte le chemin pierreux et s'engage dans un sentier étroit qui monte droit jusqu'au ciel bleu de septembre. Il laisse derrière lui les derniers jardins du village et s'enfonce dans un bois de châtaigniers, touffu et sombre. Le sol en est spongieux, et il arrache en rugissant des plaques de mousse qui tapissent les premiers rochers. L'odeur de terreau, de feuilles infusées dans les flaques imprègne l'air. Les yeux noirs du garçon scrutent les fougères à la recherche de cèpes qu'il tranche d'un coup sec de son couteau et pose ensuite délicatement dans sa besace. Ce geste machinal l'apaise un instant. Puis il traverse la clairière, cercle lumineux de gazon frais et dru. Brusquement, le sentier fait un coude vers la forêt de mélèzes. Le monde noir avant l'estive…

Quand Baptiste atteint le haut du col, la sueur glace sa nuque et poisse ses cheveux bruns. Il s'octroie une pause à l'abri d'un rocher de granite qui surplombe la vallée. Une herbe épaisse et glissante borde le précipice. C'est le gispet, aussi dangereux que la glace. Qu'une brebis s'y aventure et elle disparaît, happée par le gouffre.

Le dos appuyé à la roche, Baptiste observe entre ses pieds son village natal. Enfant, il regardait avec tendresse les toits d'ardoise luisant au soleil, les taches claires du foin dans les granges et en automne, sa saison préférée, les jardins où les vendangeuses colorent de pourpre l'or terne des maïs passés. L'oncle, d'un index patient, désignait le clocher, l'école-mairie, le lavoir, le cimetière, sa propre maison, celle de Félix Esquirol et de son fils Baptiste, entre les murettes de pierre sèche — « Par chez nous, on dit des restanques… ». Il nommait les habitants et les lieux. « Là, tu as le jardin d'Estival, l'épicier, et ses ruches, là, le café Coumes. » Et l'enfant se délectait de répéter tous ces mots qui semblaient ne dessiner qu'un village et délimitaient son royaume.

Mais l'heure n'est plus à la contemplation. Malgré l'air pur, Baptiste suffoque. Un sanglot noue sa gorge. « Non, je ne pleurerai pas… Se battre… Jamais je ne resterai un paysan. Tu entends ? Jamais ! Plutôt crever. Je serai montreur d'ours… » Et tel l'ogre de la fable, il écrase de ses souliers ferrés le toit paternel, la mosaïque serrée des jardins, se relève, fauche avec son bâton les cimes des arbres nappées de brume. Il faut savoir casser ses jouets.

Baptise se sent mieux. Déterminé. Il frotte ses mollets échauffés par la marche matinale, s'étire, suit dans le ciel sans nuage le vol circulaire et monotone d'une buse et se remet en route. À la cascade de Calie, il se désaltère et plonge son visage dans l'eau glacée. Toute sa hargne s'est évaporée. Il perçoit maintenant le bruit des sonnailles du troupeau et les aboiements de Farou, le chien de l'oncle. Il hâte le pas.

*
* *

— Content de te voir, fiston… Je savais que c'était toi, Farou a donné l'alerte. Tu as chaud ? C'est la grimpette… J'étais en train de casser la croûte, tu vas me tenir compagnie.

Baptiste s'assoit sur une pierre plate. Farou lui fait fête. C'est un grand chien des Pyrénées ; dans le poil foisonnant on a du mal à trouver les petits yeux noirs malicieux, mais son regard franc voit clair et loin. Il aime Baptiste, et plus encore la croûte épaisse de ce fromage que l'oncle coupe en carrés minutieux sur des tranches de pain noir.

— Depuis trois jours je garde le troupeau de Camus. Son ancienne blessure à la jambe se rappelle à lui de temps en temps. Pauvre bougre, ça fait pourtant deux ans que l'ours l'a estropié.

L'oncle est un causeur impénitent. La solitude sur l'estive a dû lui peser. Il se rattrape.

— Le troupeau va bientôt redescendre. Y a plus rien à paître…

Effectivement, l'herbe est rase, la terre chauve comme le crâne du curé Despax. On transportera les fromages dans de grands paniers remplis de fougères et ce sera bien l'automne.

— Hier, on a eu un brouillard épais, enveloppant. Je n'aime pas ça. On dirait qu'il aspire les bêtes dans le gouffre. Farou s'est démené toute la journée contre lui…

Contrairement à ce qu'on pourrait croire, la tranquillité ne règne pas sur les sommets. Aux bêlements des brebis se mêlent le bruit des clochettes pendues à leur cou et celui des épouvantails à ours que Camus a disposés autour de l'enclos. Le vacarme retentit dans l'air limpide.

L'ours est l'ennemi juré de Camus. L'un et l'autre entretiennent les hostilités. En juillet, l'ours a refait des siennes. Il a fallu réparer les clôtures. Il avait foncé dedans et tué deux moutons. L'épouvantail à ours, c'est une sculpture ingénieuse : un grand poteau planté dans le sol et orné d'instruments divers, des bassines, des plaques de fer, des sonnailles et des clochettes… Quand le vent souffle, il crée un beau tintamarre.

— Ça effraie vraiment l'ours ? demande Baptiste.

— Ça n'a pas l'air. Il connaît la musique. Peut-être même qu'il l'aime… En tout cas, ça m'empêche de dormir. Camus prétend aussi que l'ours est capable d'imiter le bêlement d'une brebis… comme un appeau pour les attraper. Il affabule. Bientôt, si tu l'écoutes, il va jouer du pipeau ou faire l'homme-orchestre… J'ai dressé bien des ours, jamais aucun n'a imité ma voix ! Par contre, moi, je sais faire l'ours…

L'oncle se lève. C'est un colosse. Avec sa cape de berger, il se dandine pesamment. Farou jappe et saute autour de lui. Baptiste ne réagit pas à ces facéties. L'oncle remarque un pli amer au coin de sa bouche et des cernes mauves sous ses yeux.

— Tu veux un peu de lait ? Il est tout frais de la traite de l'aube. Dans le chaudron, là…

— Merci Tonton, je n'ai besoin de rien.

— Je parle, je parle, et le Baptiste ne tourne pas rond.

Pour se punir, l'oncle se donne une claque sur la joue. Baptiste rit, puis éclate en sanglots. Il se débonde subitement, comme le torrent quand les enfants le libèrent du barrage de pierres qu'ils ont construit. Et il raconte. Des hoquets ponctuent son récit.

— Mon père, je le déteste ! J'ai quinze ans, non ? Je veux partir, être montreur d'ours… Hier, il m'a forcé à remonter la terre dans une hotte sur la murette emportée par l'orage. Regarde mes mains…

Baptiste montre les ongles cassés, la peau boursouflée et surtout deux ampoules si gonflées et si rouges qu'on pourrait s'éclairer avec. Sa voix vibre d'indignation :

— Et le soir, on s'est disputés, il m'a battu comme plâtre. Tiens, regarde…

En reniflant, il soulève sa chemise. Plus que les plaintes, voilà la preuve qui emporte la conviction de l'oncle : des bleus énormes qui virent au jaune marquent l'épaule gauche et le thorax. Les yeux de l'oncle foncent de colère.

— Bon sang, petit, ça a assez duré ! Je vais parler à Félix. Tu vas venir vivre chez moi, définitivement.

— Et s'il ne veut pas ?

— Il ne souhaite que ça. Il l'a dit à Mamette. Il aura une bouche de moins à nourrir.

Mamette, c'est le surnom affectueux de la grand-mère, ratatinée par le travail des champs, les corvées domestiques et le malheur familial. Baptiste l'a toujours vue ainsi, vêtue de noir, affairée et silencieuse. C'est elle qui l'a élevé, quand sa mère est morte, à sa naissance.

— Et s'il revient me chercher pour travailler ?

— Qu'il essaie, je l'accueillerai avec mon fusil !

La stature de l'oncle dissuade toute agression, mais Baptiste sait que la petite taille de son père est trompeuse. Il est sec comme un coup de trique, cache une force herculéenne et ses mains sont larges comme des battoirs.

— Allez, ouste, dit l'oncle, et il siffle Farou.

Baptiste se relève. Le soulagement lui coupe les jambes.

— On va redescendre. Je confie le troupeau à Farou. Camus doit de toute façon revenir à la fraîche.

Farou s'affaire déjà. Il bouscule les brebis qui lèchent le sel déposé sur les pierres et les regroupe à coups de museau dans l'arrière-train. En l'absence de l'oncle, il monte la garde. Il respecte même les horaires, comme s'il consultait en secret une montre à gousset. À heure fixe, il ramène les moutons dans l'enclos, les cernant de mouvements concentriques. Sans aucun aboiement, il parvient à les circonvenir. Il les conduit même à l'abreuvoir, à la minute près.

— Je ne désespère pas, dit l'oncle, de le voir un jour fermer la barrière ! Ou remplacer le chef de gare de Saint-Girons.

Baptiste sourit timidement.

— N'aie donc pas peur, fiston. Les choses s'arrangent toujours… et tu peux compter sur moi. Tu y arriveras, à être montreur d'ours.

2

Aux Moussures, l'école est un austère bâtiment de pierre grise qui jouxte le lavoir municipal. L'été, quand on ouvre les fenêtres, on entend le bruit rafraîchissant de l'eau dans les bassins. Dans la vaste salle de classe, la chaire du maître domine les pupitres flanqués de bancs sans dossier. Des cartes colorées émaillent le tableau noir. Une carte de la géographie de la France, en relief, plissée comme un visage de vieux, et des illustrations en couleurs de l'histoire de France. Un poêle à bois en fonte que les élèves entretiennent à tour de rôle dispense une chaleur inégale. L'hiver, à la neige trop abondante, les élèves réchauffent dessus leur gamelle, et l'instituteur y met à cuire des châtaignes, qui invariablement calcinent.

Baptiste aime bien M. Pierre, malgré sa sévérité et l'inspection scrupuleuse qu'il effectue chaque matin pour vérifier l'hygiène des mains et l'absence de poux sur les têtes. C'est un «étranger du dehors», venu de Toulouse voilà trois ans pour imposer le français aux petits montagnards. M. Pierre chasse le gascon. Il a fort à faire aussi contre les absences qui fleurissent avec le printemps. Les quatre sections de sa classe l'occupent activement: distribuer aux petits des paquets de bûchettes pour apprendre les dizaines, réciter une comptine, faire une dictée aux certificats d'études qui manient plus facilement la cognée que l'accord du participe passé...

Baptiste est différent des autres car il aime lire et parle bien le français. L'oncle Ernest s'enorgueillit d'avoir une bibliothèque, c'est ainsi qu'il nomme le coffre-banc dans la cuisine, où s'empilent quelques livres illustrés, un abécédaire, des brochures artisanales, un herbier, les *Fables* de La Fontaine et le *Livre de chasse* de Gaston Phébus. Les villageois, eux, n'ont qu'un livre, LE livre, qu'ils manient comme l'ostensoir à l'église : l'*Almanach de l'Ariège*, en patois. Baptiste a souvent feuilleté ce bric-à-brac coloré et champêtre qui mêle les éphémérides, les fêtes à souhaiter, les dates des semailles et des foires, les lunaisons et les proverbes. L'oncle Ernest est un conteur. Il aime les virelangues — « un chasseur sachant chasser sans son chien… » —, il convainc en faisant de grands gestes, contrefait sa voix, imite, réinvente. Ainsi, le « chat Beauté », avec sa baguette magique, opère des miracles sur la laideur des filles et du monde qui l'entoure, efface la misère et instaure un bonheur qui semble définitif.

— D'où tenez-vous ce talent d'orateur ? lui demande souvent M. Pierre.

— Je raconte, dit l'oncle, mais à moi on ne m'en raconte pas ! J'ai bourlingué aussi, et écouté les autres.

À la récréation, ce matin-là, dans un coin du préau, Baptiste rameute les grands, avec des gestes de conspirateur. Ils font cercle et s'accroupissent autour de lui.

— Je possède un couteau suisse, dit-il, et il sort de sa poche, avec une lenteur calculée, l'objet nouveau. Il était à mon oncle. Il me l'a donné hier pour mes quinze ans.

Il montre alors chaque lame et en explique la fonction. S'il ne chuchotait pas, on dirait un camelot à la foire de Saint-Girons.

— C'est un couteau d'homme, explique-t-il. Là, tu as l'alène qui perce le cuir ou la panse de la brebis qui a la gonfle. Tu peux aussi te curer les dents et les ongles. Là, le tournevis pour fixer des planchettes, là, la scie pour tailler l'avelinier, une grande lame pour trancher le pain ou — Baptiste mime le geste brusque et définitif — la gorge d'un brigand. Là, une petite lame, très aiguisée, fine, fine — il la passe sur la pulpe du pouce — … pour te raser le matin, ou couper le jambon. Et là, un tire-bouchon… (Essentiel, selon l'oncle Ernest.) Cet outil, il aide dans tous les métiers. In-dis-pen-sable !

— Tu fais l'instituteur, glousse Ginestet, jaloux.

Les autres sont éblouis.

— Il est léger, poursuit Baptiste, il prend pas de place. Il tient dans ma poche. Je le graisse chaque matin. Je dors même avec… celui qui me le prend, je le tue !

Ses yeux noirs brillent de férocité. Personne ne bronche.

— Avec ça, dit Jean Toulza, admiratif, tu ne crains rien.

— Pas besoin de chien de garde, et tu peux te défendre, sur les routes…

— Et face à un ours ? demande Authier.

Baptiste n'hésite pas.

—Tu lui plantes tranquillement la grande lame dans le cœur, ou tu lui vrilles le tire-bouchon dans l'œil. Le temps qu'il l'arrache avec l'autre patte, tu es déjà loin.

Ils rient.

— Et tu vas jouer avec au couteau fiché ?

— Tu n'y penses pas ! Ça l'abîmerait. Pour ça, j'ai toujours mon canif.

Bien qu'interdit par l'instituteur, le couteau fiché est le jeu favori des certificats d'études. Le brouillard d'octobre est leur complice. Ils s'alignent face au talus qui borde le préau. Ils tiennent leur couteau par la lame et ils le lancent, le plus fort et le plus loin possible. Parfois, la lame se brise contre un silex. Il y a alors des cris étouffés, une bagarre silencieuse, des bruits de galoches et de coups. Le gagnant empoche deux sous. C'est Ginestet, le plus souvent. Il est fort comme un bœuf.

Le sifflet impératif de M. Pierre les interrompt. Ils rentrent en traînant les pieds.

L'instituteur en ce moment leur lit *Robinson Crusoé*. Si Robinson avait été suisse, pense Baptiste, avec mon couteau, il aurait pu construire un bateau et repartir vite.

Tous écoutent avec attention. Les montagnards aiment bien cette histoire. Pourtant, ils ne verront jamais l'océan, et des marées ne comprennent que les lunaisons.

— Je le verrai, moi, prétend cependant Baptiste ; quand je voyagerai avec mon ours… Je le traverserai, même.

L'océan, il se le représente comme la profondeur du ciel, quand il est couché dans le pré. Un infini blanc comme la coulée de neige à laquelle il a un jour échappé de justesse, au pied du Montcalm. Cette image préconçue lui fera préférer le bouillonnement de l'écume dans le sillage de l'étrave au déferlement des vagues, et il sera surpris par tout ce bleu. Le naufrage, c'est l'avalanche qui engloutit ; le mât du navire, c'est le fût du hêtre que l'on abat pour la fête de mai ; et les récifs, les rochers de granite qui parsèment l'estive.

Enfant, Baptiste questionnait l'oncle :

— Tonton, toi qui as navigué, pourquoi t'as jamais rapporté d'eau de mer ?

— C'est curieux, j'ai oublié. De la négligence, certainement.

— Eh bien, le curé Despax, il a rapporté de Lourdes de l'eau bénite.

— Pouah ! Quand tu penses à toutes les mains sales qui se trempent là-dedans… je préfère celle du torrent.

— Quel goût ça a, l'eau de mer ?

— L'eau de mer, c'est amer, rigole l'oncle. Infect ! Le sel dessèche le gosier. On emporte toujours de l'eau douce, sur un bateau. On peut y mourir de soif.

— La neige, c'est mieux, alors. On peut la boire et la manger…

En cachette, Baptiste a prélevé, dans la grande poche du berger Camus, une poignée de sel réservé aux chèvres, et il s'est fabriqué une fiole d'eau de mer. Il l'a bue, a fait la grimace et a vomi. De l'océan, il reste heureusement, comme trace, le coquillage que l'oncle a rapporté. Un pourpre, une sorte d'escargot géant dont l'ouverture est rose et nacrée, comme une bouche où passerait un arc-en-ciel. Mais Baptiste a beau l'appliquer contre son oreille, il n'entend rien.

— Il est vexé d'être à la montagne, alors il ne chante plus, dit l'oncle. Il faudrait le remettre dans une vague.

— Je le ferai, promet Baptiste. Quand j'irai montrer mon ours au-delà des mers…

— Quel programme ambitieux ! Mais tu sais, l'ours n'aime ni le sel ni la chaleur. Ça lui dessèche les pieds.

— Peut-être, mais l'ours mange des poissons et nage mieux que toi !

* * *

En fin d'après-midi, Baptiste est de fort mauvaise humeur. Sa blouse est déchirée, maculée de boue, et une bosse orne son front. Il s'est battu avec Ginestet au jeu de l'ours, une sorte de lutte où il faut terrasser l'adversaire, et il n'a pas eu le dessus. Il se faufile entre les pupitres et jure à haute voix :

— Ginestet, *macarel*, je t'aurai !

— À toi, clame Jean Toulza, et il lui lance le féret.

C'est une pièce oblongue et plate, en métal, qui sanctionne celui qui emploie un mot de patois. Il ne manquait plus que ça, songe Baptiste. À lui la corvée de bois du lendemain.

La salle de classe est maintenant désertée. Sous le préau, Baptiste a effeuillé des branches sèches, préparé du petit bois. Il retire les cendres encore chaudes du poêle avant de le bourrer jusqu'à la gueule. Il aime l'odeur de chêne et de craie qui imprègne la pièce. M. Pierre a allumé les lampes. Assis au fond de la classe, il trace des lignes dans les cahiers des petits. Baptiste, pour finir, balaie grossièrement le plancher, ramasse des bouts de ficelle et des papiers découpés. La nuit est tombée depuis longtemps. Baptiste s'attarde, contemple l'illustration historique du jour : la Saint-Barthélemy à Paris. On y voit des protestants, surpris dans leur sommeil, qui fuient des catholiques casqués, courent sur les toits, sautent par les fenêtres, dans leurs chemises blanches, tels de grands oiseaux. Les torches flambent, les épées cliquettent, le tocsin retentit… Dans un coin de l'image, on poignarde Coligny. Il baigne dans son sang, son pourpoint et sa fraise en sont tout rougis. La Seine qui charrie des cadavres coule rouge sang sous les ponts.

Un bruit de souliers ferrés. Serait-ce un fanatique ? Baptiste se retourne, sur ses gardes. La silhouette massive de l'oncle Ernest emplit tout l'espace.

— Bonsoir, monsieur Ponsolle, dit l'instituteur. Quel bon vent vous amène ?

— Je venais voir ce qui se passe avec ce galopin.

Baptiste n'entend pas la réponse de M. Pierre, mais l'éclat de rire de l'oncle.

— Lui, puni pour avoir employé le patois ? C'est un comble ! Rentre à la maison et surveille la soupe, fiston, je te rejoins.

Baptiste obtempère. Resté seul face à l'instituteur, l'oncle Ernest reprend :

— Que je vous explique, je voulais justement vous parler. Depuis quinze jours, Baptiste vit chez moi.

— Et son père, alors ?

— Il l'a encore battu dernièrement. Ils ne se supportent plus. Alors, j'ai décidé… Le Félix, c'est un taiseux. Entre nous, ce prénom ne lui a pas porté chance. Il est tout racorni, il sécrète le malheur comme l'abeille le miel. Son idée, c'est que le gamin, il reste paysan, qu'il cultive ses arpents… Et le Baptiste, il s'oppose. Depuis tout petit, il veut être montreur d'ours, vous comprenez. C'est pire qu'une vocation religieuse, on peut rien faire contre. Vous savez, par ici surtout, la terre est basse et le travail ingrat…

— C'est vous qui le prenez en charge, alors ?

— Je peux me le permettre. J'ai un petit pécule et j'aime bien la jeunesse. D'ailleurs, c'est quasiment moi qui l'ai élevé, Baptiste, avec la grand-mère. En fait, le Félix lui en veut parce qu'il aimait bien sa femme, ma sœur, et elle est morte à sa naissance, comme vous savez. Félix, il ne s'en est jamais remis. Il est même soulagé que je m'en occupe, de son fiston. C'est une confidence que je vous fais là. La clarté est de mise, dans les relations, monsieur Pierre. Je suis fâché, avec Félix… fâché à mort, comme on dit.

— Le motif doit être grave.

— Je pense bien, opine l'oncle. Vous savez, le vin, c'est ma faiblesse… eh bien, un jour, chez moi… il a osé couper ma bouteille de vin avec de l'eau !

Le visage de l'oncle en est tout gonflé d'indignation. L'instituteur se détourne pour sourire.

— Si vous voulez, un jour, à la belle saison, je vous montrerai ma vigne. J'en suis très fier.

— Bien sûr, monsieur Ponsolle. J'aime bien bavarder. À part le maire, ici, ils ne sont pas très causants. Et puis j'apprends beaucoup avec vous. Vous êtes un puits de science.

— Avec les puits, dit l'oncle avant de prendre congé, faut être prudent. On risque de tomber dedans.

* * *

Il neige depuis l'aube. Une lueur blafarde s'épand sur le village, et le brouillard étête les sommets. Le mauvais temps n'arrête pas l'oncle Ernest. Il a chaussé ses souliers ferrés, pris son fusil à piston à deux canons, sa besace et sa gourde, et il est parti à la chasse. Avec sa veste en cuir aux multiples poches, et plusieurs épaisseurs de journaux glissées entre elle et sa chemise, avec son bonnet de laine marron, il ressemble à s'y méprendre au plantigrade velu des Pyrénées. Farou l'accompagne, solidement harnaché du redoutable collier aux pointes de fer qui protège de l'attaque des fauves.

Enfant, Baptiste applaudissait aux premiers flocons et se précipitait dehors avec des cris d'excitation. À présent, le silence brusquement tombé sur la vallée et la promesse de longs mois d'hiver l'oppressent. La réclusion dans la petite maison, à la sortie du village, est rassurante, mais la proximité du cimetière le plonge dans de sombres songeries. Il tisonne le feu d'un geste machinal. Dehors, les flocons tourbillonnent contre le fenestron, estompent les repères, recouvrent les croix. La neige, mimosa des morts, quelques fleurs glacées offertes à sa pauvre mère, ensevelie là sous une pierre grise, rongée de froid et de tristesse… Qui sait ? Baptiste frissonne, si proche de sa mère, cette inconnue. Il se sent désœuvré, inquiet. Il s'est levé trop tôt.

L'oncle refuse qu'on l'accompagne à la chasse.

— Fiston, c'est un plaisir qui ne se partage pas… On est à armes égales. L'isard sur son rocher et moi en face. C'est un animal qui me ressemble, solitaire et craintif. Tu es trop gringalet pour le poursuivre dans les éboulis ou sur les crêtes verglacées.

— Et si tu rencontres un ours ?

— Ce ne serait pas la première fois ! Dans ce cas, je ne bouge pas, je le regarde dans les yeux et je lui parle fort, en occitan, bien sûr, pour me donner du courage et pour le distraire. Il écoute l'histoire et oublie de me dévorer. Puis il grogne, montre ses dents jaunes et s'éloigne lentement. Quand il pense être hors de vue, il détale. C'est un poltron rusé ! Évidemment, si tu le croises sur un sentier trop étroit, la préséance va au Seigneur des Montagnes… Sinon, il te donne un coup de patte et tu valses dans le précipice ! Mais il ne te veut pas de mal. Simplement, c'est son territoire.

Baptiste sourit, se revoyant enfant, assis à la même place, sur un petit banc de chêne que l'oncle lui avait fabriqué.

— S'il te plaît, Tonton, raconte-moi encore l'histoire d'Auguste Bardet.

L'oncle se faisait prier, prétextait des occupations urgentes, puis :

— C'était au printemps 1890, au mois de mai, devant la grotte des Moulis… Auguste tombe en arrêt dans les fougères, il se frotte les yeux : deux oursons batifolent dans l'herbe, font la culbute, courent après les papillons. Le sang d'Auguste ne fait qu'un tour. Il les saisit, un sous chaque bras, et redescend à fond de train vers la vallée. Mais les oursons glapissent et leur mère déchaînée apparaît derrière un buisson. Elle se lance à la poursuite du voleur d'enfants. Elle lui lance des pierres, le rate… Auguste se retourne. Bou Diou ! Vite, vite… Elle va me rattraper ! Brusquement, il s'arrête. L'ourse, surprise, se dresse sur ses pattes arrière. Si près qu'il sent son haleine empestée. Elle lève une patte aussi large qu'une poêle à châtaignes pour lui briser la nuque. Il lui jette un ourson qu'elle rattrape comme un paquet. Puis il plonge dans un fourré de noisetiers, zigzague dans les rochers. L'ourson restant le griffe à travers sa chemise. Il lui serre le museau pour l'empêcher de crier. Il est arrivé au café Coumes couvert d'épines et de poussière, hirsute, ensanglanté. Il tremblait comme s'il avait le diable dans son pantalon…

Un bruit sourd réveille Baptiste. L'oncle secoue ses souliers pleins de neige sur la pierre du seuil. Un air glacé pénètre avec lui dans la pièce.

— Alors, Baptistou, tu hibernes, toi aussi ?

— J'ai dû me rendormir.

— Je rentre bredouille. La neige efface les empreintes et le vent s'est levé, là-haut. Pourtant, le brouillard, c'est favorable.

L'oncle ôte son harnachement, se frotte les mains devant le feu, en sifflotant, se tourne vers son neveu et cligne de l'œil.

— Bredouille, pas tout à fait… J'ai une sacrée nouvelle à t'annoncer ! J'ai trouvé le mois passé, par hasard, la tute d'une ourse. Eh bien, ça y est, elle hiberne… Dans sa niche de calcaire, à l'abri du vent. Elle est énorme. Tu comprends, elle s'est gavée de résine, de glands, de châtaignes… Elle a fermé sa tute avec des branches et des broussailles, elle s'est bien encabanée et salut la compagnie ! on se reverra au printemps…

— Elle ne t'a pas attaqué ?

— Tu me crois né de la dernière pluie ? Je me mets toujours contre le vent. Et puis elle est plus grasse qu'une marmotte, elle s'essoufflerait à me courir après. Aujourd'hui, je suis allé vérifier. C'est plein de neige là-haut, un blizzard terrible. Elle a fait juste un petit trou au sommet de sa tute pour respirer… Paraît que l'ours surpris par la neige entre à reculons pour effacer les traces. Elle dort dans son nid, maintenant. Et au printemps elle offrira un ourson à mon neveu préféré.

Baptiste saute au cou de l'oncle.

— Un ourson pour moi tout seul ?

— Pas d'effusions, fiston, et n'anticipons pas. L'hiver ne fait que commencer. Tiens, sers-nous plutôt une assiette de garbure, et n'oublie pas Farou.

3

En classe, ce matin, la répétition d'une table de multiplication et la chaleur du poêle plongent les élèves dans une douce torpeur. Baptiste s'ennuie ferme. Soudain, le poêle fume. Il tire mal quand le vent est au sud. M. Pierre ouvre une fenêtre sur les prémices du printemps. Des nuages courent comme des balles lancées au-dessus des sommets depuis l'Espagne, et un vif parfum de menthe réveille les esprits assoupis.

« 4 fois 4 égale 16, ânonne un petit, 4 fois 5... » Une clameur soudaine venue du haut du village l'interrompt. Elle enfle, emplit la salle. On a beau tendre le cou, on ne voit rien. Mais on entend des salves tirées par des fusils, les aboiements surexcités des chiens, des cris et des exclamations, et même, bientôt, des applaudissements nourris. Au coin de la grand-rue surgit alors une charrette traînée par un mulet rétif. Quatre chasseurs l'escortent à grandes enjambées, le torse bombé, le fusil cassé sur l'épaule, le béret comme une auréole. C'est une marche triomphale.

— Monsieur, monsieur, qu'est-ce qui se passe ? On peut aller voir ?

— Bon, c'est la récréation, répond M. Pierre, je vous accompagne, mais tenez-vous tranquilles.

La classe se précipite dans la rue. Il semble que tout le village ait fait de même. La charrette brinquebale sur les pavés. Un ours gît dessus, étendu sur le ventre, maintenu par de larges sangles en cuir, la tête tournée vers l'extérieur, posée sur les énormes pattes antérieures aux griffes redoutables, bien visibles. Les cahots redonnent une apparence de vie à l'animal, la tête dodeline sur le rebord du plateau, la fourrure fait des plis, une houle anime la masse brune.

— Il est bien mort, au moins ? s'inquiète la vieille Estival en reculant, lorsque la charrette s'arrête. Souvenez-vous du Caujolle, quand il a ramené l'ours… Il croyait l'avoir tué, l'ours faisait le mort, tout espataré. Et puis crac ! d'un coup il lève la patte et lui arrache la moitié du visage !

Un frisson parcourt la foule qui demeure à bonne distance.

— N'ayez pas peur, rassure Couderc, le maréchal-ferrant. Elle est moins vive qu'une bûche ! La preuve…

En plastronnant, il introduit sa main droite dans la gueule, retrousse le museau, montre les longues canines. Les écoliers se sont approchés, Baptiste au premier rang. Il croise le regard de l'oncle Ernest.

— Tu l'as eu, Tonton ! Il est énorme… murmure-t-il.

— Elle, rectifie Couderc. C'est une ourse.

En riant, il caresse le crâne aplati et les oreilles rondes, à rebrousse-poil. Les petits gloussent quand il retire son béret, salue à la ronde et en coiffe la tête de l'ourse. Le convoi repart, la dépouille se remet à tanguer, le béret tombe à terre. Couderc le replace et Authier suspend sa cartouchière au cou du fauve. L'atmosphère se détend, on se presse.

— Je vous interdis d'y toucher, dit M. Pierre, mais déjà un gamin plonge sa menotte dans la fourrure luisante, la retire comme s'il s'était brûlé.

— Qu'est-ce qu'il dit, le Français ? s'exclame le garnement, en patois. Elle pourrait me tenir chaud l'hiver !

— Et à moi donc ! renchérit le père Toulza, qui complète le carré des chasseurs. Plus que l'Amélie !

On rit de plus belle, les petits plus fort que les autres, même s'ils ne comprennent pas les plaisanteries grivoises. Ils ouvrent le cortège, rameutent les villageois, et l'instituteur renonce à les ramener en classe.

On stoppe devant l'épicerie, où Couderc se précipite. Il en ressort armé d'une hache et d'un couteau de boucher. Il sectionne la patte droite qui se fend comme du bois sec. Un filet de sang tache les pavés et deux chiens se bousculent pour le lécher.

On repart, quand un hurlement couvre le brouhaha.

— T'es crevée ! Tu ne feras plus de dégâts, va-nu-pieds !

Le berger Camus arrive d'une rue transversale en boitant. Il écume, mouline l'air avec sa canne.

— Que je la voie, coquin de sort !

On s'écarte. Camus, tremblant de rage, bafouille des injures à l'adresse de la bête. Il lui soulève la tête, la retourne en partie, la secoue.

— C'est bien elle ! Je la reconnais ! Elle a une tache plus claire sur le poitrail ! Saleté !

Il lui crache à la gueule. Couderc s'exclame :

— Oh, là là! mon béret !

On s'esclaffe.

— Camus se venge, c'est normal, dit l'oncle Ernest à M. Pierre, en français. Il se purge de la peur et de la haine accumulées.

L'instituteur se contente de hocher la tête, sans sourire.

Le convoi fait le tour du village. Sur les seuils, dans l'ombre des portes, des vieilles se signent, des femmes font aux héros du jour d'humbles offrandes, dans le creux de leur tablier noir. Devant la porte close de Félix, Mamette tend quelques œufs. Le père Toulza remercie et les dépose derrière l'ourse, dans des corbeilles, avec un morceau de lard gras, un pichet de vin. La bonne du curé Despax apporte en courant une belle poule.

— J'ai eu juste le temps de lui tordre le cou, vous la plumerez.

— S'il croit m'amadouer, le corbeau ! bougonne l'oncle à côté de Baptiste, en lampant le reste d'eau-de-vie de sa gourde.

— On a même un jambon, un pain chaud sorti du four… on ne mourra pas de faim !

— Et une bouteille d'eau-de-vie, fait l'oncle en s'en emparant. On ne plaisante pas avec ça !

Il la débouche et les chasseurs se la passent, tout en marchant. Ils boivent à la régalade, comme si c'était l'eau de la fontaine.

Des questions brûlent les lèvres de Baptiste, mais voilà le cortège revenu devant la mairie. Avec du fil de fer et un gros clou, Couderc, grimpé sur une échelle, fixe avec cérémonie la patte coupée au-dessus de la porte, entre deux pierres disjointes. La foule applaudit : c'est un signe de bonheur. Le maire a eu le temps de préparer un discours qu'il entame sur-le-champ, et dont le vent emporte des bribes :

— Chasseurs héroïques... terrible fauve... soulagement des villageois... prime...

Authier, légèrement titubant, répète, aux anges :

— La prime...

Couderc coupe net la harangue :

— C'est Ponsolle qu'il faut remercier. La tute, c'est lui qui l'a repérée. On a aussi capturé deux oursons.

— J'en veux un ! hurle un gamin.

— Ils sont retenus, malheureusement pour toi, réplique le maréchal-ferrant. Un pour le neveu d'Ernest, à tout seigneur tout honneur, et l'autre est vendu.

— Il faut tenir ses promesses, dit l'oncle.

Des regards de convoitise convergent vers Baptiste. Il est rouge de plaisir, la tête lui tourne un peu, et pas seulement par la faute d'une gorgée d'eau-de-vie bue au passage.

M. Pierre annonce que les élèves ont congé jusqu'au lendemain, et le maire que la municipalité, pour une chasse aussi exceptionnelle, régale les héros. On repart en direction du café, où le père Coumes a déjà installé les tables, tandis que sa femme s'affaire aux fourneaux.

— Tonton, où il est, l'ourson ? demande Baptiste qui ne tient plus en place.

— Fiston, tu vas me laisser tranquille. Tu le verras demain. Maintenant… (l'oncle embrasse la salle d'un large geste avant de se laisser tomber sur une chaise) je festoie ! Et après, on fera le tour des villages de la vallée pour leur montrer à tous…

Baptiste boude.

— C'est une aubaine pour vous, cette ourse, dit l'instituteur en s'asseyant à côté de l'oncle.

— Bah, c'est pas le Pérou. On est quatre à se partager le butin. Mais c'est mieux que rien. Tout est bon dans l'ours, comme dans le cochon. Ça vous étonne, hein ? On va vendre la peau à un taxidermiste et la graisse à un guérisseur. Et puis la viande à l'aubergiste de Mirepoix…

— Plus la prime et le repas offerts par la mairie, intervient Toulza.

— J'aime pas trop la viande d'ours, le goût en est trop sauvage, poursuit l'oncle Ernest. Autrefois, on mangeait les pattes. Maintenant, on fait la fine bouche.

Il grimace une bouche en cul-de-poule. Baptiste, rencogné à l'écart de la table des chasseurs, se déride.

— Ah, fait Couderc, nos brebis vont être contentes. Surtout le berger Camus.

Il le désigne, assis en bout de table.

— Il en tient une ! Heureusement que son bâton le soutient.

— C'est un brave gars, pas causant, dit l'oncle. À force, seul sur l'estive, il désapprend à parler.

— En septembre, l'ourse lui a pris encore deux belles brebis, une nuit. Il a sonné le clairon, lancé des tisons. Malgré ses chiens, il n'a rien pu faire…

— Il a bien un poignard caché dans le fût de son bâton ferré… mais c'est pas un chasseur, Camus.

Tous approuvent Toulza d'un hochement de tête.

— L'an dernier, au début de la transhumance, elle a emporté une vache, continue-t-il. C'était pitié y paraît de voir les autres se mettre en cercle et meugler à fendre l'âme pour protéger leurs petits…

— D'autant, ajoute Couderc, que parfois le troupeau s'affole et fonce dans le gouffre. Camus, il aura tout essayé, même les épouvantails à clochettes…

M. Pierre hausse les sourcils et l'oncle Ernest lui explique de quoi il s'agit.

— Ça fait un tintamarre, de quoi devenir fou ! Lui qui est déjà un peu cagot…

Les autres rient. Le père Coumes place devant chacun une assiette de soupe. L'oncle Ernest reprend pour lui-même :

— Encore heureux que c'était une femelle.

— Comment ça ? demande l'instituteur.

L'oncle baisse la voix.

— Camus avait une femme, y a encore peu. Il prétend qu'un ours l'a enlevée là-haut, sur l'estive, quand il était occupé à ses fromages. Et que maintenant, elle se promène toute nue dans la montagne, avec l'ours… qu'elle partage sa caverne et qu'ils rient tous les deux. Il les a vus, soi-disant.

M. Pierre écarquille les yeux mais ne se risque pas à commenter. L'oncle Ernest se frotte le menton, fixe sa soupe, puis :

— Une femme intelligente, fait-il, avec un sourire matois. À mon avis, l'ours aurait plutôt l'allure du colporteur d'images pieuses de Saint-Girons qui est passé par chez nous y aura deux ans cet été…

L'instituteur secoue la tête, retenant son rire. Les conversations ont cessé, on n'entend plus que les lapements et les bruits de mastication. Quand le maire finit par se joindre à la tablée et explique son retard par on ne sait quel contretemps, nul ne répond, ni ne lève même la tête.

Plus tard, M. Pierre hasarde à l'intention d'Ernest :

— Ce n'est pas illégal, de chasser une femelle suitée au printemps ?

— C'est légal de me labourer mon champ d'avoine blanche ? rétorque le père Toulza, qui a l'oreille fine.

— Légitime défense, c'était elle ou nous, répond l'oncle. On l'a croisée par hasard, au Garbet. Elle précédait ses oursons qui folâtraient à droite à gauche.

Il vide un verre de vin, se redresse, s'exalte à raconter. Baptiste est tout ouïe.

— Couderc a sifflé, elle a marqué un arrêt, s'est redressée. Et là, on n'y a pas réfléchi à deux fois. On a tiré, Toulza et moi, on l'a ajustée sous le ventre et elle est tombée raide morte. Elle n'a pas souffert… Pour attraper les oursons, ç'a été un jeu d'enfant. Ils sont venus d'eux-mêmes en couinant sur le cadavre de leur mère. On les a attachés à elle et on est redescendus. On n'était pas trop de quatre.

L'oncle repousse son assiette et bourre une pipe. Dans le silence repu qui se prolonge, il reprend :

— Faut bien dire qu'autrefois c'était une chasse plus noble. L'homme se matelassait le corps de plusieurs épaisseurs de cuir, il allait chasser seul, à l'arme blanche. Quand l'ours attaquait et tentait, debout, de l'étouffer entre ses pattes, il fallait se serrer contre lui, surtout ne pas chercher à s'écarter… une vraie danse corps à corps ! Et coller la tête sur son cou pour pas être mordu. Là, le chasseur lui plongeait son couteau dans le cœur. Un seul coup en plein dans le mille, sinon… sinon l'animal t'aplatissait comme une figue sur un rocher, et ensuite…

L'instituteur ouvre de grands yeux.

— Ben, il te dévorait ! s'écrie l'oncle en riant, et toute la tablée l'imite. Vous saviez pas tout ça, hein, monsieur l'instituteur ? Comme on dit, je vous prends en flagrant délit d'ignorance…

L'oncle jubile, mais il n'y a pas trace de méchanceté dans son regard posé sur M. Pierre, et celui-ci, d'un mouvement de tête, concède qu'il a raison.

— On voit bien que vous n'êtes pas né natif de par ici, vous, conclut Ernest, puis il se lève. Bon, les gars, on va montrer notre prise aux Cabannes ?

4

Baptiste monte jusqu'à la grange que l'oncle possède, au-dessus de son pré. L'ourson y est cloîtré depuis sa capture. Ils le ramèneront au village le lendemain pour le domestiquer, l'oncle l'a promis. Baptiste chantonne. Il ne s'est jamais senti aussi léger. Par jeu, il fait rouler des cailloux sous ses souliers, bascule dans le ravin une pierre qui rebondit avec fracas. Si Camus était là, il crierait, les yeux exorbités : « Petit, ne fais pas ça ! Tu vas déclencher l'orage et ça porte malheur ! »

Baptiste rêve, entre ombre et soleil, dans l'air vif d'une journée de mai gorgée de promesses. Le sentier est une ligne sinueuse veinée de schiste, une ligne de vie qui devant lui devient un chemin blanc et poussiéreux… L'ours s'y dandine, grimpe aux arbres, secoue les branches, et des pommes d'or choient dans l'herbe du fossé… Puis ils rejoignent une route large qui longe un fleuve, et l'horizon recule, à l'infini. Toutes les routes, tous les fleuves mènent à la mer, Baptiste le sait. Il suffit de tourner le dos aux sommets, de descendre les pentes escarpées, d'aller vers le large, le grand large… avec son animal.

Le cœur de Baptiste bat à tout rompre quand il pousse la porte de la grange.

— Entre, fiston, fait la voix de basse de l'oncle dans la pénombre. Il est là, dans le mélèze. Il a bu tout mon lait, ce galopin !

D'abord, Baptiste ne voit rien. Les pierres nues des murs sont toutes noircies par le feu. Justement, l'oncle ranime les braises dans l'âtre, souffle dans le boufadou et jette dans le foyer des fougères sèches et un fagot de noisetier. La lueur du feu se répand, révèle à gauche de la porte une petite chute d'eau qui jaillit d'un trou dans le mur et remplit une vasque naturelle. Baptiste aime cette sempiternelle musique qui rafraîchit l'été et glace l'hiver. « J'ai l'eau courante, plaisante l'oncle, la nature, c'est le progrès ! » De l'autre côté, un tronc de mélèze sec et évidé, calé sur des pierres, sert de berceau à l'ourson. Baptiste distingue d'abord la fourrure fauve, puis la trogne de l'animal endormi sur le dos. Il s'approche, émerveillé.

— Prends-le donc, n'aie pas peur… Attention aux griffes qui piquent comme des aiguilles.

Baptiste saisit l'animal par la nuque et le tient en l'air. L'ourson grogne.

— Serre-le contre toi, fais-lui sentir ton odeur. Faut vite qu'il s'habitue, c'est toi le maître.

Baptiste prend fermement l'ourson dans ses bras. Celui-ci le griffe au visage. Sa joue saigne mais Baptiste n'en a cure, il plaque l'ourson contre sa chemise, colle son museau sous son aisselle.

— Martin, dit-il avec gravité. Tu t'appelles Martin.

— Voilà un nom original ! C'est un baptême républicain. Tu vas trinquer avec moi, fiston !

L'oncle s'en va prestement tirer, d'une niche creusée sous la pierre à évier, une bouteille de vin entamée. Il la brandit au-dessus de la tête de l'ours.

— Buvons à la santé de cet animal fabuleux, à la fortune qu'il t'assurera en deçà des Pyrénées et au-delà des mers… Vive Martin, vive Baptiste, et… en toute modestie, vive moi !

Il se verse une large rasade de piquette dans un verre crasseux.

Baptiste caresse les petites oreilles cartilagineuses, le museau noir d'amadou. L'ours ferme ses yeux comme ourlés de khôl. Baptiste lisse sa fourrure ébouriffée.

— Dans le sens du poil, comme les chats, indique l'oncle.

— Il me tient chaud.

— Bien sûr. Il te servira de poêle ambulant et de couverture.

L'ours pousse de petits cris de satisfaction et Baptiste l'imite pour l'amadouer. Martin lui lèche les mains de sa longue langue râpeuse. Baptiste le repose avec précautions dans son lit de paille.

— Va pas le casser, surtout ! Demain, tu le laveras dans la fontaine pour noyer les puces. Pour les tiques, tu les enduis de saindoux et elles tombent toutes seules, asphyxiées. Sent pas vraiment la noisette, ta bestiole... Allez, bois donc un coup.

Ils trinquent. Martin s'est roulé en boule, le museau entre les pattes. Il tremble et il gémit : il rêve. Baptiste se penche, inquiet.

— C'est rien, dit l'oncle. Il est reparti au pays des ours, ton jouet !

*
* *

Commence alors pour Baptiste une période à laquelle il repensera plus tard comme à une image fixe cachée sous ses paupières, une lampe suspendue qui brillera toujours dans la nuit lorsqu'il perdra courage, et qui dispensera une chaude lumière, un souffle paisible où se mêlent l'affection de l'oncle, la tendresse de Martin et même la vie montagnarde, toute rude qu'elle fût.

On est au début de juin et Baptiste, sous le regard bienveillant de l'oncle et selon ses constants conseils, consacre l'essentiel de son temps à Martin. Il ne va plus que rarement à l'école et M. Pierre s'en plaint :

— À partir de mai, les deux tiers des élèves manquent...

— Il y a beaucoup à faire. La fauchaison...

— Et le certificat d'études, alors ?

— Moi, je serai montreur d'ours. Pas besoin d'être diplômé pour ça.

L'instituteur sent bien que ses arguments n'y pourront rien. Le garçon a dans le regard, et dans la voix, une assurance nouvelle. Il paraît avoir grandi, tout d'un coup. M. Pierre ne dissimule pas sa déception. De tous ses élèves, Baptiste portait ses plus grands espoirs.

L'ours, comme un bébé, ne réclame que de la nourriture, des caresses et des jeux. Il est infatigable, si mobile et curieux qu'il a l'air monté sur ressorts. Baptiste lui coupe les griffes, avec un sécateur. Martin se débat. « Il craint les ongles », s'amuse l'oncle.

Heureusement, il dort beaucoup, et il ronfle, et il pète, lové sur lui-même ou, dans une pose plus attendrissante encore, couché sur le dos, les quatre pattes en l'air, dans un total abandon. On peut alors toucher son ventre si doux au pelage bouclé, plus clair, avec une tache beige, comme un macaron, héritée de sa mère. Baptiste aussi ressemble à sa mère, les mêmes yeux et cheveux noirs, la même fossette au creux du menton. Et sur ses traits qui s'affermissent, les joues assombries par un début de barbe, cette expression déterminée qui, selon l'oncle, faisait passer sa mère Delphine pour une farouche, « une à qui on n'en racontait pas ».

Pendant deux mois, Baptiste nourrit Martin au lait de vache. Le glouton se précipite sur la bouteille en grès munie d'une tétine en cuir, et il pompe le liquide tiède à toute vitesse. Le lait gicle sur sa fourrure. Il tient même le biberon entre ses pattes.

— C'est adroit comme un singe, ces animaux-là ! s'extasie Ernest. Quand tu penses qu'à la naissance, c'est rose, imberbe et aveugle. Ça pèse une livre. Dans la tute, pendant quarante jours, il ne voit rien. Les bébés, c'est l'air dans les poumons qui les brûle, quand ils arrivent. Les ours, c'est la lumière qui les frappe dans les yeux. Chacun son baptême du feu... ça commence toujours par un gueulement.

Martin exige une surveillance sans faille. Sa voracité lui joue des tours. Un jour, il avale la pâtée de Farou. Malade comme un chien, c'est normal, il a de la fièvre et vomit. Un soir, il saute comme un cabri dans la cuisine. Il s'étrangle, s'étouffe. L'oncle le maîtrise et Baptiste lui extirpe du gosier, transformée en boule compacte et gluante, la longue ficelle avec laquelle il l'attache. Soulagé, Martin se plaque debout contre lui, pattes écartées, et loge son museau sous une aisselle. Il fait l'homme. Ce sera toujours de sa part, même avec l'anneau et la muselière, un signe d'affection et de réconfort.

Une autre fois, Martin se fait les dents sur une espadrille de l'oncle.

— Ma chaussure de Sparte ! Elle est en charpie !

L'oncle lui file une taloche. Surpris, penaud, Martin se rencogne dans un angle de la cheminée. Un filet d'urine coule sur le sol.

— Trop émotif, dit l'oncle. Lors de la ferrade, il va souffrir.

Avec l'indulgence d'un vétéran, Farou n'hésite pas à signaler la moindre incartade par des aboiements énergiques.

Parfois, Baptiste se met à quatre pattes sous un noyer, dans la prairie fleurie, et pousse de sourds grognements face à Martin qui lui répond. Ils s'empoignent, s'enlacent, luttent et roulent sur la pente, se retrouvent en bas, couverts de chardons et d'échardes. L'ours, à bout de souffle, s'assoit dans l'herbe, pattes écartées. Son bedon tressaute. La gueule fendue, il rit. Baptiste lui lance une boule d'herbe entre les pattes, mais l'animal est déjà sollicité ailleurs, par le cri d'un oiseau ou le vol d'une libellule. Il s'élance, pataud et maladroit. Baptiste a le fou rire.

— Vas-y, tu peux toujours sauter, tu ne l'attraperas pas !

Martin aime l'eau, il barbote dans la fontaine de la grange comme dans une bassine. La pierre glacée le surprend toujours, il s'y aventure à pas feutrés, en haussant les pattes, avec des précautions de félin.

Un après-midi qu'ils sont seuls près du lavoir, Baptiste s'assoit au bord du bassin. La chaleur sous les ardoises est écrasante. Par les fenêtres ouvertes de l'école lui parviennent les voix des petits. C'est l'heure de la récitation. Martin à côté de lui clape l'air, pourchasse les guêpes. Les paupières de Baptiste s'alourdissent. Il s'assoupit avec sur les lèvres un sourire béat.

Le cri d'un martinet le réveille en sursaut. Les voix dans l'école se sont tues. Il se retourne, saute sur ses pieds. Plus d'ours.

— Martin… Martin !

Il a beau crier, se jeter dans une direction puis dans l'autre, l'ours est invisible. Un nouveau jeu ?

— Martin, montre-toi… où tu es, bon sang ?

Dans sa précipitation, Baptiste glisse sur une pierre humide, en contrebas du lavoir, et se tord la cheville. Il hurle. Le père Coumes sort du café, hirsute, un balai à la main.

— Oh, Baptiste, qu'est-ce qui t'arrive ?

— Martin, il a disparu…

Baptiste s'élance dans la grand-rue, affolé. Il revient sur ses pas en boitillant quelques instants plus tard.

— Il est nulle part ! C'est pas drôle !

Le père Coumes continue pourtant de rigoler, il en est tout congestionné. Puis il pointe son balai vers le ciel.

— Hé ! regarde donc là-haut, au lieu de me faire ces yeux…

Assis à la cime d'un peuplier, indifférent à toute l'agitation en dessous, Martin se berce, tranquille, dans les courants chauds. Il n'a d'yeux que pour le sillage des martinets. Il lâche une patte, arrache des feuilles qu'il avale

— S'il tombe, il se tue…

Baptiste se tord les mains d'impuissance. Estival arrive au petit trot, en transpirant beaucoup il dresse une grande échelle, qui se révèle trop courte. Et voilà l'ours ébloui qui lâche la cime. Elle repart comme une flèche s'incruster dans le ciel bleu, et lui rebondit de branche en branche, jusqu'à terre, où il semble dire : « Quel est donc le motif de tout ce remue-ménage ? »

— Il est comme un écureuil, dit Coumes, et toi tu t'appelles Esquirol… Vous êtes faits l'un pour l'autre !

Ce soir, l'oncle dira à Baptiste :

— Tu sauras que l'ourson grimpe plus qu'il ne marche. Alors, surveille-le bien.

Pour l'instant, Baptiste, soulagé, remonte la grand-rue avec son ours en laisse. Il prend son temps. Le roi n'est pas son cousin.

Que des enfants se précipitent pour toucher l'animal, caresser son poil ou tenter de grimper sur son dos, il les rabroue d'un ton autoritaire de propriétaire, de dresseur de fauves :

— Laissez-le, ce n'est pas un jouet ! C'est mon futur gagne-pain.

Les enfants s'écartent, font des grimaces. Baptiste s'éloigne, hautain.

5

L'oncle Ernest a un défaut, c'est sûr. Habitué à vivre seul, il est oublieux, et un peu trop porté sur la bouteille. Hier, Baptiste a eu honte. L'oncle jouait à la manille au café et, à la fin, il était si soûl qu'il ne tenait plus debout. Couderc a dû le ramener dans la brouette.

— Ça lui arrive quatre fois l'an, dit le maréchal-ferrant, fataliste. D'autres ont une crise de rhumatismes, lui, c'est un excès d'eau-de-vie…

Quand il a bu, l'oncle fait l'enfant. Il ânonne des phrases incompréhensibles. Impossible de le faire taire. Il appelle sa mère, morte depuis longtemps, pleure à gros bouillons. Lorsqu'on traverse le village, avec dans la brouette l'oncle comme un gros tas de linge affalé qui sanglote, les enfants se moquent, les vieux hochent la tête. La mère Estival remercie Dieu d'avoir accordé le célibat à pareil mécréant.

Le lendemain, Ernest est frais comme un gardon, l'œil vif et l'allure digne. Il plaisante comme à l'accoutumée, ne se souvient de rien, sauf que les autres ont triché aux cartes et l'ont forcé à payer des tournées. On n'ose pas lui reprocher sa mauvaise foi.

Alors que 6 heures sonnent à la cloche de l'église, Baptiste, lassé d'attendre l'oncle à la maison, entre chez Estival. Quand on pousse la porte de l'épicerie, un grelot retentit. À l'intérieur, dans l'obscurité, l'odeur particulière de morue séchée et de pétrole saute au visage. Avec ses lunettes cerclées et sa blouse grise, le père Estival ressemble à M. Pierre. La comparaison avec un hussard de la République s'arrête là. L'épicerie est une vraie caverne d'Ali Baba, voilée par les toiles d'araignée pleines de farine qui tapissent les poutres sombres. Sur le comptoir trônent une balance à la romaine et de grands bocaux poisseux. Au sol, des sacs de jute ouverts renferment des haricots secs, des pois cassés, de la farine de maïs. Le café, le sucre sont vendus à la livre, dans du papier journal. On trouve aussi toutes sortes d'ustensiles : des seaux à lait, des bassines en zinc, des brosses, des rouleaux de corde, des lanternes et des chandelles…

L'oncle est bien là, occupé à jouer aux dominos avec l'épicier sur un coin de table.

— Ah, c'est toi, Baptistou… J'allais rentrer, assieds-toi une minute…

Le grelot qui tinte interrompt la partie. Camus entre à son tour. Il sent le suint, le lait aigre, et son visage est gris de crasse. Dans un coin de l'échoppe, avec des gestes furtifs de contrebandier, il échange des fromages contre du sel et du tabac. Estival pratique volontiers le troc. Une douzaine d'œufs contre une livre de café en grains.

— Te trompe pas, Estival, s'écrie l'oncle, va pas lui donner du savon, il serait capable de le manger !

Camus ne réagit pas. Il s'assoit en soupirant sur une barrique poussiéreuse, retire son béret. Une marque blanche orne le haut de son front. Commence une longue litanie :

— Je n'ai que des ennuis, cette année ! Après la tonte, on a eu un orage, la grêle est tombée sur l'estive. Des grêlons comme des œufs de poule. Mes moutons ont pris froid, ils toussaient comme des poitrinaires, les malheureux, la nuit, le jour… impossible de fermer l'œil. J'ai dû faire aux brebis des cataplasmes avec de la farine de moutarde.

Camus baisse la voix :

— Je suis sûr, j'ai le mauvais œil sur moi depuis que l'avalanche a emporté ma pierre de foudre et que l'ours m'a cassé la jambe…

Estival s'apitoie, lui offre un tortillon de café et le pousse doucement vers la sortie. Baptiste et l'oncle escortent Camus jusqu'au café et continuent leur chemin sans y faire halte.

Même en croisant le curé Despax, qui glisse au long des murs en soulevant sa soutane et le salue avec distance et componction, l'oncle s'abstient de tout commentaire.

— C'est le printemps, fait-il, la saison des poètes. Les oiseaux cherchent demeure et les sources retrouvent leur chant.

Il est d'excellente humeur, Baptiste se demande de quelle nouvelle d'importance il tient à lui faire part. Ils entrent chez eux.

— Tonton, tu devais…

— Je sais, il faut que je te parle de ton avenir. Mais allume donc la lampe à pétrole, on y voit à peine mieux que chez Estival. Si on se faisait une omelette au lard ?

Baptiste repousse *L'Ami du peuple* qui traîne sur la table, pose deux assiettes et le pain noir. L'oncle s'active en chantonnant devant la cuisinière à bois. Les œufs grésillent dans la poêle. Après le repas, l'oncle se frotte les mains de contentement et commence enfin :

— Tu es toujours prêt à faire le montreur d'ours, fiston ?

Baptiste jure sur la tête de… de Farou. Croix de bois, croix de fer…

— Tu as raison. Il faut élargir l'horizon. Tu écartes la montagne, là… (la main de l'oncle semble tirer un rideau) et tu vas de l'avant.

Baptiste sent que l'heure est grave : l'oncle Ernest en oublie de bourrer sa pipe.

— L'hiver est sacrément long, ici, reprend-il. Ça pèse tout ce gris… l'ardoise, le ciel, le brouillard, les esprits. On a envie d'ailleurs.

— Tu as envie de repartir ?

— Moi, non. Je parle de toi et de ton ours. Il te faudra un brin de courage pour prendre la route de Toulouse. Le virage, là… découvrir la ville, la foule. La seule prospérité, ici, est assurée à ceux qui ont pris le large. Les autres, si un jour tu reviens, tu les retrouveras dans leurs cases, comme au jeu de l'oie. Estival avec son crayon sur l'oreille fera ses comptes et répétera sa blague inusable, « 2 et 2 font 4 et je me retiens 8 »... Le père Coumes traînera ses savates dans la sciure en te servant son quinquina, *plaf plaf plaf*... Le village des Moussures n'aura pas changé, à moins d'une avalanche... ni le destin des gens d'ici, immuable, écrit une fois pour toutes. Regarde ton père... on ne déplace pas les montagnes, pas vrai ?...

Baptiste bâille. L'oncle passe deux doigts dans les cheveux bruns du garçon, signe qu'il est ému.

— Le discours est un peu long, d'accord... J'en viens aux faits, fiston. Voilà, pour faire bref, j'ai vu le notaire de Saint-Girons. Tout est réglé. Tu es mon héritier.

Baptiste ne comprend pas.

— Comme je suis seul, explique l'oncle, c'est toi qui auras la maison et le jardin, les deux arpents de terre, la grange et la vigne... Quand je disparaîtrai, ce sera à toi.

Baptiste a pâli.

— Je ne veux pas que tu disparaisses !

— Si... fiston... si je disparais, dit l'oncle en souriant. Peut-être bien que je suis éternel, mais... bon. (L'oncle bombe le torse.) J'aimerais assez être Zeus, le maître de la foudre. C'est Camus qui me respecterait !

Baptiste baisse les yeux. Il pleure silencieusement. L'oncle s'est levé, le prend par l'épaule.

— Ça alors ! moi qui pensais te réjouir.

— Bien sûr que je suis content...

Le garçon se mord les lèvres, contient ses larmes pour sourire bravement. Ils s'étreignent. Farou sous la table pousse un long soupir.

— J'allais oublier, reprend l'oncle Ernest, j'ai aussi un petit pécule, ce sera à toi. Que je te montre la cachette...

Baptiste suit machinalement des yeux son ombre déformée

tandis qu'il se déplace. L'oncle lui fait signe de le rejoindre. Ces choses qu'on montre, il faut les vérifier.

— Là, à droite de l'évier, sous la pierre plate, tu vois ? Un double trou... donne ta main.

Baptiste s'exécute, l'oncle guide sa main. Il met au jour une bourse en cuir. Elle est lourde dans sa paume. Les doigts de l'oncle en dénouent le cordon.

— Des pistoles, dit-il. Les pièces d'or du montreur d'ours. Elles seront pour toi, pour ton tour de France... (Baptiste fronce les sourcils.) Pardon... pour faire l'Américain.

Baptiste se met à rire. La bourse remise en place, et la pierre plate, ils se rassoient. L'oncle retourne les assiettes et sert avec cérémonie de la confiture, d'un pot recouvert d'une pellicule de poussière, exhumé du fond du buffet.

— Des figues-reines du domaine de la Vignette, fait-il d'une voix légère. Dorées, un vrai miel ! Pour fêter notre secret...

Mais Baptiste ne l'entend plus. Les coudes sur la table, il s'est endormi, tout d'un coup.

— Le bonheur, ça assomme !

*
* *

Au début de l'été, l'ours a atteint la taille de Farou. Baptiste le brosse avec une étrille en fer et le contemple dans la lumière matinale : l'animal est magnifique. Martin. *Son* ours.

Tous deux montent à la Vignette rejoindre l'oncle. L'ours tenu par une corde folâtre sur le sentier, arrache des fleurs, se dresse pour attraper un oiseau, fait le buissonnier. La Vignette est un arpent que l'oncle cultive sur une soulane, un petit champ biscornu et pierreux, que le travail des hommes a transformé en terrasses qui lézardent au soleil. Un lieu bénit des dieux, où quelques pommiers du Couserans s'inclinent d'abord vers vous. Au-delà, sur le flanc le mieux exposé, des pieds de vigne en hautain.

De loin, Baptiste a reconnu M. Pierre, au côté de l'oncle. Celui-ci poursuit ses commentaires, tandis que le garçon et Martin grimpent jusqu'à eux.

— Les voilà, mes chaufferettes…

Des ceps hauts et torses émergent de coffres de pierre sèche surélevés en carrés, à l'intérieur desquels, dans la terre meuble, la vigne pousse au chaud et s'épanouit. Cela ressemble à la brique que Baptiste trouve au fond de son lit les soirs d'hiver.

— Elle ne gèle jamais ? demande l'instituteur.

— C'est rare. À l'automne, je l'emmaillote de paille, je l'emmitoufle. De loin, on dirait des mannequins, ou des épouvantails.

L'oncle Ernest tient à sa vigne comme à la prunelle de ses yeux, et il fait son vin.

— Le Clos des Moussures, je vous ferai goûter…

M. Pierre a entendu, au village, des médisants parler de la fameuse piquette d'Ernest, une curiosité locale.

— On peut grimper jusqu'au col de Soueix, si le cœur vous en dit, propose l'oncle. Le cœur et les jambes…

— Volontiers, j'ai tout mon temps.

Au-dessus de la Vignette, le chemin pentu s'enfonce sous les mélèzes. M. Pierre a tôt fait d'ôter son col amidonné et sa veste, qu'il tient gauchement, pliée sur son bras. Martin ferme la marche, Baptiste a du mal à le traîner derrière eux. L'ourson, ayant jeté son dévolu sur un sapin, déploie une énergie farouche à en arracher, avec ses griffes et ses dents, des lambeaux d'écorce. L'arbre tremble dans l'air immobile. De la résine coule du tronc lacéré, que l'ours avale.

— Il se régale, dit M. Pierre.

— Moi qui l'ai brossé ce matin.

— Il faudra lui tailler les griffes mieux que ça, explique l'oncle à Baptiste. En attendant, ça lui donne de la vigueur.

Ils reprennent leur ascension.

— Vous voyez cette caverne, là ? reprend l'oncle à l'intention de l'instituteur. Ce n'est plus la tute d'un ours, mais si ses murs pouvaient parler, ils vous en raconteraient des vertes et des pas mûres.

Un noisetier exubérant en masque l'entrée. Ils se faufilent dans la fraîcheur.

— Pendant la guerre des Demoiselles, elle a servi de refuge aux insurgés.

— Même à Toulouse, on en a entendu parler, dit M. Pierre.

— Mais vous n'apprenez pas ça à vos élèves, poursuit l'oncle.

La question embarrasse leur compagnon, il semble à Baptiste qu'il est plus rouge que tout à l'heure sur le chemin.

— Ce n'est pas au programme officiel, admet M. Pierre. Déjà, je parle beaucoup du protestantisme.

— En tout cas, pour les Ariégeois, ce ne sont pas des histoires, mais *leur* histoire…

L'oncle décapite une ortie avec son bâton. Sous la voûte de pierre, sa voix résonne.

— On prend peut-être les Ariégeois pour des arriérés, là-haut ?

Sur le seuil de la caverne, M. Pierre toussotte. La question de Baptiste détend l'atmosphère :

— Y avait que des filles, dans cette guerre ? demande-t-il.

— Tu vas être déçu, répond l'oncle invisible, de sa grosse voix. C'étaient des hommes déguisés en femmes pour tromper l'ennemi, ils se noircissaient le visage au charbon de bois, portaient un bonnet de mouton sur le crâne et leur chemise par-dessus le pantalon. Dans la forêt, on les prenait pour des fantômes blancs qui sautaient d'arbre en arbre.

Baptiste voudrait bien explorer la caverne, mais Martin le tire à son tour vers l'extérieur. Ce n'est pas selon lui le temps de se reclure pour hiberner. L'oncle finit par reparaître au-dehors. Il reprend son récit :

— Ça a commencé en 1827, avec l'application du nouveau Code forestier qui interdisait aux montagnards le pâturage et le ramassage du bois par affouage. Les gars étaient colère. On les comprend. Une tradition séculaire ! La montagne est à tout le monde, non ? Et ces pauvres gens, tout à coup, un décret venu de Paris leur interdisait la cueillette, le marronnage.

L'oncle marque une pause, puis prend l'instituteur à témoin, d'un mouvement de tête :

— Un peu comme si on interdisait aux Bretons, marins et pêcheurs de père en fils, d'aller sur l'océan. Des gardes forestiers, des gendarmes montaient aux estives pour dresser procès-verbal.

— Vos ancêtres ont participé ? questionne M. Pierre.

— Oh, mes aïeux !... Vous savez, c'est difficile à dire, je suis de père inconnu. Mon arbre généalogique, il est rachitique et coupé en deux comme le sapin de la source qui a pris la foudre...

Du bout de son bâton, l'oncle esquisse dans l'air une silhouette.

— Pour d'autres, ce sont des hêtres centenaires, avec des racines chevelues qui plongent dans les profondeurs... ceux-là ont souvent des noms à particule.

Inutile d'interrompre l'oncle, à présent, Martin l'a bien compris, qui le premier s'assoit dans l'herbe. Les trois hommes l'imitent, M. Pierre en profite pour redresser le fil de l'histoire, qu'Ernest aurait naturellement tendance à entortiller comme les racines d'un arbre.

— Le village a participé à la guerre des Demoiselles ? demande-t-il.

— Et comment ! Le grand-père de Couderc, c'était un meneur. Ils jetaient des pierres aux gardes, les bastonnaient quand ils leur mettaient la main dessus. Un jour, il y a eu la saisie d'un troupeau de vaches. Vous vous rendez compte ? Alors là, tous les hommes du village ont rejoint les futaies avec des faux et des haches, et même quelques fusils. Ils se postaient dans les cols, en haut des arbres, poussaient leur cri de ralliement… (L'oncle rit.) Une fois, on a retrouvé un garde attaché à un arbre, ils le lui avaient fait manger son procès-verbal ! En haut lieu, on ne l'a pas digéré. Ça s'est envenimé, on a envoyé des renforts, procédé à des arrestations. Le grand-père de Couderc, entre autres…

— Qu'est-ce qui lui est arrivé ?

— Il a été exposé au carcan, fiston, et condamné à dix ans de prison. Rien que ça ! Et des dizaines de bergers ont aussi été embastillés. Heureusement, en 1830, le pouvoir a dû lâcher du lest, n'est-ce pas, monsieur Pierre ? Les gars ont été libérés. N'empêche, la guerre des Demoiselles, c'était pas une guerre en dentelles…

Martin grogne en se grattant le dos contre un tronc. Sa fourrure poisseuse attire les taons. L'oncle se relève.

— Si on veut casser la croûte là-haut et ne pas redescendre en pleine chaleur, on ferait bien de pas traîner, conclut-il.

M. Pierre souhaiterait sans doute débattre des effets, jusque dans les vallées ariégeoises, des Trois Glorieuses, mais la pente est trop raide, il faut économiser son souffle. Baptiste profite d'une pause pour demander s'ils verront le gypaète barbu, au col de Soueix.

— Ah, le gypaète barbu, répète Ernest.

— Pour moi, dit l'instituteur en s'épongeant le front, c'est un oiseau mystérieux, comme le phénix… Un animal de légende.

— Mais Tonton en a déjà vu !

— Vraiment, monsieur Ponsolle ?

— Je crois bien ! affirme l'oncle. Il faut être seul et patient, pour l'apercevoir.

Il se rengorge, désigne de son bâton le col tout proche, à présent qu'ils sont sortis de la forêt.

— Il a son aire sous un surplomb rocheux orienté au sud, pour se protéger de la neige. La tête jaune, l'œil rouge, une barbiche sous le bec, le ventre doré, des ailes noires et de grandes plumes orangées… c'est un flamboyant, celui-là, le condor des Pyrénées. Il porte les couleurs de la liberté, et si on le capture il les perd, il se ternit, devient couleur de cendre.

L'oncle fixe le soleil, haut dans le ciel, et repart en expliquant :

— Il nettoie la montagne, en plus de lui donner des couleurs. J'en ai vu un qui a jeté sur des rochers un squelette de mouton, pour ensuite avaler les os brisés. Comme le phénix, c'est une célébrité grecque. Un gypaète aurait tué le poète Eschyle en lui lâchant sur la tête une tortue… Mais je ne vous apprends rien…

M. Pierre hoche la tête. Baptiste scrute en vain le ciel et Martin chaloupe d'un bord à l'autre du sentier de crête.

— Le plus beau, dit encore l'oncle sans se soucier que les autres, derrière, puissent l'entendre, c'est quand il prend les courants ascendants, comme un marin saisit le vent… Il se grise.

Autour d'eux, la forêt vert sombre moutonne à l'assaut des sommets nus qui de toutes parts les dominent. La roche a sous la lumière brutale des miroitements trompeurs, et le gispet vert tendre des ondulations qui donnent le vertige. Campé au col telle une vigie, l'oncle embrasse le paysage d'un lent regard panoramique. Puis il s'installe à l'abri du vent pour casser la croûte.

— Vous devriez coucher vos histoires sur le papier, suggère M. Pierre un peu plus tard.

— Je n'aurais pas la patience ! répond l'oncle en riant. (Puis il montre ses mains) Je suis un manuel, comment voulez-vous écrire avec des mains de bûcheron ?

— Écrire, c'est aussi un travail manuel...

— Ah oui, au XVIIe siècle peut-être. Charles Perrault, il taillait ses plumes d'oie avec des gants en soie ! À propos, j'adore ses contes, mais les forêts, vous croyez qu'il les connaissait vraiment, cet académicien ?

L'instituteur est prêt à en convenir. Il insiste :

— Il a eu le mérite d'avoir transmis par écrit des histoires orales qui sans cela se seraient perdues dans la nuit des temps.

— Peut-être, grommelle l'oncle en repliant son couteau. La parole, à mon avis, c'est la richesse des pauvres. Ils s'en racontent, les pauvres, ça remplace une autre vie qu'ils n'auront jamais. La parole, elle coûte rien, pas vrai ?

L'oncle fixe Baptiste de ses yeux clairs. Puis il sourit, ôte sa casquette pour la placer au bout de son bâton qu'il fait tourner. Il se fait lyrique, il pavoise.

— Tenez, cette forêt, là, immense et profonde... je m'y retrouve tout seul, les arbres déferlent comme des vagues, le vent claque dans les cimes et, pour naviguer, on se fie aux étoiles, comme un marin grec...

— Vous étiez marin, n'est-ce pas ?

— Trop peu à mon goût, réplique l'oncle à mi-voix. Mais Baptiste et Martin feront le tour des océans.

Son regard fonce, se voile de tristesse, semble-t-il à Baptiste. Martin qui tire sur sa corde lui fournit le prétexte de se lever et de s'éloigner. Il dévale la pente avec son ours en poussant des cris de joie.

— Je comprends maintenant sa passion pour la mer, dit M. Pierre en les suivant des yeux.

L'attention d'Ernest dévie vers les lointains. Sans un mot, il visse sa casquette sur son crâne, se remet sur pied et entame la descente.

6

Voilà une aube idéale pour la fauchaison. Baptiste et son oncle montent vers le pré qui appartient à Ernest en lisière de forêt. C'est un petit pré abrupt qui ne paie pas de mine, où coquelicots et chardons émaillent le sainfoin et les graminées. Un régal pour les lapins. Faucher un terrain aussi pentu relève de l'exploit.

L'oncle s'arrime avec une corde à un noyer, prépare longuement à la pierre à aiguiser le tranchant de la faux. Sa large ceinture noire de flanelle pour éviter les tours de rein et son mouchoir à gros carreaux noué aux quatre coins sur son crâne lui donnent l'air d'un pirate, ou d'un Sarrasin. Il en profite pour réciter :

— « L'aube a voulu, l'aube superbe / Que pour toi le champ s'animât. / L'insecte est au bout du brin d'herbe / Comme un matelot au grand mât. »

Ses gestes lents et circonspects traduisent une habileté toute rustique et un solide entraînement. Il commence par le haut du pré, jambes écartées, et la faux, en décrivant de larges demi-cercles dans l'herbe haute qui ploie en crissant, lance des éclairs bleus. Baptiste, pareillement arrimé, tâche de régler son rythme sur celui d'Ernest. Andain après andain, ils progressent en crabe, dans le parfum sucré des trèfles.

— Regarde-moi ces paresseux, ils s'entendent comme larrons en foire ! remarque l'oncle à la première pause, en montrant le noyer sous lequel Martin et Farou dorment l'un contre l'autre.

Les pauses, à mesure que la chaleur augmente, se font de plus en plus fréquentes. Trois rangs et on boit un coup à la régalade de la gourde portée en bandoulière. Quand midi sonne au clocher du village, l'oncle décrète qu'il est l'heure de se la taper, la cloche, et il étale dans l'ombre d'une haie le contenu de sa musette : du pain, du lard, du fromage. Baptiste va chercher entre les pierres du torrent proche la bouteille de vin rafraîchie par l'eau glacée. Entre deux bouchées, Ernest considère avec satisfaction l'ouvrage déjà abattu. Baptiste suit des yeux le vol d'une libellule au bord des aulnes.

— C'est une demoiselle, commente l'oncle. Elle n'arrête pas. Pourquoi s'agiter autant ? Elle me fatigue, tiens…

Il essuie son couteau dans l'herbe, le replie avec soin.

— Je suis un Méridional, je fais une méridienne…

Calé contre un tas de foin, son mouchoir baissé sur les yeux, il s'endort comme un enfant. Baptiste cueille dans la haie des cerises minuscules, des guignes au goût acide, qui ont plus de noyau que de pulpe. Il fait très chaud quand ils se remettent à faucher. Les taons agacent la peau, la sueur et la poussière de foin piquent les yeux. Au bas du pré voisin, Jean et Marius Toulza en ont terminé. Ils les interpellent, se moquent :

— Oh, Ernest, tu vas trop vite ! Ménage-toi !

À quoi l'oncle réplique par sa devise :

— Si tu es vif, le lent t'échappe…

Pour Baptiste, les activités de la fenaison marquent les étapes de sa croissance comme la toise enregistre la taille d'un adolescent. Enfant, il se contentait de courir derrière le grand râteau de bois qui l'entraînait à toute vitesse sur la pente fauchée. Dans le champ peigné, il ramassait des nids et glanait des marguerites, mais son activité favorite consistait à tuter les grillons qui bondissaient et pullulaient dans les andains.

La recette est simple. D'abord les ingrédients : le soleil au zénith, la terre craquelée, un grillon musicien. On s'arme d'un fétu de paille sèche bien lisse et d'une bonne dose de patience. On s'allonge sur le sol. Le chant cesse immédiatement. Attendre, attendre encore, malgré les crampes aux coudes et le soleil qui tape. Enfin la stridulation reprend, s'amplifie. Le grillon rattrape le temps perdu. Introduire alors le fétu dans le trou, aspirer et hop… le grillon saute, prisonnier du poing prestement refermé, puis de la cage minuscule que l'on suspendra dans l'âtre.

Plus tard, l'oncle a confié à Baptiste une faucille, pour couper l'herbe souple au pied des frênes, le long de la haie. Ils allaient se rafraîchir au bord du gave et l'oncle lui racontait la légende de Gargantou le Faucheux.

Un jour, Gargantou en voyage vient à passer chez la veuve Castagnère. L'orage menace, le pré n'est pas encore fauché et le temps presse. La veuve, connue pour son avarice, se plaint de la lenteur des quatre journaliers qu'elle emploie d'habitude. Ils se font payer cent écus et mettent trois jours à couper son herbe, vous rendez-vous compte ?… Gargantou propose de faire la besogne, seul et en un jour, à condition que la veuve lui procure un repas plantureux et bien arrosé. Elle n'aura pas à débourser un écu, vraiment… Marché conclu. La bonne femme est aux anges et s'active à ses fourneaux. Gargantou se met à table et ingurgite force saucisses et saucissons, lard gras, tripes et tripoux, garbure au chou, et quarante tranches de pain blanc trempé dans du vin de Limoux. Pas moins. La mégère s'inquiète. Son garde-manger est vide. « Je faucherai le pré après une petite sieste », dit Gargantou, repu. Il grimpe au fenil en cassant trois barreaux à l'échelle, se couche dans un tas de foin et s'endort, le lourdaud. Le lendemain, il dort toujours, on entend dans tout le village ses ronflements, plus forts que la grosse cloche. La veuve affolée tente en vain de le réveiller, appelle à la rescousse ses voisins. L'un armé d'un gourdin, l'autre d'un bâton ferré, ils cognent en chœur sur le gros dormeur. Mais les coups ne font pas plus d'effet à Gargantou qu'une piqûre de moustique sur la croupe d'un mulet. Harassés, les voisins s'en vont. La bonne femme se tord les mains de désespoir. A-t-on jamais vu ça ? Dans la soirée, Gargantou se réveille, s'étire, bâille, réclame à boire et demande où est le pré. « À présent, il fait nuit », se lamente la veuve. « Je suis nyctalope comme le hibou », assure Gargantou. Dans l'obscurité épaisse, ils marchent jusqu'au champ. La veuve trébuche sur les cailloux. La lune à son premier croissant est une minuscule faucille dans l'encre noire du ciel. Gargantou n'y voit goutte. D'un seul élan, il fauche l'herbe haute, la haie, le noyer, les pieux et le pré du voisin ! La veuve s'interpose. Il la coupe comme un chardon… Tout ploie sous l'éclair de sa lame : les maisons du village, le clocher, la rangée de peupliers, là-bas. Rien ne résiste à Gargantou, qui disparaît dans la nuit, son ouvrage terminé… Le village sera maudit, les prés ne connaîtront pas le regain. Cette lande désolée, on l'appelle maintenant la Fauche de Gargantou.

Si fâner est un plaisir, faucher est un labeur, et des plus rudes. Baptiste, adolescent, a été intronisé dans la noble confrérie des faucheurs, où l'apprentissage est sérieux et l'émulation joyeuse. On y gravit au fil de la faux et des années un nombre indéfini d'échelons, en quête d'une perfection du geste dont les anciens entretiennent le souvenir, quand ils n'ont plus l'âge de la démontrer. Comme dit l'instituteur, c'est un art qu'on peut tous pratiquer, mais quant à y passer maître… « Vaut mieux pas qu'il essaye, rigole l'oncle, il serait capable de se faucher les pieds… »

— J'aimais bien fâner aussi, soupire Baptiste avec nostalgie, quand ils sont enfin parvenus au bas du pré.

L'oncle s'éponge le front et boit un coup avant de répondre :

— Fâner, c'est flâner ! Un travail de femme, d'après ton père.

Baptiste scrute le haut de la pente et pâlit. Dans l'ombre du noyer, on n'aperçoit plus ni ours ni chien.

— Martin, Farou… ils ne sont plus là !

Au même instant, du champ en contrebas, des vociférations s'élèvent. Estival se reconnaît de loin à sa blouse grise. Les pieds cloués au sol, il agite les bras, sa silhouette au milieu du pré fleuri évoque tantôt la girouette et tantôt l'épouvantail. Tandis que Baptiste accourt, les bras en sémaphore de l'épicier désignent le fauteur de troubles : c'est Martin. Il a renversé le toit d'ardoise et le tronc en châtaignier d'une des ruches du jardin d'Estival. Insensible à l'agressivité des abeilles et indifférent aux cris des Toulza qui brandissent leur fourche, à bonne distance tout de même, il attrape des rayons dégoulinants qu'il happe goulûment. La colonie des insectes, révoltée par le désordre, parcourt les gâteaux de cire en tous sens.

Baptiste n'a pas le temps de se demander où est passé Farou : le voilà qui dévale la pente en aboyant à l'aide, l'oncle Ernest dans son sillage.

— Éloignez-vous ! fait celui-ci, et ne bougez pas, ne criez pas. Gare aux piqûres, elles sont très en colère…

Baptiste sait que le bruit et la sueur indisposent les abeilles. L'oncle s'occupe d'une ruche, mais c'est un essaim sauvage qui a élu domicile dans la souche d'un hêtre, à la lisière du bois. Rien à voir avec ces logements fonctionnels de propriétaires.

Les abeilles forment autour de l'ours un nuage opaque et bruissant, zébré d'éclairs noirs, prémices de l'orage. On est loin des danses blondes et rondes des butineuses de nectar. Ernest a sorti sa pipe et la bourre. Il l'allume tranquillement, ferme le col de sa chemise, assure son bâton dans sa main et s'approche de Martin. Il saisit la corde cassée qui traîne sur le sol. L'ours résiste, englué de miel, enveloppé d'abeilles et de trèfle. Il gronde, tout à sa folle gourmandise, tourne comme un derviche. Un grand coup de bâton ferré sur l'encolure le ramène à la réalité. Il gémit et se secoue. L'oncle tend la corde à Baptiste et reproche :

— Tu l'avais mal attaché ! Il n'est pas encore dressé. Emmène-le au torrent, lave-le et donne-lui une bonne correction. C'est toi le responsable…

Le ton comminatoire fait rougir le garçon. Il baisse la tête, sous les regards des villageois qui s'écartent sans piper mot tandis qu'il entraîne Martin revenu de ses excès. Les villageois sont moins effrayés par l'ours que par les abeilles, dont la sarabande continue de plus belle. Ernest tire sur sa pipe et rassure Estival désemparé.

— Ne t'en fais pas, je vais réparer les dégâts.

Dans un nuage de fumée bleue, il marche jusqu'à la ruche renversée, la redresse, replace la planche médiane. Puis il se penche sur la colonie en désordre, saisit la reine et la pose sur son épaule gauche. Il fait deux pas de côté. Dociles, les ouvrières se regroupent autour de leur reine. Elles recomposent l'essaim et s'agglutinent sur les larges épaules et la poitrine de l'apiculteur. Dans le soleil oblique, quand la fumée se dissipe, l'oncle arbore une cotte de mailles grouillante et dorée. Il a l'apparence d'un magicien. Dans les yeux des profanes, l'effroi le dispute à l'admiration. À les voir ainsi bouche bée, Ernest boit du petit-lait. Forcément, il cabotine :

— Saint Ernest triomphant du démon ! Dommage que le curé Despax ne soit jamais là quand il faut ! Je suis plus sorcier que lui…

Il replace alors la reine dans son logement, où l'essaim le rejoint. Puis il referme la ruche avec un geste d'escamoteur, se retourne vers l'assistance. Voilà, le numéro est terminé ! disent ses yeux brillants.

*
* *

Baptiste marche au bord du torrent dans la lumière déclinante, tenant l'ourson par sa longe. Oubliées les abeilles, la fringale de miel! Martin saute de rocher en rocher, en soulève un de temps en temps, tout à son infatigable curiosité.

— Martin, mon ours, dit Baptiste, tu me ressembles... On est tous les deux orphelins, mangeurs de miel, immunisés contre les piqûres d'abeilles et les autres venins...

Il caresse la fourrure encore humide.

— L'oncle Ernest m'a appris à me frotter les mains avec du fenouil en fleur. Les piqûres d'abeilles ne me font rien, à moi non plus...

Il lui revient le souvenir de chauds après-midi de son enfance. Le curé Despax faisait la sieste, et lui, Baptiste, franchissait le mur du presbytère, le longeait jusqu'au fond du jardin interdit. Tout au bout, contre un buisson de lilas mauve, les ruches coniques étaient recouvertes de paille. Négligence ou oubli, le curé ne récoltait pas toujours le miel. Baptiste, allongé sur le dos sous la ruche, recueillait alors dans ses paumes en coupe le nectar ambré et sirupeux qui coulait du plancher disjoint, et le portait à sa bouche. La chaleur de la terre irradiait dans son corps, le parfum capiteux des lilas, le bourdonnement sourd des insectes, la saveur écœurante du miel et le plaisir de la peur l'engluaient dans des délices solitaires dont il ne retrouverait jamais l'équivalent.

— Allez, Martin, on rentre, maintenant.

7

Martin a maintenant huit mois. C'est un bel animal puissant, au comportement changeant, parfois brutal et irascible. Voici venu le temps de la ferrade. Baptiste sait de quoi il s'agit : la pose d'un anneau dans le museau de l'ours, pour pouvoir l'enchaîner, et la castration, pour maîtriser le fauve. L'oncle ne lui a épargné aucun détail technique. Ils en ont beaucoup parlé, la veille au soir, au coin du feu. La ferrade est une étape redoutable mais nécessaire.

— On ne peut plus attendre. C'est un fauve, malgré lui. Par instinct, un jour il te blessera ou te dévorera...

Baptiste baisse les yeux. Il a honte de sa propre peine.

— Tu peux lui rendre sa liberté, sinon, continue Ernest. J'ai connu un jeune gars, aux Cabannes. La ferrade, il fallait pas lui en parler... Il a lâché son ours de sept mois dans la vallée de Cagateille, à trente kilomètres d'ici. Deux jours plus tard, on entend *toc toc* à la porte. L'ours était là, sur le seuil, ravi de revoir son maître. On a dû l'abattre, un peu plus tard.

— Je sais, Tonton, tout ça, je le sais. Mais c'est cruel !

L'oncle repousse sa chaise, arpente la cuisine.

— À la fin, faut-il que je lui tire un coup de fusil ?

— Arrête, tu sais bien que je veux être montreur d'ours.

— Alors tu n'as pas le choix. Ou bien, fallait le laisser à sa mère. S'agit de savoir ce qu'on veut ! Faut prendre la rose et les épines avec ! Lui enchaîné, il te procurera la liberté. Sinon, tu seras toujours paysan, attaché à la charrue de ton père, le sillon bien tracé... tu vois ce que je veux dire.

Baptiste n'écoute pas.

— J'ai peur qu'il en meure...

— On n'a pas plus habile que Couderc comme maréchal-ferrant. Martin va souffrir, mais il s'en remettra très vite.

Il te suivra docilement, ne présentera plus aucun danger. Il sera différent, c'est tout. Comme toi ! Tu n'es plus un enfant, assis sur ton petit banc avec tes boucles d'or et tes jouets en bois... T'as du poil au menton, la voix grave... tu as changé, pas vrai ?

— Assieds-toi, Tonton, tu me donnes le tournis.

Mais l'oncle poursuit son discours et sa déambulation.

— La vie, c'est comme la montagne : tu as l'ombrée et la soulane. Demain, on traverse l'ombrée. Plus tard, avec ton ours dressé, tu trouveras d'autres soulanes, sous d'autres cieux.

— Quand même, il va souffrir, et tout ce sang...

— Quand on a tué Brutus, mon dernier cochon, tu as supporté, non ? s'indigne l'oncle, qui donne un nom à tous ses animaux. Ça ne t'a pas coupé l'appétit, tu t'es bourré de saucisses !

— C'est pas pareil.

— Comment ça ? J'y étais attaché, moi, à Brutus, à force de le nourrir, de lui parler, de l'emmener en octobre sous les chênes manger des glands. Mais je ne pouvais pas le laisser mourir de sa belle mort comme un général dans son lit ! Et c'est dur ! Au moment de le tuer, on est obligé de le traîner, il gueule ! Il a tout compris : le bruit des crochets pendus, les couteaux aiguisés, le feu attisé, les gens surexcités... et moi qui le mène au supplice ! Arrive alors le saigneur. Loué soit le Saigneur !

Baptiste esquisse un sourire. L'oncle marque un temps avant de poursuivre :

— Il a mis son grand tablier blanc. Avec son coutelas, il lui a tranché la gorge. Voilà, mon Brutus est mort. Est-ce que j'en fais un fromage ? Est-ce que je pleure ?

L'oncle intarissable bat des bras dans la cuisine, son corps occupe tout l'espace.

— Au contraire ! s'écrie-t-il, on fait la fête. On a des victuailles pour une année !

Il prend sa canne et, comme l'instituteur pendant une leçon de choses, montre aux poutres les jambons, sous l'évier les pots de grès remplis de saindoux, le morceau de lard resté sur la table.

— Tu as l'assurance qu'avec la première neige, la neige du pâtre, tu ne mourras pas de faim… Et puis, on a des fouaces cachées sous des torchons blancs dans des paniers, on boit des coups, on rigole, on joue à la manille. La fête, nom d'un Brutus ! Et pourtant, je t'assure, je l'aimais bien, celui-là !

*
* *

Ce matin de novembre, Baptiste grelotte dans la cuisine. Un jour laiteux salit les carreaux. Il n'a pas fermé l'œil de la nuit. Dans un coin, l'oncle mange en silence. Baptiste ne touche ni au pain ni au café chaud.

— On y va, fiston.

L'oncle emporte une gourde d'eau-de-vie. Ils sortent, emmitouflés dans la grisaille. Martin est à jeûn, il pressent le supplice, il faut croire, car il refuse de sortir de la cabane. Ils sont obligés de le traîner attaché dans le raidillon qui mène à l'enclos. Une chambre de torture, avec comme plafond le ciel sombre où volent des corbeaux.

Couderc est déjà là, avec quelques villageois, la mine sérieuse, la parole rare, mais les gestes efficaces, pour mettre l'ours au pilori, debout contre le tronc d'un peuplier. Ils ne sont pas trop de quatre pour l'attacher solidement. Garroté, Martin tremble sur ses pieds et gronde, la gueule tendue, fendue par une corde. Baptiste reconnaît sur une planche les instruments : les pinces, les fers, la tenaille et l'anneau. On attise la forge portative. Baptiste est sur des charbons ardents. Il blêmit et transpire abondamment malgré la bise. Soudain, il crie :

— Tonton, je ne pourrai pas tenir !

— Je comprends, compatit l'oncle Ernest, immobile à quelques pas, le regard d'un gris d'ardoise. Mais il faut que tu restes. C'est une épreuve, mais aussi la preuve que tu lui es fidèle, que tu es son maître, que tu t'occuperas de lui…

Il tend la gourde au garçon.

— Bois-en un peu.

Au moment fatidique, Baptiste avale une grande goulée d'eau-de-vie qui lui brûle la gorge et les paupières. Il ne voit plus rien. L'écho renvoie alors un hurlement bestial, épouvantable, qui plus tard résonnera souvent dans ses cauchemars. Un cri terrible de souffrance et d'humiliation, sans colère. Une fumée blanche masque les gestes du maréchal-ferrant, et une odeur de chair brûlée traverse la brume. Baptiste regarde la silhouette pantelante de son ours. Ses patins s'enfoncent dans le sol boueux et le peuplier ploie. Baptiste détourne la tête, pris de nausées. Le vent froid rabat une fumée jaune sur un toit. Le temps est long. L'ours pleure à gros hoquets. Baptiste a dans la gorge un sanglot dense comme un nœud de bois. Face à l'oncle qui le fixe, il se maîtrise, respire un grand coup.

— C'est fini, explique Couderc. Je lui ai mis de la gnôle sur le museau pour le désinfecter. Donne-lui à boire de l'eau fraîche, et rien d'autre. Dans une semaine, tu lui enlèveras la ficelle de la cicatrice au bas-ventre et tu pourras lui mettre la muselière et la chaîne. Vérifie bien que tout est cicatrisé.

On détache Martin. Il chancelle, gémit, puis retombe sur ses quatre pattes, hébété. Son museau sanglant, tuméfié, arbore un anneau fixé au-dessus des narines. La marque de l'esclave. Les yeux de l'ours pleurent. Il est parti l'ourson léger, libre et désinvolte. Il est parti avec le papillon jaune qui annonce l'été chargé d'abeilles, comme dans une comptine. Et Baptiste songe que son destin est scellé à celui de Martin par ce cercle de fer. Le fauve n'est plus libre et sauvage. Dompté, il fera des tours extraordinaires…

Il repart vers la maison, le triste trio, lentement, pesamment, malgré la descente, dans le brouillard qui tombe. Sans un mot. L'oncle observe son neveu à la dérobée. Elle est partie aussi cette petite lueur enfantine qu'il avait au fond des yeux.

« Chienne de vie ! »

8

Cette année, Baptiste fait partie du groupe des jeunes hommes forts qui vont dans la forêt chercher un mélèze pour le feu de la Saint-Jean. Parmi eux, il retrouve les fils Toulza et Ginestet. Près de la cascade de Cali, ils ont choisi un arbre vigoureux, l'ont abattu, ébranché, et ont rapporté sur leurs larges épaules le tronc écorcé, lisse comme le mât d'un navire. Chaque année dans le même pré, sur la soulane qui domine le village, on prépare le bûcher sur une aire vaste et circulaire.

Noël et la Saint-Jean se partagent l'an. L'oncle a expliqué à Baptiste que le feu de la Saint-Jean est une fête païenne célébrant le solstice et le mythe solaire, un moment d'équilibre, détourné par la dévotion catholique. L'homme primitif craignait que le soleil disparaisse dans la nuit des temps. Il allumait des feux pour le faire revenir.

Le bûcher se construit comme un décor de théâtre. On place d'abord un gros tas de fagots debout, on plante le fût de l'arbre au milieu, comme un mât de cocagne. L'arbre nu est coiffé d'une cime artificielle : à son sommet, on accroche un cercle de barrique décoré de bouquets de fleurs des champs, de tiges de fenouil et de sureau, de larges rubans de couleurs vives qui flottent dans le vent. Au pied du bûcher, les bigotes, vêtues de noir, déposent des branches de buis béni, et les enfants des écoles bourrent les interstices entre les fagots de fougères sèches. Ils y cachent des pétards pour effrayer les filles.

À la tombée de la nuit, le 24 juin, tout le village processionne vers le pré. Le curé Despax ouvre la marche. Des chasseurs portent leur fusil. Dans l'obscurité, ils tireront des coups de feu en l'air qui feront pleurer les petits. Chacun porte une torche de résine. Le son sourd des tambourins rythme la lente ascension.

Là-haut, un vent frais a chassé les nuages. Le curé Despax fait deux fois le tour de l'énorme bûcher, le bénit, récite l'oraison de saint Jean Baptiste. La foule marmonne des prières. C'est la fête de Jean Toulza: il s'agenouille, allume une brindille. Une flammèche fuse dans l'herbe sèche. L'officiant recule vivement. Un torrent de fumée noire s'élève, charrie des flots d'étincelles rubescentes, et le vent qui les emporte allume les étoiles. Chacun plonge sa torche dans les flammes. Les brandons crépitent, trouent la nuit et éclairent, là le visage rubicond du curé, ici le sourire ébloui d'un enfant, plus loin les paupières baissées de la veuve Castagnère qui égrène son chapelet.

Les garçons les plus hardis font avec leurs flambeaux des cercles, des ellipses, des huit, s'enferment dans des arabesques de lumière. Des enfants dévalent la pente avec des cris effarouchés d'hirondelles. Au centre des roues enflammées aux candélabres d'or, ils scintillent comme des feux follets.

Quand le bûcher est à demi consumé, le curé et les bigotes prennent congé. S'ébauchent alors deux rondes, celle des filles dans un sens, celle des garçons dans l'autre, qui s'entraînent dans un rythme endiablé, tout en évitant de se heurter. Estival et Coumes attisent le brasier avec une longue perche. Des étincelles fusent en gerbe, le ciel en est tout fleuri. Une fille crie qu'elle a perdu son soulier, la ronde l'emmène et elle hurle de rire. C'est Adèle Salles, une jolie brune aux yeux noirs qui n'a pas froid aux yeux, justement. Elle aime rire et danser. Baptiste voudrait bien lui parler, il se rapproche mais il n'est pas le seul. Elle disparaît d'un coup, happée dans une farandole effrénée. Puis sa robe rouge émerge là-bas, qui virevolte comme une corolle de coquelicot. Les fusils tonnent, les pétards explosent. Dans un coin du pré, le berger Camus entonne une pastorale pour le troupeau des étoiles.

Les cercles se défont pour l'épreuve du saut. Qui sera le plus agile pour franchir le large tas de braises, sans tomber ni se brûler ? La tradition exige qu'on le fasse neuf fois. On franchit le feu pour conjurer le malheur, se préserver de la foudre, empêcher la grêle… les calamités ne manquent pas. Les vieux arthritiques se contentent de faire un pas par-dessus un tison prélevé dans le brasier.

— Baptiste, où tu as mis ton Martin ?

— Je l'ai enfermé dans la grange. Depuis la ferrade, il a horreur du feu. Même les pincettes froides lui font peur. Et ourson, il dormait dans l'âtre !

— Tiens, c'est ton oncle qui grimpe le sentier. Il est en retard. Lui qui adore la fête de la Saint-Jean. Mais jamais il ne monterait avec le curé !

— Pourquoi donc ?

— Il ne veut pas le saluer, tiens ! Il dit qu'il se noircirait les mains. Il n'est pas meunier, pourtant… Quel mécréant !

Le père Toulza rit de toute sa bouche édentée et s'éloigne en hochant la tête

— Une nuit superbe, fait l'oncle Ernest en rejoignant Baptiste. C'est beau de grimper tout seul. Les fossés sentent le fenouil et la menthe. J'ai même vu des vers luisants. Comme quoi la nature ne laisse rien au hasard, ça flamboie de partout…

D'une vallée à l'autre, les feux se font signe, vives clartés jetées haut dans la nuit, phares visibles de très loin, maillons d'une chaîne. La chaîne des Pyrénées, la bien nommée.

— Tu connais l'origine du nom, bien sûr ? *Pyros,* en grec, ça veut dire le feu…

— Oh, Ernest, tu parles tout seul, maintenant ?

— Ah, Couderc… bon sang, je causais à mon neveu.

— Le Baptiste, m'est avis qu'il préfère écouter les filles, ce soir ! Tu ne crois pas…

Quand l'aube point, le feu n'est plus que cendres, un amas gris dans lequel les enfants fatigués donnent des coups de pied. Les autres ont déjà regagné le village, certains emportant un tison qu'ils jetteront dans le puits pour qu'il ne tarisse pas, ou dans l'âtre nettoyé, pour préserver la maison de l'incendie. Des foutaises, pour l'oncle Ernest, qui ne rapporte rien, mais commente :

— Camus, il mène son troupeau piétiner les cendres pour qu'il n'attrape pas la fièvre aphteuse… Et la vieille Estival, quatre-vingt-cinq printemps à présent, aujourd'hui elle se lave à la fontaine à l'aube et cueille des millepertuis. Les plantes ont un pouvoir inhabituel ce jour-là, elle en mettrait sa main au feu !

L'oncle crache entre les pierres du chemin.

— De la superstition ! Mais c'est bien beau quand même. Bon, le jour est levé, on va pas aller dormir…

La porte du café est entrouverte. Le père Coumes vient d'ouvrir. La plupart des hommes du village sont là. Baptiste et l'oncle enjambent un gros chien qui barre le seuil.

— La rosée, ça rafraîchit, mais je préfère un café noir, s'écrie l'oncle en se frottant les mains.

Coumes traîne ses pantoufles dans la sciure, sert à chacun, en bâillant, une tasse de café fumant.

— Il réveillerait pas un mort, ton jus, reproche Estival.

Coumes a compris. Il sert la goutte. Les coudes posés sur la table poisseuse, la gorge brûlée par l'eau-de-vie, Baptiste s'assoupit.

— Pardi ! rigole Couderc, il s'est épuisé à courir les filles. Hé ! petit, réveille-toi, faut aller nourrir ton ours !

Et comme Baptiste dodeline de la tête, il ajoute :

— Ça tient pas le coup, la jeunesse !

En sortant, Baptiste croise M. Pierre, qui annonce à la cantonade :

— Vous savez la nouvelle ? Le maire m'a dit, sous le sceau

du secret, bien entendu, que le préfet allait venir pour inaugurer l'horloge publique sur la façade de l'école...

— C'est un secret de Polichinelle ! réplique l'oncle. C'est peut-être bien le maire qui l'a su en dernier. Le préfet est déjà venu, il y a quinze ans, visiter l'école des montreurs d'ours.

Baptiste reste sur le seuil, l'œil bien ouvert. Le sujet l'intéresse.

— Ernest, c'est plus le même préfet...

— Peut-être, mais c'est le même uniforme et la même fonction. Alors, la personne, là-dedans... tu crois qu'elle existe ?

Couderc n'est sûr de rien, sur ce point. Ernest poursuit :

— C'était une belle fête, n'empêche. À l'époque, presque chaque famille avait un ourson, comme un chien maintenant. Dans chaque pré l'été, tu avais le linge blanc qui séchait sur une haie et un ourson attaché à un arbre.

L'oncle lampe son verre avec un claquement de langue. Nostalgique, il essuie d'un revers de main le bord de la table.

— Revenons à nos moutons. Y a quinze ans, ou plus... tu te souviens, Couderc, pas vrai ?

Baptiste a parfois du mal avec la chronologie, celle de l'oncle paraît certains jours plus compliquée que celle des rois de France. Il y a quinze ans, alors que lui, Baptiste, était à peine né, est-ce qu'il était au village, l'oncle Ernest ? Est-ce qu'il voyageait, quelque part dans le monde ?

— L'école des montreurs d'ours, pour sûr que je m'en souviens, reprend Couderc. Elle se tenait dans une grange aménagée, la grande qui a brûlé par la foudre l'autre année... Beaucoup de gars se faisaient dresseurs et partaient sur les routes, à cette époque-là...

Il fixe Ernest, qui acquiesce et ajoute :

— On devait être cinquante dans les vallées. Certains sont allés de par l'Europe, et même aux Amériques.

— Le grand-père Salles, intervient Toulza, il a fait fortune en Argentine, et à son retour, il a acheté plusieurs prés et la maison de l'ancien notaire d'Aulus. L'Argentin, qu'on l'appelait.

— L'Argenté, plutôt ! ricane l'oncle Ernest en se grattant la barbe. Il est mort dans son lit et il a la plus belle tombe du cimetière… D'autres, on n'a plus jamais eu de nouvelles.

— Le fils Dejean… sa mère en est morte de chagrin.

— Peut-être qu'il a été attaqué par des brigands ou tué par son ours. Des choses qui arrivent, quand on part à l'aventure…

L'oncle se retourne vivement vers le père Coumes.

— Remets-nous une tournée au lieu de raconter n'importe quoi, Francis ! lance-t-il en jetant un coup d'œil à Baptiste.

— Et l'école, alors ? demande M. Pierre.

— Ah, l'école…

Baptiste est revenu s'asseoir.

— Oui, raconte, Tonton.

— Tu l'as entendue cent fois, cette histoire ! Mais pour monsieur l'instituteur… Il y avait deux classes, vous voyez, les petits ours et les grands… deux niveaux, une discipline de fer et jamais d'élèves absents ! Pas comme chez vous… Les grands montraient aux petits ce qu'il fallait faire. La pédagogie par l'exemple, quoi ! Ce jour-là, on avait mis les grands en deux rangs face à face, debout, adossés contre le mur et, au milieu, les oursons jouaient. Quand le préfet est entré, il avait l'air inquiet tout de même, et surtout incommodé par l'odeur de fauve. Les grands ours l'ont applaudi en cadence, au son des tambourins, et les petits ont montré tout leur savoir, les cabrioles, les roulés-boulés, toutes sortes de galipettes. L'officiel, il ouvrait des yeux ronds. Alors, un ours a pris un bâton, a visé l'ours en face comme avec un fusil, pan !… et l'autre est tombé sur le sol de terre battue comme une masse, en faisant le mort. Succès garanti ! Mais le drôle, c'est qu'un gros père, Brunet, on l'appelait, a tout d'un coup repéré les glands qui ornaient la dragonne de l'épée préfectorale. C'est gourmand, l'ours… Le voilà qui se précipite sur le préfet pour en croquer… Heureusement, Fauré, son montreur, avait l'œil. *Paf,* un coup de bâton ferré et je te rétablis l'ordre. Le fonctionnaire a eu une telle trouille qu'il n'a même pas pensé à en être jaloux. C'est qu'il a manqué tourner de l'œil, il a fallu lui donner un remontant. Moi aussi, tiens, j'en aurais bien besoin.

L'oncle tape sur la table.

— C'est l'heure d'aller nourrir Martin, fiston ! Et de nous remettre ça, Francis !

Baptiste file dans le soleil encore frais. L'oncle Ernest était-il vraiment là, ce fameux jour de visite préfectorale ? Il ne le saura jamais, si ça se trouve. Mais après tout, quelle importance ?

9

— Une belle journée qui s'annonce, fiston. As-tu bien dormi ?

L'oncle se rase dehors, dans le jardin, ce matin de juillet. Un miroir ébréché et piqueté de taches est accroché à un clou sur le tronc d'un pommier. « Comme il oublie de faire des fruits, celui-là, je l'ai intronisé barbier… » L'oncle saisit la serviette posée sur la pompe et s'essuie le visage.

— Aujourd'hui, c'est le jour de la grande lessive, alors je me fais propre. Si je salis le linge en le lavant, à quoi ça sert ?

Il s'interrompt, tend l'oreille.

— Tu entends le bruit des battoirs, au lavoir ? *Tap tap tap* et un brin de causette, *tap tap tap* et un potin !

L'oncle lave son linge tout seul. Cas unique au village où la lessive, comme la fabrication du pain, est réservée aux femmes.

— J'ai dû être une femelle, dans une vie antérieure. Mi-cigale, mi-fourmi. Plutôt cigale !

Les jours précédents, l'oncle, aidé de son neveu, a fait tremper le linge dans une large cuve. Il a fallu le savonner sur la pierre de l'évier, puis le laver à la cendre de bois. Les draps arrosés d'eau bouillante, avec une casserole, sont remplis de cendres, et la potasse qui coule assure la propreté et la blancheur. Baptiste trouve que c'est plus fatigant encore que de faucher. Maintenant l'étape du rinçage. La fontaine de la grange est trop petite. Les femmes, elles, vont au lavoir municipal. Il y a des bassins à l'abri du soleil et on peut rincer debout. La tâche est moins pénible. L'oncle Ernest quant à lui rince dans le torrent.

— J'ai un faible pour les lavandières… J'en ai eu vu au bord de Garonne. Elles s'agenouillent sur des caisses étanches à trois côtés, tapent sur le linge mousseux sur une planche inclinée… et elles chantent, en plongeant leurs bras blancs dans l'eau vive. Au lavoir, elles ne font que jacasser.

Le torrent est un endroit parfait, selon Ernest. Les pierres retiennent le linge emporté par le courant, la fraîcheur resserre les tissus, et il écoute l'eau qui chantonne.

— Aide-moi à mettre le ballot dans la brouette. T'as perdu ta langue, aujourd'hui ? T'es paresseux comme ton ours !

Baptiste maugrée. Il lui faut du temps pour s'activer. Martin est là, couché au fond du jardin. Il n'est guère reluisant en ce moment. Il mue. Sa belle fourrure de jarre est pitoyable. Il se refera une pelisse à l'automne. Aurait-il oublié la ferrade ? Il ne cherche plus à arracher l'anneau en se frottant le museau à l'écorce des arbres. Les cicatrices, superficielles, sont refermées. Peut-être dans son cerveau d'ours une plaie béante saigne-t-elle aux souvenirs de sa vie d'antan d'ourson insouciant courant dans des champs de neige et jouant avec sa mère. Martin s'est habitué à la muselière et à la double chaîne, comme le mulet de l'oncle aux œillères et au harnais. Il s'est domestiqué, mais Baptiste n'oublie jamais que l'instinct peut brusquement resurgir. Cependant, quand il est seul avec l'ours, et certain de ne pas être dérangé, il lui ôte ses fers. C'est une question de confiance. Martin s'ébroue, cligne ses yeux de myope. Si Tonton le savait, il serait colère…

Pour le moment Martin muse au soleil comme un chat. Baptiste se penche, lui caresse les oreilles et nettoie ses patins. L'oncle s'assoit sur le banc de pierre.

— Avant que j'y aille, dit-il en montrant la brouette, on fait un tour de dressage.

Baptiste rentre dans la maison et revient avec ses instruments : il porte un large béret, un foulard rouge autour du cou, et tient à la main son bâton ferré, un clairon et même un tambourin orné de grelots. À la vue des accessoires, Martin s'est levé. Il sait ce qu'on attend de lui.

— Avec tout cet attirail, sur les routes, il va te falloir un cheval et une cariole ! plaisante l'oncle. Quel barda !

Il frappe dans ses mains :

— Répétition générale !

Baptiste donne un coup de clairon et invective l'ours :

— Debout, Martin, sur tes deux pattes, tu vas avoir la complaisance de saluer l'honorable assistance ici présente…

De son bâton, il désigne l'oncle aux premières loges. L'ours lui fait face, se dresse, pousse un grognement de bienvenue, hoche la tête de haut en bas. Mais il commet l'erreur de l'agiter de gauche à droite. Il reçoit un coup de bâton sur l'encolure.

— Martin, je t'ai déjà dit… (Baptiste de la tête imite le mouvement voulu) pas de gauche à droite !

L'ours gronde et reprend la figure, sans faute.

— À quatre pattes, maintenant, repos.

L'ours retombe lourdement, s'immobilise. Il attend, patiemment. Un ange passe, dans un vol d'hirondelles. Ernest bourre une pipe. Baptiste reprend :

— Maintenant Martin, on grimpe à l'échelle.

L'ours trottine docilement jusqu'au vieux noyer au fond du jardin et gravit en soufflant quelques échelons de l'échelle posée contre le tronc. Mais la chaîne l'entrave et les barreaux plient.

— Il est trop lourd, il vaut mieux l'entraîner sur le fût d'un arbre, dit l'oncle. Il peut l'embrasser et se cramponner…

— Descends, Martin. Couché… Fais l'enfant qui cabriole dans son pré.

C'est la figure préférée de l'animal. Il s'étend dans l'herbe sur le dos et fait des roulades.

— Il est bien aise, commente l'oncle, et mes semis aussi ! Fais-lui faire la danse avec ton bâton.

Baptiste donne le rythme en cadence et chante la comptine. « Éloge de la paresse pour les petits enfants. »

— Lundi, mardi : fête / mercredi : peut-être / jeudi : la Saint-Nicolas / vendredi : on ne travaille pas / samedi : on se repose / dimanche : on ne fait pas grand-chose…

L'ours se dandine sur ses pieds et agite le col. De la paume, l'oncle tape sur le tambourin.

— Maintenant, seigneur des montagnes, acceptez-vous de valser avec moi ?

Baptiste pose son béret sur la tête de l'ours, se plaque contre lui. Martin l'étreint entre ses pattes. Pieds nus, le garçon se juche sur les patins de l'animal, et ils dansent lourdement. L'ours tend la gueule vers le soleil. Il s'applique.

— Dernier exercice, reprend Baptiste d'un ton ferme. On joue à Martin-maillard.

Il dissimule son bâton d'oussaillè derrière le banc, après avoir masqué les yeux de Martin avec son foulard. Il fait pivoter l'ours et lui retire le bandeau. Au signal du clairon, Martin furète dans l'herbe à quatre pattes, zigzague comme un chien de chasse sur la piste d'un lièvre.

— Cherche, cherche Papillon… tu es bien loin de ta maison…

Ça y est. Martin est content, il a trouvé le bâton, l'a saisi d'une patte pataude et déposé aux pieds de Baptiste. L'oncle applaudit, sans se priver de faire les commentaires d'usage :

— Triomphe assuré auprès des enfants… ton meilleur public, le plus dangereux aussi, car ils oublient la peur et veulent caresser la fourrure de la bête. Il faut surtout veiller à leur interdire de lancer des projectiles, parce que l'ours les renverrait immédiatement, et avec sa force il t'esquinte un gamin…

— Tu me l'as déjà dit je ne sais combien de fois !

L'oncle hausse les épaules, vexé.

— Monsieur s'est levé du pied gauche, ma parole…

Baptiste accompagne Martin jusqu'à l'auge de Brutus. L'ours renifle et avale goulûment la pâtée. Du lait, du pain rassis trempé, des pommes de terre et même quelques escargots du jardin dans leur coquille. Un beau repas du dimanche ! Mais pas de viande, ça ensauvage. Martin n'en laisse pas une miette, un vrai lèche-plats. L'oncle revient, une bouteille à la main, le sourire aux lèvres. Ils s'assoient sous la glycine. Martin s'octroie une sieste à leurs pieds.

— Il apprend vite, dit l'oncle. Des ours, j'en ai vu beaucoup, et dressé quelques-uns, mais celui-là, il me semble exceptionnel. Il n'oublie rien et surtout il prend son temps pour faire les exercices. C'est un sérieux joueur. Il vaut de l'or, ton animal.

Les yeux de Baptiste brillent de plaisir.

— Quand tu seras sur les routes, pense toujours, après un spectacle, à le récompenser. Une pomme, un raisin... Y a pas que les coups, pour qu'il apprenne. Des petits gestes d'affection, l'habitude de l'entretien, une paillasse propre, la fourrure nettoyée... c'est la nourriture du cœur, ça. Sur les quais des Chartrons, à Bordeaux, j'ai vu un jour des Tziganes avec leur ours. C'était pitié ! L'animal roué de coups, terrorisé, mal nourri.

Le bestial, c'était l'homme et, dans l'œil de l'ours, luisait une étincelle de vengeance. Tu sais comment ils leur apprennent à danser ? Sur des plaques chauffées au rouge, pour qu'ils sautent d'un pied sur l'autre...

Soudain, l'oncle Ernest fixe sa brouette.

— Ah bon sang, mon linge ! Je file. Tu fais quoi, toi, aujourd'hui ?

— J'aide les Toulza à la moisson, répond Baptiste en désignant du pouce les champs en contrebas.

— À tout à l'heure, à toute allure, fiston.

L'oncle s'éloigne, empoigne la brouette et fait mine de courir, saluant la compagnie d'une dernière pirouette de clown, avant de disparaître.

*
* *

Les promesses sont faites pour être tenues et Baptiste s'est acquitté de la sienne en aidant les Toulza à rentrer le blé. Même pas le temps de se désaltérer, parce qu'un orage menace. Certains étés sont ainsi, dans les Pyrénées : le bonheur affiché d'une belle journée ne dure que le temps d'un soupir, bientôt étouffé par la crainte oppressante tombée d'un ciel noir d'encre. Ils ont travaillé à la hâte, sans un mot. Une poussière sèche irrite comme un pollen. « Les bêtes de somme, c'est nous », pense Baptiste, fourbu, en guettant les éclairs. Quand le vent forcit, charriant une odeur de soufre, il n'y tient plus.

— J'y vais, dit-il, Martin est resté attaché sous le noyer. Il va avoir peur.

Le temps de remonter, il fait quasiment nuit. Des éclairs silencieux tracent le chemin et zèbrent le feuillage secoué par la bourrasque. Il se met enfin à pleuvoir, dru, à pleins seaux. Une pluie froide mêlée de glaçons durs comme des cailloux. Baptiste court. Il arrive trempé en vue de la maison de l'oncle et, de loin, distingue à travers le rideau de pluie des silhouettes sombres devant la porte. À son approche, on se tait, on s'écarte du seuil. Des femmes en noir, une grappe flétrie de visages livides. Il est terrible, ce lourd silence déchiré d'éclairs. Grand-mère est là, heureusement.

— Qu'est-ce qui se passe, Mamette ? Martin, où il est ? Où… ?

Grand-mère lève des yeux rougis. La bouche cousue, les mains qui tremblent. C'est la vieille Estival qui coasse :

— Martin, l'est dans la grange…

Tiens, Couderc est là, lui aussi, si voûté qu'il ne l'avait pas reconnu parmi les femmes. Il pose sa main sur l'épaule de Baptiste. En retrait, la voix de Mamette, enfin :

— C'est Ernest. Il est parti, Baptiste.

— Parti où ?

A-t-il jamais prononcé des mots aussi stupides ? La main de Couderc s'appesantit.

— Petit, ton oncle s'est noyé dans le torrent. On l'a ramené y a une heure, dans sa brouette.

Baptiste tombe sur la chaise qu'on approche. Le sang a quitté son visage, toute vie l'a déserté. La pluie s'écoule sur lui, goutte par terre. Il a des gestes d'automate pour boire le verre d'eau que lui tend Mamette.

« J'ai si soif… et cette guêpe qui bourdonne contre le fenestron. Il faut que je change de camisole et que je détache Martin… Le tonnerre là-dessus, qui roule comme un tambour… Le calendrier des Postes accroché de travers au mur… Couderc monté sur une chaise. Qu'est-ce qui lui prend ? Il arrête le balancier de l'horloge. Et grand-mère recouvre le miroir ébréché d'un linge blanc, puis elle ferme les volets. On baisse la lampe à pétrole. Comme il fait noir… Une présence humide à mes pieds. Farou qui tourne et jappe. On l'éloigne. Il soupire à fendre l'âme. Puis ces voix basses qui bourdonnent dans l'orage. Couderc, le maire… ils discutent comme derrière une cloison. Parlent d'accident, un coup de sang peut-être. Par cette chaleur, et l'eau glaciale du torrent… On pleure, à présent. Mamette. Qu'est-ce qu'elle dit ? C'était son tour, pas le sien… Le manège de la vie, la roue… et l'orage au-dessus, qui tonne et gronde. Bourdonnement de guêpe qui se cogne. Des mots vides tombant de bouches figées. Tous ces sons discordants… »

— Le courant est fort, dit encore Couderc. Il aura glissé, sur ses espadrilles. Il ne savait pas nager, c'est sûr.

— Les marins, paraît qu'ils ne savent pas nager, la plupart.

— Marin ? C'était un sacré montagnard, oui, Ernest ! Fallait le voir poursuivre un isard sur des parois glacées pire que du verre… et traquer l'ours, bon sang !

Le maire opine de la tête, s'en va répétant :

— Un chasseur « esseptionnel », Ernest...

Couderc acquiesce, mordille sa moustache jaunie par le tabac. C'est agaçant. Le torrent, l'oncle le connaissait par cœur, il y pêchait la truite, les écrevisses. Baptiste voudrait le dire mais ne réussit pas à prononcer un mot.

— Où vous l'avez retrouvé ?

C'est le père Coumes qui vient d'entrer, le pas solennel, pour une fois. M. Pierre le suit. L'air se raréfie dans la pièce obscure. Couderc explique :

— Dans le torrent, aux Amers, il y allait toujours pour son linge. Son corps était coincé entre deux rochers, dans un drap qu'il venait de rincer...

Baptiste se lève brusquement. Sa chaise se renverse. Une femme pousse un cri d'effroi. Le garçon agrippe le maréchal-ferrant, le secoue comme un prunier, le regard halluciné, la respiration haletante. Il hurle :

— La Grande Laveuse ! C'est elle ! Dis-le-moi, je t'en supplie... il a les mains coupées?

— Calme-toi, petit. Je comprends pas...

— Les mains ! Les mains..., implore Baptiste.

— Bien sûr que non ! Il n'a aucune blessure. C'est le cœur qui a lâché.

Baptiste se souvient : « Fiston, les poètes partent toujours par le cœur. »

Il demande :

— Où il est ?

— Là-bas, sur son lit. Tu es sûr...

Sans un mot, sans les voir, Baptiste les écarte et traverse la cuisine. Il entre dans la chambre.

— Le chagrin lui aurait fêlé le cerveau ? s'alarme quelqu'un derrière lui.

Personne ne se risque à répondre, sauf M. Pierre. Sa figure mince a la teinte de la craie et il bute sur les mots.

— Mais non, c'est le choc. Surtout… laissez-le tranquille. Seul avec lui.

*
* *

Il est là, allongé sur sa couche, les paupières closes. Deux bougies baignent la chambre d'une lueur mouvante. Baptiste s'assoit au bord du lit étroit, saisit entre les siennes les mains fermées sur le secret de la mort.

— La Grande Laveuse, elle ne t'a pas coupé les mains… La Grande Faucheuse…

Il aimait tant les mains de l'oncle, chaudes comme le pain sur une onglée, fraîches comme le vent sur une fièvre, douces pour caresser le chien, actives pour embraser le feu, habiles à tailler un sifflet, à délier la parole des autres. Oisives aussi, parfois. Des mains franches. Elles lui ont tant appris, et ne l'ont jamais frappé. « C'est mon père qui a des battoirs, comme la lavandière maudite… »

L'ombre se creuse autour d'eux. Le temps coule. L'orage s'éloigne vers les sommets. Comme toute douleur éclaircit un mystère, dans la poitrine de Baptiste se dénoue un vieux tourment, et il prend doucement la parole :

— Tonton, je vais te le raconter, moi, ce conte qui m'épouvantait tellement, enfant…

La lumière fugitive sculpte sur le visage de cire un sourire léger, une ultime moquerie adressée aux survivants. Baptiste ferme les yeux. Il commence, sur un ton de berceuse :

— L'Enchantée du lavoir, tu te rappelles ? Chaque année à la mi-mai, la nuit venue, tout le village entendait le bruit d'un battoir au bord de la rivière. « C'est l'Enchantée du lavoir, disaient les vieux. Vite, vite, faisons le noir… » Les gens se calfeutraient, soufflaient la chandelle, jetaient un broc d'eau sur le feu. Les petits enfants se blottissaient au fond de leur lit. Les chiens aboyaient dans la campagne et les arbres poussaient ces cris qu'on appelle le vent. « Vite, vite, faisons le noir, c'est l'heure de la Grande Laveuse. Son battoir est en or. Elle vole la lumière. C'est une ensorceleuse d'hommes. Un jour elle nous enlèvera le soleil… » Un étranger égaré, une nuit, à travers le trou d'une haie, l'a vue danser sur le grand pré, dans ses voiles de brume. Il n'a plus respiré. Il a regardé. Après, il a raconté. Au village, on l'a dit fou. L'année suivante, à la mi-mai, elle l'attendait dans le grand pré. Elle tordait ses toiles blanches sous la lune, ses cheveux ruisselants pour les faire sécher dans le jardin des étoiles. Elle a appelé l'homme de sa voix suave : « Viens. Je te reconnais. Je vais tisser pour toi un drap frais et parfumé où nous serons nus dans l'amour. » Il s'est approché. La bouche de la lavandière dévidait un fil de soie couleur d'ivoire qu'elle tramait de ses mains de feuilles. Elle sent bon la Belle Enchantée. Son parfum encercle l'étranger d'un cocon. Il se prend pour un enfançon, enivré par sa souplesse, par sa promesse, jusqu'à ce que ses yeux voient, mais il est trop tard, le tissu blanc clouté d'or étendu dans le grand pré. Et c'est son linceul. L'homme hurle. La Grande Laveuse avec son battoir d'or lui casse la voix, qui se brise comme du verre, et lui tranche les mains. « Tu as mal compris, dit-elle avant de disparaître. Tu ne m'as pas écoutée, faible créature… j'ai dit *nus dans la mort…* » À l'aube, un paysan retrouva le corps couché dans son linceul comme dans une barque flottant au fil de l'eau ; et dans l'herbe foulée, deux feuilles mortes : les mains ensanglantées. Depuis, chaque année à la mi-mai, la nuit venue, l'Enchantée avec son battoir appelle l'étranger.

⁂

Bien plus tard, quand l'aube grise raye les volets, un bruit singulier attire l'attention de Baptiste. Deux silhouettes noires veillent au pied du lit et murmurent des paroles indistinctes. Il jette un dernier regard au gisant, se lève doucement, embrasse les vieilles femmes et sort sans bruit.

L'air frais du jour qui se lève lui lave le visage. Il marche. Marche sans trêve dans la forêt. Marche tout le jour, seul. Marche tout là-haut vers l'estive, à l'assaut du ciel bleu de lessive qui le nargue.

10

C'est le premier enterrement civil aux Moussures. « Le curé Despax au chômage ce jour-là, j'aimerais voir ça, fiston ! » Tout le village est là, quelques-uns par curiosité, la plupart par attachement à l'oncle Ernest. Seul le silence est religieux.

— Jeté dans le trou comme un chien, sans bénédiction…, s'est désolée la vieille Estival en se signant, puis elle s'est tue.

L'eau, bénite ou non, l'oncle n'en buvait jamais, et le latin d'église lui paraissait bien suspect. D'ailleurs, on l'a couché dans sa boîte en châtaignier avec sa bouteille de vin…

Des mots s'impriment en lettres de feu dans la douleur de Baptiste. La voix de l'oncle les souffle comme un vent tourbillonnant. « L'important, c'est la vie, ce qu'on en fait. La mort, c'est une autre expérience. Certains parlent de voyage. Moi, je veux rester là, face au mont d'Ustou, couché à côté de ma sœur, sous une couverture de lierre, comme quand on était enfants, dans le même lit. Je guetterai les isards et j'aurai l'éternité pour fixer les étoiles. »

Baptiste sanglote. Il chemine à petits pas ridicules en avant des autres, avec Martin, docile, à ses côtés. La présence de l'ours n'étonne personne. C'est un hommage à la confrérie des montreurs. Lorsque Baptiste trébuche de chagrin sur le chemin cahoteux, l'animal attend patiemment, la chaîne tendue. « Pourquoi mourir ainsi, au plein de l'été ? Lui qui aimait tant la vie… » Mamette, si menue et si sèche, ratatinée comme une pomme, s'est détachée du cortège pour soutenir Baptiste. Elle lui prend la main sans un mot. Voilà l'autan noir qui se lève ; « il va voir ses parents malades et revient tout en pleurs… » Il pleuvra demain et les trois jours suivants. Il pleurera demain…

Les montagnards se taisent. Les bigotes n'osent pas réciter de prières et leurs mains vacantes de chapelet ne savent où se poser sur leurs blouses noires. M. Pierre, dans les premiers rangs, resserre plusieurs fois, d'un geste machinal, le nœud de sa cravate, et chaque fois il peine à déglutir. On n'entend que la respiration saccadée des vieux et le raclement sur les pierres des chaussures cloutées, jusqu'au moment où la grille rouillée du cimetière grince horriblement.

Baptiste seul porte une corbeille remplie de fleurs coupées, coquelicots simples et seringats du jardin. Dans le sillage des parfums, des abeilles tournoient. Ni fleurs ni couronnes ; ni curé ni discours… selon les volontés de l'oncle, qui ne faisait que selon ses quatre volontés, n'est-ce pas ? Même l'autan qui se déchaîne et emporte les chapeaux du dimanche, c'est lui qui l'aura convoqué…

On fait cercle autour du trou béant. Le cercueil porté par quatre compagnons montagnards glisse sur les cordages. Un rayon de soleil perce, avive l'odeur sucrée des fleurs. Les abeilles dansent dans la poussière, pour l'apiculteur. Le cercueil heurte une pierre, les porteurs soufflent et reprennent la manœuvre. « Petit, on largue les amarres… » Les paysans ôtent leur chapeau et le tiennent serré contre leur veste de drap sombre, comme une bouée. À quel signal Martin obéit-il alors, qui se dresse, très droit, et baisse humblement la tête ? L'assistance murmure en patois. M. Pierre récite pour lui-même un court poème. Du Victor Hugo, l'oncle l'aimait tant… L'émotion est profonde, Baptiste glisse sur des parois obscures, aspiré au fond d'un entonnoir éblouissant. Il chute comme le dormeur qui dans son cauchemar descend un escalier sans fin, rate une marche et, croyant agripper le vide, sent le poids de son propre corps.

Lorsqu'il revient à lui, Baptiste est allongé sur l'herbe. Couderc lui tend une gourde d'eau-de-vie. L'instituteur l'aide à s'asseoir. Il boit à petits coups. Martin est couché contre lui comme un vieux chien. Mamette lui essuie le visage avec son mouchoir. Des voix s'entrelacent.

— C'est fini, maintenant.

— Pauvre *pitchoun*… te voilà orphelin.

— C'est toujours les meilleurs qui s'en vont les premiers.

Baptiste se relève. Il a mal partout. Le sel des larmes brûle ses paupières. Parmi les montagnards qui s'en vont, il reconnaît la silhouette noueuse de son père qui s'éloigne définitivement, sur le chemin et dans le temps. Ils ne se sont pas dit un mot. Grand-mère a suivi son regard.

— Un cœur de pierre, celui-là, dit-elle tout bas.

Pauvre vieille qui va rester là. De quelles attentes sont faits ses jours ? Baptiste se détourne, la gorge nouée. Camus, qui fait le fossoyeur, manie la pelle pour reboucher le trou. Il crache dans ses mains calleuses, peine et jure.

— Même la mort, c'est dur !

Camus grimpera sur l'estive, ce jour. Il lancera dans l'air un silex, une pierre polie, bien blanche, le plus haut possible, en récitant une incantation. Elle entrera dans le ciel, sera un oiseau. Camus l'a bien vérifié, elle n'est jamais retombée. L'âme de l'oncle Ernest pourra ainsi connaître la paix qu'elle mérite, et Camus redescendra aux Moussures soulagé.

— Allez Baptiste, dit Jean Toulza en prenant le garçon par l'épaule. Viens avec nous au café. Coumes n'a pas fait de repas, mais on va boire un coup. Il aurait aimé ça.

*
* *

Deux mois ont passé. Baptiste est sur le départ.

Pendant plusieurs jours, après la mort de l'oncle, il s'est enfermé seul dans la grange. Son havre était détruit, sa vie saccagée. Il ne s'occupait même pas de Martin. Il restait allongé là, sans bouger, sans voix. Il fallait que la fleur rouge de la douleur se flétrisse dans sa poitrine.

M. Pierre et Mamette ont pris les choses en main. On avait attaché l'ours dans le jardin de l'oncle. Il tournait autour du noyer, gémissait parfois, dormait beaucoup. Mamette l'a nourri comme elle a pu, de lait et de pommes de terre. Jamais Martin n'a tenté d'arracher sa chaîne et de recouvrer sa liberté. Il se faisait oublier. Quand Baptiste est réapparu, il lui a fait fête comme à un vieil ami dont on est sûr du retour et qu'on attend patiemment. Libéré de sa chaîne, Martin s'est couché sur le dos en ronronnant doucement pour que Baptiste le caresse. Le garçon a compris que sa raison de vivre était Martin, et ce projet de partir qu'il ne devait pas différer.

Ce soir-là, il est rentré dans la cuisine. Chaque recoin retenait captive une odeur de poussière et d'abandon. Plus d'effluves de tabac ni de pain chaud. Du noir partout, des cendres à jeter. Il a ouvert grands les volets. La lumière limpide d'un soir de septembre a impitoyablement révélé le désespoir assis là sur le petit banc, l'absence terrible, comme un glacier où se perdre. Baptiste a trouvé une bouteille de vin sous l'évier, l'a bue d'un trait et il est tombé comme une masse dans un sommeil plombé. Le lendemain, la tête moins lourde qu'on aurait pu craindre, il s'est consacré à ses préparatifs.

De l'aide, il en a eu, et même des propositions indirectes de son père, qu'il n'a pas voulu revoir. Mamette venait chaque jour, lui apportait à manger. Et jamais une plainte, une remarque, même si Baptiste ne touchait guère à la nourriture. Humble présence, sans effusion ni éclat. Simplement, un jour que faible et découragé il s'emportait contre l'oncle, lui reprochant amèrement de l'avoir abandonné, elle est sortie, pour marquer sa réprobation.

M. Pierre n'a pas été en reste, bien que Baptiste ait refusé de retourner à l'école. Il le rejoignait, le soir après la classe, pour préparer son itinéraire, étudier la carte de France et surtout rédiger auprès du maire et de la préfecture une demande d'autorisation de quitter le département. Le maire s'est porté garant et Félix Esquirol a donné son accord. M. Pierre s'est renseigné, sur le marché de Saint-Girons, auprès du chef de gare sur l'opportunité d'un train de marchandises pour Toulouse. D'autres trains l'attendent à destination du Havre. Ensuite, ce sera l'océan libérateur, l'aventure enfin !

Baptiste a confié les animaux à des amis. Le mulet bien utile aux fils Toulza, à condition qu'ils entretiennent les arpents et profitent des récoltes. Les poules noires qui nichaient la nuit dans les arbres du jardin à la vieille Estival. Le plus pénible a été de se séparer de Farou. C'est Camus qui s'en occupera… ou plutôt Farou s'occupera du berger, et lui gardera son troupeau sur l'estive. Obéissant à sa mystérieuse horloge des sentiments, Farou se rendait chaque jour à la même heure au cimetière, s'allongeait sur la tombe de son maître et revenait ensuite à petits pas méditatifs à la maison…

Baptiste a un jour manqué changer d'avis, tant la sollicitude inattendue des villageois l'avait touché. « Je suis dans ma maison, maintenant, je ne peux pas partir… » Les objets eux-mêmes lui faisaient discrètement des signes pour le retenir. Dans un moment de chagrin, il a voulu entendre le pourpre, il a soulevé le couvercle du banc-coffre, et c'est toute son enfance qui lui a sauté au visage. Le coquillage se tait obstinément. Baptiste le jette violemment contre la pierre de l'évier, où il se brise. Une autre fois, il feuillette les *Fables* de La Fontaine et se transforme en statue de sel. Le livre s'ouvre sur la fable préférée de l'oncle, un grand papillon blanc sec et aplati sert de marque-page. L'oncle l'appelait son pense-bête… Baptiste relit « Le Loup devenu berger », il imite l'oncle interprétant les différents rôles : la brebis stupide — bêê-bêête —, le loup naïf paradant avec un grand chapeau à fleurs et contrefaisant ses hurlements, le berger endormi — ron-ron. Dans un éclair blessant de mémoire intacte, l'oncle apparaît soudain avec tous ses tours et ses atours, hâbleur et facétieux… Puis l'ombre le reprend. Baptiste est anéanti.

Grand-mère l'a aidé à transformer une cape noire en manteau de montreur d'ours. Elle a cousu des poches et des doublures où cacher les pièces d'or. Baptiste emporte le précieux couteau suisse, un baluchon avec quelques vêtements, une couverture, un grand parapluie noir… Ne pas se charger trop. Et aussi la gourde d'Ernest, une grande besace, une gamelle pour Martin, son clairon, le tambourin à clochettes.

Un moment, il a pensé faire route vers Paris, puis lui sont revenus en mémoire les conseils de l'oncle. « Les Parisiens n'aiment pas les montreurs d'ours. Quand tu penses à tous ces bateleurs qu'il y avait autrefois sur le pont au Change… Il y a même un texte de loi, un décret interdisant de se promener dans la rue avec un ours. Tu te rends compte ! Ne va pas à Paris, on te prendra ton ours et il sera en cage au Jardin des Plantes. Tu lui rendras visite derrière des barreaux. Et puis, en cas d'émeute, on te le mangerait ! (Baptiste en avait frémi.) Tiens, pendant la Commune, après trois mois de siège, les Parisiens crevaient de faim, ils ont bouffé l'ours brun et les éléphants, après les chiens et les rats… »

Une aube brumeuse se lève sur les Moussures. Baptiste ferme tout doucement la porte de la maison, comme si un enfant y dormait. Sa maison, peut-être… Mais que vaut une maison vide, privée de son principal occupant ? Grand-mère est là, avec Jean Toulza. Ils s'étreignent sans un mot. Grand-mère range la clé sous son fichu de laine noire. Baptiste s'éloigne, tirant Martin par sa chaîne. L'ours bâille, se laisse traîner. Baptiste se retourne. Les chères silhouettes agitent leurs mains et s'estompent dans le coude du chemin.

Encouragé, Baptiste presse l'ours :

— Allons, Martin, il faut arriver à Saint-Girons avant midi.

DEUXIÈME PARTIE

NEW YORK
(1906-1908)

11

3 octobre 1906 : le jour du départ pour l'Amérique est à marquer d'une pierre blanche. Baptiste s'en souviendra toute sa vie, du moins le croit-il, en ce début d'après-midi. Quand on largue les amarres, qu'on lève l'ancre et que le *Gallia* glisse le long du quai, il se sent soudain terriblement heureux, léger comme il ne l'a plus été depuis des mois.

Il rit, appuyé au bastingage, perdu parmi la foule. Il respire à pleins poumons, le pied ferme dans ses espadrilles, au moment de s'éloigner enfin du poids de la terre ingrate et besogneuse. Il rompt le fil, remonte à la surface comme une bulle irisée. À la proue, l'eau se déchire dans un tourbillon d'écume.

Sur les quais du port du Havre, on agite des foulards de couleurs, des chapeaux, des mouchoirs blancs. Baptiste ne participe pas à l'émotion collective, aux larmes furtives, au rituel des adieux. Aux cris des voyageurs, il préfère les sirènes des remorqueurs qui accompagnent son bateau, le cliquetis des lourdes chaînes que l'on remonte, le bruit sourd des machines. Son regard glisse sur un homme, juché dans une nacelle, qui nettoie la rouille d'une coque, sur les énormes cordages déroulés. Il effacerait bien d'un revers de main toute cette architecture qui encombre encore l'horizon : les chantiers immenses hérissés de grues, les hangars, les maisons de trois étages, les énormes lettres de l'enseigne de la Compagnie des docks et entrepôts, les hautes cheminées et les mâts des bateaux, les pavillons internationaux, les dix bassins à flot, les jetées de bois et même le phare à l'extrémité… Et encore, sur les quais interminables, toute cette marchandise accumulée, les fûts de vin, les barils de pétrole, les balles de coton, les sacs de café. Il ne veut conserver que le souvenir des senteurs exotiques du goudron et du cacao. S'abstraire enfin… atteindre la haute mer, humer le sel, accéder à la plénitude en échappant à l'activité de fourmis des dockers.

Les remorqueurs s'appellent *L'Abeille.* Rien n'est donc fortuit dans cette aventure. Ça y est, ils ont poussé leur cri d'adieu, les dernières balises ont disparu. Baptiste s'imprègne des embruns poisseux, fixe la mer qui brille comme le dos d'un dauphin. Pas question de fermer les yeux. Le voilà, l'horizon tant attendu, un rêve qui a bercé son enfance. Derrière lui, les maisons se tassent, le vaste port grouillant se résout en un trait rectiligne, comme sur le dessin que l'oncle lui avait fait un jour au crayon sur une page blanche.

— Fiston, tu veux que je te dessine l'océan ? Voilà, une ligne horizontale, le ciel en haut, l'eau en dessous…

Pour délimiter l'espace, il ajoutait un V dans le ciel, un oiseau, et un autre V dans l'eau, un voilier. On pouvait confondre les deux, mais Baptiste n'osait pas le lui dire…

Ni la fumée ni le roulis ne le dérangent, et la nostalgie de l'affection ne pèse presque rien. Effacée enfin la corvée des formalités à accomplir depuis son arrivée au Havre : trouver une agence, acheter un billet, attendre un bateau transatlantique pendant dix jours, obtenir une place pour Martin dans la cale, passer l'examen sanitaire. Franchir ces obstacles lui a paru plus long que le voyage, riche en surprises et en nouveautés, qui en moins de vingt jours l'a mené de Saint-Girons à Toulouse, et de là au Havre. Vingt jours à peine pour traverser la France, et surtout échanger un horizon de montagnes pour l'infini de l'océan.

Plus qu'au détail de ses pérégrinations, des premières « représentations » de Martin aux carrefours de villes inconnues, entre deux trains de marchandises filant à toute vapeur vers le nord, Baptiste s'attarde à la découverte d'une sensation étrange, excitante : la vitesse, l'impression d'avancer dans l'espace, certes, mais surtout dans le temps. Autrefois — car sa vie pyrénéenne lui paraît à présent rejetée dans un passé déjà lointain —, la vitesse ne lui était sensible qu'à travers la course d'un isard sur des dalles rocheuses, le piqué d'un aigle fondant sur sa proie, la rapidité brutale de l'avalanche dévalant la pente. Sa vitesse à lui, c'était celle de son pas, le rythme naturel de la marche, au mieux le train de sénateur du mulet de l'oncle gravissant un col. Se précipiter, c'était tomber dans le précipice ! Tandis que de Toulouse au Havre, un précipité de vie l'a emporté. Une frénésie de la ville aux facettes innombrables : le mouvement continu de la foule, le bruit, le trafic, les harangues des marchands, les sollicitations constantes autour de l'ours. Un trop-plein assourdissant d'activités.

Martin quant à lui n'a montré au sein de ce chaos aucun signe de changement. Malgré les encombrements, la poussière, l'étroitesse des rues, l'agressivité des cris et des couleurs, tout un code urbain si opposé à sa vie antérieure, il n'a jamais paru s'étonner, ni s'alarmer. Il s'en remet à Baptiste et rien n'altère sa placidité naturelle.

Pour la première fois depuis des jours, Baptiste observe le ciel. Entre les nuages amoncelés, le soleil trace un sillage de nacre. Les goélands et les mouettes ont cessé à leur tour d'escorter le navire. Baptiste est près d'imaginer une ville pavée d'or et de marbre qui surgirait de l'écume au premier claquement de doigts, mais la voix grave d'un matelot le fait revenir sur terre, en l'occurrence le pont de troisième classe du *Gallia*, en route pour New York.

— On augmente la pression ! crie le marin, et il disparaît après avoir craché sur le pont.

*
* *

L'état de Martin préoccupe Baptiste. Un généreux pourboire offert à un matelot lui ouvre les portes de la soute.

Avec ses espadrilles, il glisse sur les marches étroites et manque tomber. Il règne une chaleur suffocante. Au bruit des machines se superpose une cacophonie exotique d'animaux qui hurlent ou gémissent. Chacun dans sa prison appelle à l'aide. Dans ce tintamarre, deux singes s'insultent et un perroquet inlassable et ironique crie :

— C'est Coco qui va faire fortune… Coco !

Une odeur pestilentielle de gazoil, de poussière et d'excréments saisit Baptiste à la gorge. Dans la semi-obscurité, il distingue enfin la masse rousse de Martin roulé en boule sur la paille d'une cage. Il se précipite, l'appelle doucement :

— Martin, Martissou… mon ami. Je vais te sortir de ce cachot.

D'abord l'ours ne réagit pas, puis un grognement pitoyable traverse l'épaisse fourrure. À travers les barreaux, Baptiste tâte le museau de l'ours, qui est sec comme de l'étoupe.

— Pauvre Martin, tu as soif. Tu crèves de chaud dans cette fournaise.

Baptiste obtient l'autorisation exceptionnelle — « vous entendez, exceptionnelle, insiste le capitaine, mais des montreurs d'ours, j'en avais encore jamais vu à bord… » — de faire la traversée avec son animal sur le pont, à condition de l'attacher et de le surveiller constamment. « Vous le sortirez à minuit, quand il y aura moins de passagers… Avant l'arrivée à Ellis Island, il sera remis en cage pour l'examen vétérinaire. »

Dans un cliquetis de chaînes, Martin se laisse traîner comme un sac hors de la geôle.

— Ne fais pas l'âne mort, le gronde Baptiste, mais il doit le haler.

Des hurlements stridents l'accompagnent, des pattes se tendent et des regards fiévreux implorent.

Baptiste transpire dans ses sandales de corde. Il reprend son souffle, exténué, l'épaule meurtrie, quand il parvient enfin là-haut avec Martin. Le grand air du large revigore l'ours comme un soufflet attise la braise. Il se dresse sur ses pattes arrière, s'étire et chaloupe sur le plancher glissant. Puis il lève la tête et lape à grandes goulées l'air bleu de la nuit. Dans le ciel clouté de myriades d'étoiles, la Voie lactée, le chemin de Saint-Jacques, disait l'oncle, épanche sa lumière blanche dans un sillage d'écume. Les narines de l'ours frémissent. Ses lèvres font un bruit de succion. Il tète la Grande Ourse.

Cramponné à une chaîne, ivre, Baptiste est pris de vertiges, entraîné malgré lui dans une valse où le ciel bascule, se noie, devient liquide et se fait vague, effleure la face dorée de la lune. Baptiste vomit un jet de bile par-dessus bord et se ressaisit. Plus que la faim et le tangage, la beauté du spectacle offert par l'ours lui coupe le souffle. Martin se tient bien droit, les pieds en canard, et brusquement tourne sur lui-même, accélérant le rythme comme une toupie. Sa fourrure humide et luisante accroche des fragments de sel et de lumière. Tout d'un coup, il s'arrête et s'applaudit. De ses petits yeux de myope, il quête sur le visage de son maître un signe de contentement. Baptiste jurerait qu'il l'a vu sourire.

— *Un bel* spectacle ! *Per te* tout seul !

Baptiste sursaute.

— Je t'ai fait peur ? *Scuzi*. Superbe, *la bestia*… *io* me présente. Giuseppe Gasperini, ancien dompteur.

Baptiste distingue une silhouette trapue, un crâne lisse comme un genou qui brille au clair de lune, une forte moustache d'où sort une voix chaude. Il serre une poigne solide et se présente à son tour. L'homme étonne par son accent et détonne par son accoutrement. Il porte un large pantalon à carreaux jaunes et noirs, une chemise rouge sans col, et il tire sur ses bretelles comme s'il pompait sur des élastiques.

— Tu es tout blanc… le mal de mer ? On a toujours le mal de quelque part ! En Amérique, tu auras le mal du *paese*… du pays, de ta mère… Ah, la mer, la mère !

Son rire fait luire une canine en or. Il poursuit :

— Difficile de dormir avec les autres qui ronflent, les *bambini* qui pleurent… Ça manque d'air là-dedans. (Giuseppe se bouche le nez) Et l'odeur ! *Porca madonna* !

— Vous voyagez seul ? demande Baptiste.

— Hélas non ! Avec toute la *famiglia*. Tu les verras demain : la femme, le ménage, la fille, deux garçons et deux singes… la ménagerie…

Baptiste, que la vie montagnarde a habitué à économiser sa salive et ses gestes, est intimidé et séduit par tant de prodigalité.

— Vous êtes italien ?

— *Bravissimo* ! Comment tu as deviné ? Gasperini de Parme… le jambon, les violettes… Et *tu* ?

— Des Pyrénées, Ariégeois. (Il montre l'ours) Il n'est pas du pôle Nord ! Vous parlez drôlement bien français.

— Merci mille fois. Je vivais à Toulouse, au bord de la Garonne. Ah, le soleil couchant sur la brique rouge. Un opéra estival. Un festival !

Giuseppe ponctue ses phrases de grands gestes ronds.

— Je gagnais bien à l'époque… dans un cirque. Et puis le malheur est tombé. Un tigre m'a déchiré l'épaule et la moitié de la poitrine.

L'Italien ouvre sa chemise. Une large cicatrice blanche et couturée zigzague sous un tatouage bariolé. Giuseppe fait une grimace.

— Impossible de l'oublier malgré le coloriage. Bah, bah… (Il contemple l'ours qui, épuisé par ces palabres, s'est allongé sur le dos et ronfle comme un ivrogne) Et lui, il a un nom ?

— C'est Martin. Il va mieux. Dans la soute, il a failli crever de chaud. Ça aime les hauteurs, le froid, le silence…

Giuseppe bâille à s'en décrocher la mâchoire.

— *Bene*, il est tard. Je vais retrouver la *famiglia*. Le vent est frais. Tu dors là ?

— Contre Martin. Il me tient chaud et décourage les voleurs.

L'Italien hoche la tête.

— À demain, dit-il. Je te garderai une place au réfectoire.

Il disparaît dans la nuit. Baptiste se niche contre son ours et plonge aussitôt dans un sommeil sans rêves.

*
* *

Une semaine s'est écoulée et Baptiste est désormais très occupé. Sa vie à bord a changé depuis que, sur les conseils du capitaine — « un ours et son montreur… un ours qui fait des tours en public ! La traversée paraîtra moins longue à mes passagers de première… » —, il a rencontré le régisseur de la salle de spectacles qui compte parmi les équipements modernes du *Gallia*.

Baptiste a d'abord refusé toute participation de Martin aux réjouissances du bord, mais le petit homme obstiné, qui a sans cesse à la bouche la « distraction de notre clientèle », a réussi à le convaincre. Ils ont mis minutieusement au point le numéro de Martin. Les répétitions ont été quotidiennes et longues, mais l'ours, ravi de ne plus être en cage, fait preuve d'une docilité parfaite.

Ce soir, dans l'entrebâillement des rideaux de velours rouge, Baptiste observe la salle. Elle a paraît-il les dimensions d'un vrai théâtre, une lumière aveuglante tombe des lustres pour en souligner le luxe, et elle est comble. Baptiste entrevoit des visages sérieux d'hommes mûrs, de femmes fardées. Leur peau brille, des bijoux scintillent sur des toilettes discrètes. Depuis une semaine que le *Gallia* a quitté Le Havre, Baptiste n'aurait jamais soupçonné qu'une telle population effectuait cette traversée avec lui et Martin, avec les Gasperini, avec la foule à présent familière des émigrants.

Il est encore à s'ébahir de son nombre et de sa riche apparence quand le régisseur entre en scène, costumé en dompteur, cinglant l'air d'un fouet qui lance des étincelles. Il se met à parler fort, dans une langue que Baptiste ne connaît pas, ou alors ce sont des mots savants qu'il n'a jamais entendus prononcer. «*Ladies and gentlemen*... attraction inédite... exclusivité transatlantique... »

Baptiste devine qu'il s'agit de lui et de son ours, et il a le trac. D'habitude, c'est-à-dire en fait depuis Saint-Girons, à quelques semaines seulement de là, mais autant dire dans un autre monde, il a le ciel pour chapiteau, le pavé des rues pour estrade. Il travaille en «palc», lui a dit Gasperini, fort de son expérience du cirque.

Ici, tout est artificiel. Une chaloupe exhaussée couverte d'une bâche se détache sur le fond d'un décor marin. Et il est temps que Baptiste, déguisé en clown, entre sur scène en titubant, se contorsionne et essaie de souffler dans une trompette. Le dompteur s'exclame :

— Mais où est le fauve ?

Le clown hausse les sourcils, les épaules, écarte les bras en signe d'ignorance, et tombe. Des applaudissements mesurés s'élèvent dans la salle. Le régisseur interpelle à nouveau les «*ladies and gentlemen*» d'une voix tonitruante et parle d'un «numéro dangereux, sans grille ni filet». Des visages féminins frémissent au premier rang. L'angoisse de Baptiste est à son comble. Comment Martin va-t-il s'adapter aux dorures de l'avant-scène, à l'apparat des tentures et des fauteuils rouges, à la forte odeur de cigare qui se mêle aux effluves de parfums capiteux ? À toute ces présences silencieuses, en attente, à l'affût d'un drame, qui sait ? À l'éclat des lustres à gaz, dont la chaleur cuit le visage peint de Baptiste ? Mais la lumière s'éteint tout à coup, sauf un rayon qui épingle un gant blanc, un collier de perles. Silence... Même la voix du régisseur baisse d'intensité.

— *Ladies and gentlemen*, nous n'avons pas d'éléphant à bord. Mais des hauts sommets de nos montagnes est venu jusqu'à nous… (le fouet désigne Baptiste) cet homme ! Avec son animal, son fauve…

Le bonhomme pivote sur les talons, le fouet en même temps qu'une flèche de lumière pointent vers le fond de la scène.

— J'ai nommé Martin !

Un roulement de tambour accompagne l'annonce. Martin, là-bas, ne réagit pas, reste invisible. Baptiste, soulagé de bouger, s'est prestement glissé vers la chaloupe, il s'adresse à son ours d'une voix qui lui paraît étrangère, tout assourdie.

— Allez, Martin, fidèle compagnon des traversées, montrez-vous !

Il arrache la bâche et, dans la chaloupe en trompe-l'œil, l'ours apparaît, tranquillement assis comme un pêcheur qu'on dérange. Un bonnet de marin est fiché entre ses deux oreilles et un nez rouge orne sa truffe. Loin derrière lui, Baptiste entend des rires, des exclamations. Il éprouve une douleur au ventre quand l'ours descend pesamment de la barque, en clignant des yeux. Bon sang, ce n'est pas le moment… Les feux de la rampe baissés, le balancement du bateau, la houle des spectateurs accentuent son malaise. Il se produit un bruit énorme qui l'aide à se ressaisir. C'est Martin qui vient de sauter sur un tremplin flexible. Un gymnaste le suit de près, exécutant un impeccable saut du singe que l'ours, placé sur le côté, applaudit de ses larges pattes. La concordance des mouvements a été parfaite. Les spectateurs applaudissent eux aussi et s'arrêtent tous en même temps, comme s'ils s'étaient donné le mot. Pas d'encouragements, d'appels, de sifflets intempestifs ni de remarques gouailleuses. Baptiste n'a pas l'habitude de ce genre de public et craint la suite. Mais l'ours est à l'aise, il attrape au vol un bâton, salue, se met au garde-à-vous, puis s'assoit sur un tabouret, au bord de la scène. On lui sert une coupe de champagne. Il boit, se relève, tangue et fait l'ivrogne, se précipite enfin sur Baptiste qu'il fait tomber et traîne sur le plancher, pauvre Pierrot désarticulé…

Martin cligne des yeux vers le public, il attend les applaudissements, polis et harmonieux. Le régisseur réapparaît, alors que l'obscurité se fait.

— Et voici le clou du spectacle ! De quoi vous couper le souffle ! Le même fauve dans un numéro époustouflant, jamais vu dans un cirque flottant… Et pourtant, voici…

Les lustres soudain rallumés éclairent une énorme Dame Gigogne, coiffée d'une perruque poudrée. Sa vaste jupe en taffetas à carreaux rouges et bleus tourne sur elle-même au rythme d'une valse, lentement, et de ses plis s'échappe une étrange cohorte de caniches vêtus de calicots, de nains à clochettes, et encore deux singes en Arlequin. Après une double ovation du public, Martin arrache sa jupe, descend d'un escabeau et se dégage à grand-peine de l'amoncellement de tissus. Il ôte sa perruque, la lance à Baptiste, saisit un grand cerceau tendu de papier d'argent. Un chien jaillit des coulisses et traverse le cerceau. L'ours salue, saute une corde, et son poids fait vibrer le parquet. Il enlace son maître, s'enroule avec lui dans des rubans de couleur, jongle avec deux quilles et traverse la scène, juché sur une boule rouge… Pendant ce temps, le gymnaste a placé au centre de la scène un grand cadre sans fond. Baptiste se place face au cadre et fait semblant de s'admirer dans une glace. L'ours tel un Auguste se met de l'autre côté et c'est Baptiste qui imite Martin, se penche à droite, à gauche, se dandine, incline la tête. À la fin, il lui lance une balle à travers le miroir, et l'ours s'en saisit, la lui renvoie avec force. C'est la fin du spectacle.

Baptiste n'a pas cessé de murmurer à Martin des encouragements. Maintenant que son complice salue la salle, son poil lustré brillant dans la lumière vive, il respire plus librement. L'orchestre joue un *cake-walk* entraînant. L'assistance applaudit à tout rompre, se lève même. Baptiste, sur un signe du régisseur, rejoint Martin. Ils s'étreignent.

— Bravo Martin, tu es le plus fort !

L'ours glisse sur ses patins vers les coulisses, en se dandinant, quelque peu cabotin. Le rideau se referme.

— Ma chère, dit un homme à monocle à sa voisine, au premier rang, je n'ai rien vu d'aussi original depuis ce Russe, Dourov, avec ses chats dressés, si vous vous souvenez…

— Édouard, mon ami, vous faites erreur, il s'agissait de rats.

Tandis que Martin, indifférent au remue-ménage, avale des friandises dans la paume ouverte de Baptiste, la main amicale du gymnaste se pose sur l'épaule du garçon. Giuseppe Gasperini sourit de toutes ses dents.

— Je *a tu* l'avais bien dit que ce serait une réussite… Bravo ! Mais tu es blanc comme un linge…

— C'est le masque du Pierrot, bredouille Baptiste.

12

On arrive, on arrive ! Plus qu'un obstacle à franchir, Ellis Island. Chacun sait qu'il est de taille, mais tous croient à la chasse au trésor…

Le bateau décrit un large cercle, escorté par des remorqueurs, et ralentit. La mer tisse une grande nappe d'écume autour de la statue de la Liberté, immense, dominatrice, point de départ ou de chute de tant de rêves éblouis. Agrippé au bastingage comme un boxeur aux cordes du ring, Baptiste observe cette dame de cuivre dont on a tellement parlé au cours de la traversée. Elle luit de tous ses ors dans le soleil levant. Il l'imaginait un peu comme une figure de proue, en marbre blanc avec des épaules rondes et les seins nus, des angelots à ses pieds… Se mêlaient dans ses souvenirs des illustrations de l'histoire grecque, dans un livre prêté par M. Pierre, et *La Liberté guidant le peuple*. Mais ici, pas de bonnet phrygien, pas de chaîne brisée ni d'insurgés. Solitaire et sévère, cette Liberté-là n'a pas un regard, pas un geste maternel pour l'humanité qui dérive à ses pieds. Elle ne leur tend pas les bras, ne porte ni colombe ni rameau d'olivier. Le visage tragique, elle surveille le large, défie le soleil, sourcils froncés, bouche cousue, hiératique dans les plis droits de sa toge. « Un colosse pas commode », lui avait dit un marin, et Baptiste se souvenait de celui de Rhodes décrit par l'oncle Ernest, ce colosse nu au front rayonnant et au geste protecteur, enjambant un port. Mais sur son piédestal, rivée à son îlot étoilé, la femme-phare qui règne sur la rade de New York, même si elle brandit une torche, n'éclaire pas la nuit des naufragés. C'est l'esprit de la loi, la raideur de la justice, qu'elle impose de toute sa hauteur intimidante. Baptiste frissonne.

Près de lui une femme prie à voix basse, une jeune Russe s'est mise à genoux. Un vieil homme coiffé de la kippa tend au bout de ses bras maigres son petit-fils aux cheveux blonds qui brillent dans le vent. La foule avide se presse, habillée de gris et de noir, coiffée de chapeaux melons, de casquettes, de fichus, que dans un élan elle agite, en criant dans toutes les langues. La statue pharaonique, là-haut, n'en a cure. Alors les gens s'arrachent à sa contemplation, au flottement qui les a saisis, et ils se pressent, poussent, traînent leurs malles en osier, leurs baluchons rayés, leurs valises entourées de ficelle ou d'une ceinture. Certains y ont prudemment écrit leur nom, à la craie. Les lettres hébraïques ou l'alphabet cyrillique restent pour Baptiste des énigmes. Dans la foule des émigrants, il n'a en revanche pas de mal à repérer la famille Gasperini, joyeuse d'être libérée de l'entrepont et de retrouver la terre ferme après dix-huit jours de mer. Giuseppe a recommandé à ses enfants de ne pas se perdre, et pour plus de sûreté Laura les a tous habillés en rouge. Le petit Marco, juché sur les épaules de son père, bat des mains et ses yeux noirs rient de plaisir. Baptiste joue des coudes jusqu'à eux.

— On va accoster ! crie un matelot.

Baptiste prend peur, tout à coup, si vive est l'impression de foncer sur la proue aveugle d'un immense bateau.

— Il te faudrait des lunettes ! se moque Gasperini.

Ellis Island, une autre île avant New York, se confond avec l'énorme bâtiment qui abrite la machine chargée, tel un monstre mythologique, de prononcer l'oracle fatal… L'encre bleue pour le oui, l'encre rouge pour le refus. Là s'impose le destin de chacun comme le Sphinx sur la route d'Œdipe. Les Indiens l'appelaient l'île des Mouettes, les Hollandais l'île de la Petite-Huître, elle fut ensuite, pour une décennie, l'île du Gibet, à cause d'un pirate pendu, avant de porter le nom de son propriétaire, Samuel Ellis. Qu'ils viennent de Hambourg ou de Naples, de Southampton, d'Odessa ou du Havre, les émigrants l'appellent, eux, d'un seul nom : l'Île des larmes.

Dans un fracas de chaînes, l'ancre est lâchée, une large passerelle installée. Baptiste est entraîné par la marée humaine qui piétine, qui moutonne, émue et impatiente.

— Poussez pas comme ça, dit-il à son voisin.

Mais l'homme n'entend rien. Il porte coincés dans le ruban de son chapeau deux billets verts soigneusement pliés.

La façade du bâtiment ressemble, avec sa verrière immense, à une gare. Une voix américaine émise par un haut-parleur couvre de ses accents comminatoires la cacophonie. Les hommes et les femmes sont séparés en deux troupeaux distincts. On échange de l'un à l'autre des signes pour se retrouver, plus tard. Chacun porte dans son dos une étiquette avec le nom du bateau qui l'a débarqué.

L'espace cloisonné de barrières métalliques où Baptiste se retrouve assis sur un banc, serré contre d'autres émigrants, lui rappelle l'enclos du berger Camus. Le plafond résonne d'appels en anglais, le drapeau américain est déployé au fond de la salle. Les regards enfiévrés se voilent d'une sourde angoisse. On pousse Baptiste dans l'infirmerie. Un médecin l'examine avec minutie. Non loin, un jeune homme hurle quand une infirmière soulève ses paupières rouges. Malgré ses protestations, il est dirigé vers un groupe parqué sur le côté : les refusés.

Tout va trop vite pour que Baptiste songe à se préoccuper d'autre chose que de lui-même. Il passe à la douche, glisse sur le carrelage aussi blanc que tous les corps alignés dans une odeur de crasse, subit une deuxième inspection, elle aussi décisive. Derrière un bureau, un homme en uniforme et un civil appellent à tour de rôle les candidats à l'émigration.

— *Frenchy* ! crie l'un d'eux à son adresse.

Baptiste se lève du banc où il patiente, doit répéter deux fois son nom, l'épeler. L'interprète traduit à l'usage de l'homme en uniforme. Les questions se succèdent, rapides, il y a un moment d'exaspération mutuelle quand Baptiste doit indiquer son métier. Il a le tournis, salue la Bannière étoilée, prend son visa « *Welcome to America* », marche dans la direction qu'on lui indique, et soudain, il jubile : il a réussi, franchi les obstacles, d'île en île, il a le droit d'accoster à Manhattan, la dernière…

Des cris le font se retourner. Un jeune homme à la barbe noire hurle, en italien, tandis qu'on lui barre le passage, qu'on le refoule. Des *policemen* munis de matraques se précipitent. Baptiste ne voit plus que deux épaules soudainement affaissées, encadrées par deux formes massives et happées dans un escalier. Sur l'épaule droite, tracée à la craie, la lettre A.

— Anarchiste, explique Gasperini, surgi derrière Baptiste, plutôt énervé. Les contrôles sont sévères, ils renvoient les malades, les éclopés, et aussi les indésirables…

L'incident rapidement maîtrisé, comme un feu qu'on étouffe dans l'œuf, n'a provoqué autour d'eux aucune réaction.

— Retour à la case départ, poursuit Giuseppe en montrant la direction prise par les uniformes. *Porca miseria* ! Tout ce voyage pour rien… Je crois que je préférerais me jeter à l'eau.

Il marche vite, avec de grands mouvements de bras, en s'indignant :

— Ils ont passé nos baluchons à l'étuve, pour éliminer la vermine, soi-disant. Pourtant, mes enfants n'ont pas de poux ! Ils ne m'ont même pas écouté…

— Maintenant, je m'appelle Squire, annonce Baptiste. Esquirol, Squire… voilà.

Il a l'air d'un gamin heureux, mais son ami grommelle :

— Gasperini, c'était trop long pour eux. Ils ont coupé : Gaspe.

Il le prononce à l'italienne, le répète en s'essayant à la prononciation anglaise :

— Gaspe, Gaspe !

Baptiste rit nerveusement. Giuseppe, le visage fermé, hausse les épaules.

— On se retrouve à la cantine, c'est vingt *cents* le repas. Mais avant, il faut que je retrouve la *moglie* et les *bambini*…

Il s'éloigne. Baptiste attend de récupérer son baluchon, puis il doit changer de l'argent. « *Money Exchange* »… En contemplant le billet vert qu'on lui remet contre deux pièces d'or, il se répète le sésame du Nouveau Monde : *money*. Puis il réalise qu'il a faim. La petite voix moqueuse de l'oncle Ernest lui souffle à l'oreille :

— Tu es le seul maître à bord à présent, fiston !

*
* *

L'immense salle grise du réfectoire d'Ellis Island retentit du brouhaha des conversations dans toutes les langues. Une vraie tour de Babel. Le yiddish se mêle à l'italien, au gaélique, au grec. Beaucoup d'Irlandais et de Polonais dans cette foule compacte. Baptiste y cherche en vain la silhouette bariolée et le crâne chauve de Gasperini. Une fatigue soudaine l'accable. Plus que la promiscuité, le vacarme est infernal. Des fenêtres en hauteur ne suffisent pas à ventiler l'air qui sent la transpiration, l'odeur épaisse de la misère. Il fait trop chaud. Les chaussures raclent le parquet, les cuillères, les gamelles en fer-blanc s'entrechoquent. On déplace des bancs. Baptiste se glisse au bout de l'un d'eux, contre une matrone polonaise emmitouflée dans ses fichus comme un oignon. Elle rameute une ribambelle d'enfants qui se précipitent sur les assiettes pleines d'un ragoût de pommes de terre et se disputent une carafe d'eau. Baptiste coince son baluchon sous la table, entre ses pieds. Il ôte son manteau et le pose avec précaution sur ses genoux. Il mâche avec application, plus seul dans cette masse humaine que sur une cime pyrénéenne. Décidément, on crève de chaud. Il regrette le souffle balsamique des embruns et, en fixant les fenêtres à croisillons, il pense à Martin dans sa cage, dans l'attente du contrôle vétérinaire. Il n'ose pas se servir de son couteau suisse. S'il pouvait, il découperait un bloc de silence et d'air pur dans ce chaos, un pain de glace translucide comme ceux que les montagnards s'en vont prélever sur les glaciers pour les vendre aux aubergistes des vallées. Ses épaules s'alourdissent. « Allez, ne te décourage pas, tu es presque au bout de tes peines… le plus dur est passé. »

Il boit un verre d'eau. Soudain, une bagarre éclate près de lui, fulgurante comme un orage sec dans un été serein. Des femmes crient, un enfant pleure, le banc bascule. Baptiste se penche pour récupérer son manteau. Un homme l'attrape par une épaule, l'insulte. Baptiste ne comprend rien, tente de se dégager et reçoit un coup de poing dans l'estomac. Il suffoque, plié en deux. Des coups de sifflet retentissent. Une voix hurle :

— Laissez ce gamin tranquille !

L'inconnu qui s'interpose est un jeune géant roux vêtu d'une salopette grise. La lame qui jaillit de son poing coupe net les conversations. Un vide se forme autour de lui. On recule, on se disperse en un clin d'œil. Baptiste flageole. Tout s'est passé si vite… Il vérifie d'un coup d'œil la présence de son baluchon, de son manteau. Le géant sort une flasque d'une poche, la lui tend.

— C'est quoi ? demande Baptiste.

— Du whisky, tu en as besoin.

Baptiste avale une lampée, tousse, crache. C'est comme s'il buvait du feu. Il chancelle.

— Je m'appelle Mac Bandy… je préfère mon surnom, Brandy.

Baptiste observe le visage criblé de taches de rousseur, les cheveux rouges, les pognes tavelées. La lame a disparu, le couteau prestement rempoché. Les uniformes bleus ont remisé leurs sifflets et fait demi-tour, jugeant l'incident clos.

— Je suis irlandais, mais je parle français, ma grand-mère était française, poursuit tranquillement Brandy.

Il s'assoit à côté de Baptiste sur le banc qu'ils ont redressé. Il a la bouche ébréchée, il lui manque deux incisives. Le nez aplati, aussi. Mais dans ses yeux clairs comme de l'eau brille une flamme d'humanité plus chaude que celle de la statue de la Liberté.

— Tu es cracheur de feu ? demande Baptiste.

— Je ne comprends pas « cracheur ». Mais feu, oui !

Il rit. Baptiste l'imite, soulagé. Il touche son baluchon, son manteau. Tout ce qu'il possède, excepté Martin. Mais pourquoi cette bagarre ?

— D'où tu viens, toi ? Et d'abord, c'est quoi ton nom ?

— Baptiste. De l'Ariège, dans les Pyrénées…

— Connais pas. Moi, j'ai vingt ans, je suis de Dublin. Je vais rejoindre ma sœur Kate. Trop sombre et trop triste l'Irlande…

— Tu fais quoi ?

— Tout et rien ! J'ai essayé la boxe, ça se voit, non ? (Il touche son nez.) Pas terrible, la boxe ! Docker aussi, pour me payer le voyage. Ma fortune est là…

Brandy retrousse ses manches et montre ses muscles. Il se dégage de lui une force irrésistible, et Baptiste, désemparé, a immédiatement envie de se mettre à l'ombre de cet Hercule flamboyant. Toute la surface de sa peau est couverte d'éphélides, comme s'il s'était endormi au plein soleil d'août sous un tamis, ou roulé dans un champ d'avoine mûre.

— Et toi, tu fais quoi, tout seul à New York ?

Baptiste explique sa vocation. Brandy a du mal à comprendre. À travers les mots fourrure, brun, miel, hibernation, il imagine un animal exotique qu'il est pressé de voir. Décidément, Baptiste l'intrigue.

— Jamais vu d'ours en Irlande ! Tu es dompteur, on va dire… et ton animal est au contrôle vétérinaire.

— Viens avec moi, propose spontanément Baptiste. Peut-être que l'administration m'autorisera à le récupérer vite.

— D'accord, répond simplement Brandy.

Baptiste se lève, prend son manteau, tâte une poche et pâlit terriblement. Il s'affaisse sur le banc en grinçant des dents.

— Qu'est-ce qui se passe ?

L'Irlandais soutient le garçon, le redresse comme une poupée de son, jure en anglais en pensant qu'il a reçu un coup de couteau.

— Là…, murmure Baptiste, là… on m'a volé ma bourse !

En effet, la doublure du manteau est déchirée, une poche arrachée. La flasque reparaît dans la main de Brandy. Baptiste regoûte au whisky, le remède miracle. Brandy lui en énumérera plus tard les innombrables vertus. Le whisky réchauffe, calme, nourrit et embellit les couleurs de la vie. Mais pour l'instant, un flot de larmes inonde les joues de Baptiste. Brandy le cale dans le creux de son épaule.

— Je te laisse pas, *okay*… je te laisse pas. *Cool*…

— Ma bourse avec les pièces d'or d'oncle Ernest… volée…, répète Baptiste.

— Tu n'as plus rien ? Plus de *money* ? (Brandy retourne ses poches vides) Moi, j'en ai pas.

Baptiste renifle, reprend peu à peu ses esprits. Il lui reste les dollars échangés tout à l'heure. Il fouille dans son baluchon. L'espoir revient.

— J'en avais gardé quelques-unes dans une bourse, là. Elle y est encore. Quand Martin sera libre, je l'attacherai à son collier, personne n'y touchera.

Il montre son couteau suisse. Brandy s'extasie.

— Ne le quitte jamais, celui-là, même pour te laver, sous la douche… Tu le gardes entre les dents.

Il mime, arrache un demi-sourire à Baptiste, le rassure encore :

— Ce n'est pas si grave, tu as tes papiers, ton visa, ton couteau, et tu n'es pas blessé… Sinon, on te remettrait sur un bateau pourri et tu repartirais sans avoir vu New York ! Et puis tu as ton animal…

Mais Baptiste ne sourit plus. Il revoit l'incident, l'homme qui l'a pris à partie. Bon sang, où est passée la matrone ? Il regarde autour de lui. C'est toujours la même foule compacte, le même tintamarre assourdissant. Il raconte à Brandy la bousculade.

— On cherche le voleur, Brandy !

— On ne le retrouvera pas, c'est inutile. Il y a beaucoup de vols, ici, on ne t'a pas prévenu ?

— Je n'ai rencontré qu'un Italien et sa famille. Je me demande où ils sont…

— Trop de misère, trop de gens… et les gardes arrivent toujours trop tard. Ils ne veulent pas prendre de mauvais coups, alors…

Brandy a un geste fataliste.

— De toute façon, on te l'aurait volé. Tu aurais toujours eu peur qu'on te le prenne. Faut pas vivre dans cette peur. L'argent, c'est fait pour ça… aller, venir…

Baptiste serre les poings de colère et d'indignation en scrutant la foule.

— Après tout, ajoute l'Irlandais avec provocation, tu es plus léger, comme… comme… je vais t'appeler Butterfly, tiens !

Baptiste fixe sans comprendre Brandy, qui rit bruyamment. « Le pire n'est pas toujours sûr, plaisantait l'oncle. Le pire, c'est la mort. »

Baptiste se sent brusquement au-delà de la douleur ; regonflé à bloc.

— On va voir ton animal sauvage ? lance Brandy.

— Martin ? mais il est parfaitement dressé !

— C'est un nom d'homme, ça, Martin.

Sans attendre de réponse, le géant roux se fraye un passage à travers le réfectoire. Baptiste lui emboîte le pas.

*
* *

« Brandy, ma boussole, mon étoile... Ne pas le perdre, surtout... »

Baptiste aborde New York dans le sillage de l'Irlandais, qui arpente les rues au pas de gymnastique, interpelle les passants et s'immerge, ravi, dans la foule.

L'ours a été mis en quarantaine avec les singes de Gasperini. Dans l'instant, Baptiste n'en éprouve aucune inquiétude. C'est comme une formalité à accomplir et là, sous la protection de Brandy, allégé de l'animal, portant son baluchon sur l'épaule, il ne ressent à vrai dire aucune émotion. Il n'est qu'un œil qui enregistre une profusion d'images vives, colorées, se succédant sans relâche. Des images si bruyantes aussi qu'il en reste abasourdi, le nez en l'air, tel un enfant dans une fête foraine.

Plus insolite que les tramways, les omnibus et les chevaux tirant des charrois, plus mystérieux que les engins à l'œuvre sur d'innombrables chantiers, quelque chose là-haut passe en ferraillant, une sorte de train avec des wagons verts.

Brandy, goguenard, renseigne Baptiste.

— Hé, *Frenchy*, ça s'appelle le *subway* et c'est très pratique. Il y a le métro aérien et le souterrain, pour tous les goûts... On est dans la Deuxième Avenue...

Il repart, tenant à la main le précieux plan que sa sœur lui a envoyé, une feuille à gros carreaux où une croix rouge indique son adresse, dans le Lower East Side.

Baptiste a mal au cou, à force de lever la tête. Il se sent maladroit, heurte des gens qui jurent dans une langue dont il ne connaît pas plus de deux ou trois mots. Il se tord les pieds sur les pavés disjoints, doit éviter des tas de détritus, des enfants qui se poursuivent. Plusieurs fois, il perd de vue son ami. Brandy doit revenir sur ses pas. Baptiste bafouille une excuse.

— On y est presque, assure l'Irlandais qui repart, infatigable.

La rue est sombre, sale, bordée d'immeubles de six étages. Des gamins jouent à rien dans des cours intérieures sinistres. Baptiste contemple des poteaux en bois plantés ici et là, sorte de mâture munie de poulies et de cordes où flotte du linge. Sur certains fils, les pinces à linge sont regroupées comme des hirondelles à l'automne.

— Tu viens, *Frenchy* ? C'est là ! crie Brandy en montrant un immeuble. Orchard Street, 33.

13

Le contraste est frappant entre l'escalier de l'immeuble aux marches vermoulues, l'odeur rance qui y règne et la propreté méticuleuse, au parfum de savon, du logement de Kate. Brandy soulève Kate avec effusion et l'embrasse.

— Tu as encore maigri. Tu es comme une affiche…

— Dis-moi plutôt, comment va Maman ?

— Elle ne veut pas quitter la maison. Au fait, l'oncle James est mort en janvier, de la tuberculose…

— Mon Dieu ! (Kate se signe.) Tu aurais pu me l'écrire…

Brandy hausse les épaules.

— Tante Alice va s'installer chez nous. Maman est soulagée, les deux sœurs vont se retrouver pour retomber en enfance. Petite sœur, reprend Brandy en français, après un silence, je t'amène un compagnon. Une rencontre inattendue.

Baptiste plonge le regard dans de grands yeux verts dont la profondeur lui rappelle un lac émeraude enchâssé dans le granite d'un sommet pyrénéen. Il en éprouve un coup au cœur. Kate est le double féminin de Brandy, une grande fille rousse au teint très pâle. La ressemblance s'arrête là. Baptiste est surtout ébloui par l'éclat minéral de ses yeux, qu'il associe à une franchise qui coule de source. Ces yeux-là vont lui manquer dès qu'il sera seul, et pourtant ils ne réchauffent pas… Pour s'en déprendre, Baptiste fixe les bottines à lacets, la robe cintrée semée de fleurs.

— Assieds-toi donc, Butterfly, propose Brandy.

— Où donc ? demande naïvement Baptiste.

Ils rient. Kate montre des dents parfaites. L'exiguïté de la pièce est telle que les deux hommes s'assoient sur l'étroit lit de fer, Kate sur une chaise pliante.

— C'est propre, ici, dit Brandy. Où qu'elle soit, Kate nettoie toujours les planchers comme le pont d'un bateau. Je viendrai salir de temps en temps.

— Vous boirez bien quelque chose, propose Kate. Sachant que tu venais, j'ai acheté quelques pintes de Guinness.

— Tu es parfaite, petite sœur ! s'exclame Brandy. Tu n'oublies rien. Whisky et Guinness sont mes deux breuvages. On n'est pas irlandais à moins…

Baptiste trempe ses lèvres dans la mousse tiède couleur de café. C'est à la fois onctueux et amer. Il aime bien et le signifie à Kate d'un sourire. La faible clarté qui entre par l'unique fenêtre, donnant sur une façade délabrée aux échelles de fer rouillées, suffit à allumer des reflets dans ses cheveux rouges. Elle montre avec fierté sa machine à coudre Singer de location, se met à parler avec animation. Elle explique qu'elle a d'abord travaillé dans un atelier de confection clandestin, qu'elle rapportait de l'ouvrage le soir à la maison et s'usait les yeux sous la lampe pour les finitions. Il fallait faire sans cesse des retouches, le patron n'était jamais content.

— Pourtant, glisse Brandy, elle est couturière de métier.

— Maintenant, poursuit Kate, j'ai trouvé un emploi dans une filature près de Williamsburg Bridge, Triangle Waist Factory. À la navette… Au moins, quand je sors de là, j'ai fini ma journée.

Baptiste observe les mains de Kate. Elles sont fines et agiles comme des oiseaux blancs. Il l'imagine piquant dans des tissus délicats, brodant de la dentelle. Il a peur tout à coup de salir la courtepointe sur le lit. Il croise le regard impassible de Kate et se sent rougir jusqu'aux cheveux. Heureusement, Brandy alimente la conversation.

— Et pour te laver, demande-t-il, comment fais-tu ?

— Dans l'évier, dans une bassine en zinc, répond Kate, et je vais aux bains publics près de l'usine, deux fois par semaine.

— C'est trop petit ici pour que tu me loges. Tu me mettrais où ? Peut-être debout, contre le mur ? De toute façon, tu me connais, je vis plutôt la nuit et dans la rue, je rentre à pas d'heure et je bois trop…

Brandy éclate de rire et conclut :

— Quel tableau ! Je vais chercher un logement avec le *Frenchy*.

Il raconte à sa sœur leur rencontre, le drôle de métier du Pyrénéen, l'ours dressé. Elle écarquille les yeux.

— Pour le moment, on est dans une pension pour miséreux, on n'a rien trouvé d'autre, intervient Baptiste.

— Et l'ours ? L'ours aussi ?

La grimace dégoûtée de Kate amuse Brandy. Il explique :

— Non, non. Martin est encore en quarantaine à Ellis Island. On lui trouvera une remise sur les quais.

— Martin ?

— C'est son nom ! répond vivement Baptiste.

— Il est mieux loti que nous, plaisante Brandy. On est dans un immense dortoir qui occupe plusieurs étages, et tout l'espace est rempli du sol au plafond par des hamacs de toile suspendus entre les poutres… Tout ça bouge au gré des ronflements, on se croirait encore en mer ! Ce n'est pas tenable.

Ils se mettent à discuter en anglais, la voix de Kate est comme l'arête d'un glacier : coupante sur la pulpe du doigt, et en même temps elle engourdit Baptiste. Est-ce qu'elle s'en prend à Brandy ? Elle parle si vite… Il voit son ami secouer la tête, l'entend répéter :

— *Okay, okay*…

— Pour fêter ton arrivée, dit Kate en revenant au français, après un silence qui semble clore la dispute, j'ai préparé un plat de chez nous… Des harengs marinés et des croquettes de pommes de terre, une spécialité irlandaise, ajoute-t-elle avec un sourire à l'intention de Baptiste. On va faire une dînette. Le mieux, c'est que vous restiez assis là… vous ne bougez pas, je vous sers.

Tandis qu'elle se déplace dans l'espace minuscule, Baptiste sursaute aux vibrations que provoque chaque passage du métro aérien, dans Hester Street. L'immeuble craque de toutes ses jointures et la vaisselle tremble sur le plateau disposé par Kate. Baptiste observe le frère et la sœur. Autant Brandy incarne l'énergie, le feu, l'ivresse, autant Kate semble économiser ses gestes et ses expressions. Quand son frère renverse un verre de bière sur le plancher, elle n'a pas un mot de reproche, elle s'empresse de nettoyer, mais ses lèvres sont pincées de mécontentement.

Du fait de leur origine française, par leur grand-mère maternelle, les Mac Bandy sont attirés par Baptiste. Kate a été nourrie de comptines et de chansons, elle ne comprend ni l'accent ni les expressions gasconnes, mais elle écoute sérieusement Baptiste et l'étudie avec application. Il mettra du temps à comprendre qu'elle trace son petit bonhomme de chemin comme une fourmi discrète et besogneuse. Un chemin rectiligne, quand celui de Brandy est fait d'ornières, de détours, d'embûches, au point que parfois il ne sait plus où il va. À chacun sa méthode. Pour démolir un mur, Kate table sur l'usure du temps, le grignotement des fondations, Brandy sur l'efficacité immédiate des coups de bélier.

La soirée s'achève. Brandy entonne un chant de marin qui parle de brumes et de naufrages. La voix oscille entre nostalgie et désinvolture. Kate s'est levée, a ouvert la fenêtre.

— Je commence tôt, demain, dit-elle.

L'air vif revigore Brandy. Ils prennent congé.

— On viendra te voir à la filature, dit l'Irlandais à sa sœur. Et dès demain, je cherche du travail, promis…

Ils descendent bruyamment l'escalier. Baptiste se retourne, mais Kate a déjà refermé la porte.

— Elle n'a pas encore mis de paillasson sur le seuil, plaisante Brandy. C'est étonnant.

*
* *

En attente de la délivrance de Martin, New York apprivoise Baptiste. L'apprentissage de la langue est difficile au Pyrénéen à l'accent rocailleux, mais il s'applique, rédige des listes de mots dans un carnet.

Brandy le taquine :

— C'est l'école en plein air ! Tu vas être polyglotte, ici !

Baptiste ne connaît pas ce mot-là, même en français, mais il ouvre grand ses oreilles et ses yeux.

Il n'a pas de mal à reconnaître l'enseigne décrite par Brandy : un pilier rouge, bleu et blanc surmonté d'une boule. Depuis son arrivée, c'est la première fois qu'il se risque chez le barbier.

Le salon est au bas d'un escalier, Baptiste s'attarde à regarder les rasoirs au manche d'ivoire, les différents modèles de blaireaux, les savons, les flacons d'eau de toilette exposés dans la vitrine. Il se décide enfin. Des hommes sont assis là dans la fumée des cigares et la vapeur des serviettes chaudes, l'odeur des shampoings et des lotions. Certains lisent le journal, s'interpellent.

— *Cut and shave,* récite Baptiste en s'appliquant.

Ni sa mise ni sa barbe noire et drue et ses cheveux hirsutes ne paraissent rebuter. On l'installe dans un fauteuil qui bascule. Des sensations nouvelles l'assaillent : le propre a l'odeur du savon à barbe, la couleur du linge blanc moite. Il a même un bruit à lui : celui de la lame de rasoir qui crisse. Baptiste se raidit de peur et ferme les yeux, puis il s'abandonne, paupières closes, aux mains expertes qui dispensent cette qualité de l'apparence à laquelle Kate, par exemple, semble si sensible…

Une touche de talc sur la peau. Soixante *cents.* Baptiste est dehors. Son reflet dans la vitrine est celui d'un homme tout neuf. Il s'enhardit au coin de la rue à acheter un cornet de pop-corn à un marchand ambulant qui grille son maïs dans une poussette en fer.

Puis il contemple la ville autour de lui et se met en marche.

Il aime la foule. À New York, il en découvre la diversité et le mystère. Il ne se lasse pas de fendre cette mer de visages anonymes. La profusion de présences inconnues l'entraîne comme un trop-plein d'humanité vers un horizon plus large, le ramène inexorablement à l'océan.

La rue est un tableau vivant auquel il participe et qui attise sa curiosité. Où vont-ils tous ? Certains musardent et s'amusent. La plupart se pressent. Chaque passant emporte son histoire secrète. Éclaté le cadre étroit de son village natal ! Baptiste comprendra plus tard qu'à New York changer de quartier, c'est changer de pays. La rue est une encyclopédie vivante dont il tourne les pages, identiques et différentes comme les jours qui se succèdent. Des Scandinaves aux cheveux clairs côtoient de vieux Juifs à longue barbe portant la kippa, des Chinois à chapeau carré, des Italiennes aux jupons de couleur… Un tourbillon de langues et de traditions qui se fondent sans se confondre.

Tout le captive : le laitier qui recouvre ses bidons d'une gaze blanche, le boucher qui referme sa glacière, le vendeur de boutons de nacre et ses cartons d'échantillons. Il aime surtout les obstacles que créent sur le trottoir les tonneaux de la brasserie, les sacs de pommes de terre et d'épices, les corbeilles de pêches, tout ce qui arrête l'œil et freine le pas. La chaussée fourmille d'odeurs distinctes : une fillette vend des bouquets de roses rouges posés à même le sol, le marchand d'ananas traîne sa charrette brinquebalante, des relents de lessive émanent de la blanchisserie et se mêlent à l'odeur fétide des caniveaux ou des boîtes à ordures.

Et toutes ces couleurs qui vivent, les étiquettes orange et bleu, la réclame jaune de l'homme-sandwich, font un tapage assourdissant, crient jusqu'au ciel avec le métro aérien, s'ajoutent au tintamarre continuel des tramways, des sifflets des agents, des chariots cahotants, des piaillements d'enfants, des appels des marchands… Le fond sonore ne cesse jamais.

New York est un grand corps bavard qui ne dort jamais. Baptiste suit le flux humain, la cohue qui coule d'une artère à l'autre jusqu'au cœur du monde. Il apprend le visage trompeur de la ville, celui qu'on retient. Et celui, gris et obscène, du labeur incessant, de la misère. C'est Brandy qui a la meilleure formule : « La rue, c'est une maison toujours ouverte, parce qu'il n'y a pas de porte. Mon chez-moi il est là, avec les miséreux. »

*

* *

Parmi tant d'autres silhouettes de la rue, un cireur de chaussures retient l'attention de Baptiste. C'est un enfant de dix ans, pas plus, d'après sa taille, mais les gestes rapides et le regard roublard sont dépourvus d'innocence. Il est constamment aux aguets, prêt à se défendre. Il se déplace très vite avec des mouvements furtifs et efficaces, portant sa boîte pliante remplie de brosses, de chiffons et de cirage, et dont la bandoulière lui scie l'épaule. Il interpelle des hommes en costume, rares dans ce quartier. Certains le connaissent et, pressés, lui font signe d'un claquement de doigts. Il s'agenouille, sort son attirail, s'acquitte en un clin d'œil de sa tâche, puis, dans un gilet gris trop grand pour lui, range prestement ses *nickels*, comme s'il craignait qu'on les lui reprenne. Soudain, il se retrouve aux pieds de Baptiste, repère les espadrilles, s'exclame et crache dans la poussière. La toile ne se cire pas…

Baptiste rit. Le gamin lève la tête, s'immobilise, gratte ses cheveux crépus. Mais Baptiste ne l'intéresse pas. Il vient d'apercevoir Martin. Il pose sa boîte sur une marche et observe l'ours, interloqué. S'ensuit une conversation tâtonnante, incertaine, des questions en rafale. Baptiste s'efforce de comprendre l'accent prononcé du garçon et d'interpréter les gestes et les grimaces exaspérées dont il accompagne ses phrases. Little Speed n'a pas la patience d'expliquer ni d'attendre les réponses. Si Baptiste retient son surnom, il n'en saura jamais plus sur l'identité du garçon.

Little Speed est cireur de chaussures le jour, certains soirs homme-sandwich pour un restaurant, et la rue est son domicile permanent. Il dort avec d'autres enfants dans une remise, comme Martin. Baptiste n'ose pas l'interroger sur sa famille. Difficile de mimer un homme-sandwich : Baptiste ne comprend pas quel est ce métier. Mais c'est l'ours qui intrigue Little Speed. Est-ce qu'il mord ? Qu'est-ce qu'il mange ? Et est-il cruel ?

Aux gens du quartier qui en passant blaguent avec lui, Little Speed répond toujours d'un ton sec et agressif. Au fil de leurs rencontres, Baptiste se rend compte qu'il ne sourit jamais.

— Il est comme moi, constate Little Speed en montrant Martin et ses patins.

Baptiste examine les pieds gris de poussière du gamin, la plante couverte d'une corne épaisse. « Un cireur sans chaussures… pire qu'un cordonnier », aurait dit l'oncle Ernest.

— C'est mieux ainsi, explique Little Speed, ça protège comme une semelle et dans la boue, quand il pleut, ça tient chaud. Heureusement, je ne suis pas blanchisseur… c'est réservé aux Chinois. Je suis un mal blanchi, moi !

Il crache sur le trottoir, recompte l'argent contenu dans sa poche. Il ne doit jamais dormir tranquille. Dort-il, d'ailleurs ? se demande Baptiste.

— C'est bon, conclut le gamin, j'ai de quoi me payer un *doughnut* chez le vieux Juif au coin de la rue.

— Viens à mon spectacle, en fin d'après-midi, propose Baptiste. Sur la place du marché, dans Mulberry. Ce sera gratuit pour toi.

Ils parviennent à se comprendre. Little Speed montre l'ours.

— Le spectacle de Martin, précise Baptiste.

— *Okay, okay...*

Little Speed s'arme de sa boîte et s'éloigne dans la foule. Sans un sourire, mais les yeux brillants.

*

* *

Baptiste aime bien les Italiens, leurs chants, leurs rires, leur accent, et tout ce linge coloré qui sèche sur les cordes et pavoise les ruelles sombres de Little Italy. Il traîne Martin sur la place, à la fin du marché. Des grappes d'enfants, des mendiants aveugles, de vieilles pauvresses se bousculent sur le trottoir pour récupérer jusque dans le caniveau, parmi les déchets de toutes sortes, des restes de nourriture. Baptiste remplit de fruits gâtés une bassine en zinc. Martin en raffole.

Cet après-midi, avec la collaboration de Brandy et de Gaspe, il inaugure dans sa carrière de saltimbanque un nouveau spectacle, pour lequel il s'est entraîné des jours durant avec Martin, sur les quais de l'East River.

Sur le sol de la place, il trace à la craie un carré, puis fiche aux quatre coins des piquets en métal entre les pavés disjoints, et tend une corde, improvisant un ring. Il se met en short, torse nu, rasé de frais, son foulard rouge autour du cou. Brandy lui lace des gants de boxe, Gaspe enfile une autre paire aux pattes antérieures de l'ours debout. Les gants appartiennent à Brandy, qui les lustre comme des bijoux.

La foule qui circule, d'abord hésitante, s'amasse peu à peu autour du ring. Des enfants se juchent qui sur les épaules paternelles, qui sur les caisses d'un épicier, qui sur un tonneau vide. Gaspe interpelle les gens. Sa faconde et sa jovialité retiennent ses compatriotes. Il a revêtu un déguisement de clown, ses enfants sautent à la corde et cabriolent avec les deux singes. Leur vivacité contamine la foule, qui frappe dans ses mains en guettant l'ours.

Même Brandy devient volubile, après avoir bu une lampée de whisky. Il est l'arbitre du combat qui s'annonce. Agitant la cloche, volée sur un vieux rafiot et qui sert de gong, il présente les boxeurs :

— Voici Martin, champion mondial des super-lourds, trois cents livres de muscles !

L'ours se dresse, déambule en roulant des épaules. On discerne sous la fourrure sa puissante musculature.

— Martin a toujours démoli ses adversaires ! *Really terrific…*

L'ours acquiesce en hochant la tête.

— Et voici son challenger : Baptiste Squire, dit le *Frenchy*, cent livres tout mouillé, un mi-mouche qui n'a peur de rien ! Allez, on l'encourage !…

Baptiste enjambe la corde, la mâchoire agressive. On se moque de sa petite taille, un garçon le traite de nain. Il n'en a cure. Il se concentre, s'échauffe par des sauts agiles. L'ours pataud s'assoit patiemment dans un coin.

— Baptiste doit relever le défi, s'égosille Brandy. Il en est capable, ne vous fiez pas aux apparences… mais il faut veiller à ce que Martin respecte les règles !

Un gamin rit aux éclats et jette sa casquette sur le ring. D'autres l'imitent, le brouhaha enfle. Gaspe rétablit l'ordre et la foule siffle d'impatience. Au coup de gong, l'ours saute rapidement sur ses énormes pieds. Il grogne et tangue. Des rires fusent. Baptiste, très mobile, tourne autour de lui, l'attaque par un direct du droit sous la muselière. Martin risposte d'un violent uppercut. Sonné, Baptiste se plie en deux, mais il se redresse et du gauche atteint l'ours au ventre. On s'exclame, on applaudit. Debout sur un chariot, Little Speed vit un ébahissement complet. Il imite Baptiste, frappe de ses poings dans le vide et crie d'une voix surexcitée :

— *That's a business !*

Nouveau coup de gong, ponctué d'encouragements en italien. Sandro, l'un des fils de Gaspe, souffle dans sa trompette. Indifférent au tumulte, Martin pare les coups, décoche de grands swings, cligne comiquement des yeux quand il rate la cible. Soudain, il s'arrête, lève la tête, empoigne Baptiste entre ses larges pattes et serre. La foule hurle. Du petit bonhomme, on ne voit plus que le foulard rouge et la tête révulsée, luisante de sueur, qui suffoque dans la masse velue. Little Speed réclame un *policeman*, ce qui est un comble…

Brandy chauffe les spectateurs.

— Le combat va-t-il cesser faute de combattants ? Non ! les héros ne meurent pas ainsi, écrasés comme des mouches…

Martin se détend, lâche d'un coup Baptiste qui roule en boule sur le pavé, bondit sur ses pieds et repart à l'assaut du mastodonte. Il le crible de directs nerveux, ses poings s'enfoncent dans la fourrure épaisse comme une couverture. La foule en liesse scande les coups.

— *Go ! Go !* crie Brandy et les gens reprennent en chœur.

Alors Martin, martelé, abasourdi, recule en titubant, gîte dangereusement, tombe comme une masse au milieu du ring, les quatre fers en l'air, foudroyé. Il ne respire plus, les paupières baissées. Brandy virevolte autour de lui, se penche, compte, bras levé, en tendant les doigts. Il se redresse. Il hurle :

— K.-O. ! K.-O. !

Le public est aux anges. Il acclame Baptiste juché sur une caisse, qui parade, claironne sa victoire. Le regard ravi des enfants l'enchante et le rassure : le numéro est au point. Lorsque Martin se redresse, lève ses pattes gantées, on lui fait un triomphe. Baptiste lui flatte l'encolure, lui ôte les gants. L'ours rafle en passant la casquette de marin de Brandy et fait la quête. Maigre recette, car le public est pauvre. Certains, honteux peut-être, confondent *quater* et bouton de chemise. Little Speed, facétieux, jette un noyau de pêche, que l'ours lui renvoie. Tonnerre d'applaudissements…

Gaspe prend le relais, avec Zippo et Zippa, les deux singes endimanchés, couverts de dentelles et de rubans. Ils sautent sur des caisses empilées. Zippo ôte son veston et regarde l'heure sur sa montre à gousset. Zippa se contemple dans un miroir et se grime en grimaçant. Zippo s'impatiente. La scène de ménage n'est pas loin…

C'est un beau dimanche d'automne finissant, dans Little Italy.

14

Dans le deux-pièces des Gasperini, Baptiste se fraye un passage entre les malles en osier, les bassines en zinc et les corbeilles de linge. Qu'il neige ou qu'il vente, qu'il tombe des cordes comme aujourd'hui, les mêmes exclamations chaleureuses l'accueillent, et on se serre pour lui faire une place. Toute la famille, autour de la table, est occupée à la fabrication de fleurs artificielles en tissu. Des monceaux de pétales blancs et roses recouvrent la toile cirée. Les bouquets sont destinés à un atelier du Lower East Side. Gina, leur fille, en vendra aussi dans les beaux quartiers, pour orner les boutonnières des élégantes dès le printemps. Il faut se dépêcher : on est déjà en mars. Les femmes tressent des couronnes et les garçons ensachent les petits bouquets dans du papier glacé.

— Bonsoir l'ami, dit Gaspe. Comment va ?

Dans la flaque de lumière qui s'arrondit autour d'eux, les mains s'activent fébrilement. Seul Sandro ne travaille pas. Il apprend, son livre d'anglais posé sur ses genoux. Ses doigts sont entourés de charpies, de bandages de fortune gris de saleté. À plat sur la table, ses mains semblent énormes.

— Il s'est blessé avec les tiges en métal ? demande Baptiste.

— Non, pire que ça. *Porca madonna* !

Giuseppe se lève, furieux, et l'ombre démesurée de ses épaules sur le mur ne parvient pas à contenir l'indignation qui l'habite.

— Cet épicier, au coin de la rue, le Polonais, Gomulinski, je vais le tuer !

Il mime le geste de tordre le cou d'un poulet. Personne n'a le cœur à rire. Sandro tourne tant bien que mal les pages de son livre en grimaçant.

— Calme-toi, murmure Laura. Ça ne sert à rien de s'énerver. Et puis assieds-toi, tu nous manges la lumière.

Giuseppe s'exécute, en mordillant sa moustache. Il raconte :

— Les garçons, ils jouaient dehors, sur le trottoir. Tu peux me dire où ils pourraient, ailleurs ? Ici ? On ne peut pas faire un mouvement sans se cogner… Ils jouaient au toboggan, sur la porte de sa cave. Une planche inclinée, tu vois ? Ils n'ont rien fait de mal, rien volé, je le jure !

Le gamin hoche la tête. Ses yeux s'embuent.

— Ce monstre, reprend Giuseppe, il a planté des clous sur la planche, pour qu'ils arrêtent ! Il ne leur a rien dit ! Et Sandro s'est ouvert les mains !

Sandro se raidit sur sa chaise. Il réprime bravement un sanglot. Giuseppe se relève, pose ses mains sur les épaules de Baptiste. Il a les larmes aux yeux.

— Dans mon pays, poursuit-il, les enfants, c'est sacré… Un pays qui fait du mal aux gamins, c'est un pays perdu ! Tu peux me dire, toi, *Frenchy*, est-ce qu'on a eu raison de venir ici ? Tu ne regrettes pas ?

Baptiste n'est pas sûr de la réponse.

— Certains jours, oui, finit-il par admettre. De toute façon, on n'aurait pas l'argent pour le retour.

Il pense à l'hiver si long, si étonnamment rude, même pour un Pyrénéen. Si peu propice, surtout, aux attractions de rue avec Martin. Il se force à sourire.

— Je me suis fait de vrais amis, ici… Vous, Brandy… Ça compte. Et grâce à Sandro je me débrouille à peu près en anglais !

Il fait un clin d'œil au gamin.

— Brandy, ça fait plusieurs jours que je ne l'ai pas vu, s'inquiète Giuseppe.

— Il ne quitte plus le café, il fait des paris et des parties de bras de fer.

— De nouveau plus de travail, hein ?

Baptiste se contente d'acquiescer. Lamaneur ou docker sur le port, Brandy, c'est sûr, a du mal à retenir le travail. Et de plus en plus de mal à en chercher.

— Misère de misère, dit Gaspe. Allez les enfants, assez trimé pour aujourd'hui. Tu mangeras bien la *pasta* avec nous, Baptiste ?

Un coin de la pièce s'anime du bruit des casseroles. Marco, le deuxième fils de Gaspe, traîne une malle au pied de la table pour y ranger le matériel. Sandro reste assis là, soufflant de temps en temps sur ses mains gonflées.

— Tu as bien nettoyé la plaie, au moins ? demande Baptiste.

— Oui, avec de l'alcool. Ça m'a brûlé...

— J'ai fait pareil à Martin à l'arrivée sur le bateau. Il avait des échardes dans les pieds. Tu pourrais faire le marionnettiste, avec tes poupées...

Il agite les mains, Sandro sourit. Là-bas au fond, le rituel de la *pasta* opère sa magie. L'odeur chaude de blé cuit et de tomate met l'eau à la bouche. Mais Giuseppe n'a décidément pas le moral. Il baisse la voix :

— Et ma femme... tu as vu ces cernes noirs sous ses yeux ? La couture tout le jour... Ba... je n'en peux plus.

Il frotte sa tête chauve comme s'il caressait une pastèque.

— Je dois payer le loyer au logeur demain... on mange et je n'ai plus rien, chaque jour la même chanson... Triste, la chanson, non ?

Baptiste félicite Laura pour les pâtes, toujours délicieuses. Ce n'est pas Laura, mais Gina, la cuisinière. Ses joues rosissent de plaisir. Giuseppe sert une rasade de vin rouge.

— Santé !

Les deux hommes trinquent. Puis les femmes lavent la vaisselle et Marco étale dans la pièce voisine un matelas pour son frère et lui. Restés seuls à table, Giuseppe et Baptiste conversent doucement.

— Quand je pense, dit l'Italien, amer, à ces millions d'immeubles, à ces vagues et ces vagues de logements dans la ville immense, et qu'on est là, entassés à cinq dans deux pièces minuscules… Et l'autre sans fenêtre, les murs qui moisissent…

— Te décourage pas comme ça. Il y a toujours des solutions. La chance, peut-être ?

— Tu ne dirais pas ça à Brandy ! La chance ! Il déteste le mot. Chez nous, on dit *fortuna* et *sfortuna,* le contraire. Brandy, il aurait déjà cassé la chaise !

À l'étage au-dessus, un bébé pousse des cris aigus et une voix paternelle s'énerve.

— Et tout ce bruit, tout le temps ! reprend Giuseppe.

Il désigne la statuette bleue de la Vierge Marie posée dans la niche du bahut.

— Pourquoi on l'a amenée ? Elle ne fait rien pour nous.

— On est trop nombreux, dit Baptiste. Tous ces gens qui traversent l'océan et s'agglutinent. Manhattan, c'est un gâteau en sucre glace. Ça brille au loin et ça nous attire comme des mouches, puis ça s'effrite d'un seul coup et on trouve l'assiette vide, et le goût est amer.

Il fait tourner le verre dans sa main, comme pour réchauffer le vin. « Le manège de la vie, fiston… » Une bouffée de nostalgie lui étreint la poitrine.

Giuseppe a ouvert la fenêtre et les miaulements affreux de chats qui se battent en bandes dans les cours parviennent jusqu'à eux. Les murs vibrent au passage du métro aérien.

— La terre promise… elle ne tourne pas rond ! Tu te souviens de nos espoirs, sur le bateau ? Des gens devant la statue de la Liberté ? Les bras grands ouverts, la chaleur de la flamme…

— Brandy, l'autre jour, se rappelle Baptiste, comme on se promenait sur les quais, il m'a dit : « La Liberté, parlons-en, elle nous tourne le dos, maintenant, la garce ! »

— Celui-là, il cherche des problèmes partout.

— Lui te dira que ce sont les problèmes qui le cherchent.

Giuseppe hausse les épaules et bâille. Baptiste se glisse vers le fond de la pièce pour embrasser Laura et Gina. Les deux hommes se donnent l'accolade. Baptiste se retrouve sur le trottoir mouillé, poursuivi en direction des quais par la complainte d'un ivrogne.

*
* *

Sur un quai, devant le chantier d'un nouvel entrepôt, s'élève un immense tas de sable. Un sable jaune, épais, encore humide. Aussitôt, les fils Gasperini se lancent à l'assaut de la dune artificielle. Brandy, qui les accompagne, les met en garde :

— Attention, c'est dangereux. Vous pourriez vous enliser là-dedans et vous étouffer.

Mais Marco et Sandro ne l'écoutent pas, et tout un pan de sable s'écroule à leurs pieds. Pourtant, ils n'ont jamais connu la joie de la plage. Ce qu'ils essaient de retrouver là et que Brandy forcément ignore, c'est leur jeu favori en Italie, interdit par leur grand-père, dans le grenier, l'été, quand le blé engrangé occupait tout l'espace jusqu'à l'ouverture sous le toit. Juchés sur le rebord, ils se poussaient et plongeaient jusqu'au cou, aspirés par des millions de grains fluides dans une poussière épaisse et une odeur de pain chaud.

— J'ai une autre idée, dit Brandy. Vous allez m'aider, on va faire une sculpture de sable. Prenez la brouette et le vieux seau au coin de la baraque, là-bas…

Il s'agenouille sur le sol et les enfants déversent le sable.

— Je commence par la tête…

Et il façonne un visage de femme, endormi, paupières baissées, sourire léger. Puis tresse de longs cheveux qui se répandent sur le pavé.

— Elle a des joues rondes ! s'exclame Marco, fasciné.

Brandy s'y reprend à plusieurs fois pour les épaules et les bras. Le sable n'est plus assez humide, il faut le détremper avec de l'eau puisée au bord du quai. Les mains aux doigts largement écartés prennent forme, telles des étoiles de mer. Le corps massif d'une femme allongée sur le dos émerge peu à peu. Concentré, Brandy sculpte avec un bâton les plis du tissu qui la moule. Elle a les cuisses larges, les jambes croisées et les pieds nus.

— Sa robe est toute mouillée, remarque Marco.

— Sur une vraie plage, on aurait pu lui faire une chevelure d'algues et un collier de coquillages, explique Brandy.

Il montre aux enfants un paquet de varech accroché à l'ancre d'un rafiot.

— Alors, elle s'est noyée ? demande Sandro.

— Voilà ce qui s'est passé : son bateau venait de Gênes, *Il Fiore*, il s'appelait. Il a sombré dans la rade car les immigrants étaient trop nombreux à bord.

Les garçons ouvrent des yeux ronds.

— Rassurez-vous, on a sauvé tout le monde.

— Tu étais là ?

— C'est moi qui l'ai trouvée. Je pêchais dans ma barque. Elle flottait dans sa robe blanche, évanouie…

Des dockers qui passent s'arrêtent et complimentent Brandy pour la finesse de l'exécution et la beauté du sujet.

— Dommage qu'elle soit habillée ! plaisante l'un d'eux.

— Qui est le modèle ? interroge un autre. On peut le rencontrer ?

— Toutes ces émotions l'ont bouleversée, poursuit Brandy, imperturbable. Du coup, elle s'est endormie. Elle dort profondément. Je peux vous le dire, à vous, les enfants, c'est ma femme. Elle s'appelle Lynn.

— On pourrait lui mettre un enfant, suggère Marco. Contre elle…

— On n'a pas vraiment le temps de le lui faire, s'amuse Brandy. Je lui dis au revoir et on y va. Vos parents vont se demander où on est passés.

Il se penche et embrasse la sculpture au creux d'une épaule. Quand il se relève, sa peau blanche est tachée de sable.

— Ça te fait encore plus de taches de rousseur, dit Marco. De rousseur ou de douceur ?

— On la détruit ? propose son frère.

Joignant le geste à la parole, il donne un grand coup de pied… dans le vide, car Brandy s'est interposé, le soulevant de terre.

— Tu crois que je vais te laisser frapper ma femme ?

Sur le chemin du retour, Marco tire l'Irlandais par la manche.

— Quand même, ta femme, elle est moins belle que la statue de la Liberté.

— Comment ? s'insurge Brandy.

— Elle n'est pas pareille, c'est tout, tempère Sandro. Allez viens, Marco, on fait la course.

Ils détalent. Vexé, Brandy grommelle à part lui :

— Alors ils préfèrent l'autre, là-bas, raide comme l'injustice avec ses plis tout droits… La mienne, elle est toute souple, pleine de courbes…

Le lendemain, les enfants reviennent sur le chantier. Il n'y a plus trace de la sculpture. Une grue géante plonge ses bras d'acier dans la montagne de sable. Quand Brandy passe chez eux le soir, ils se précipitent sur lui.

— Ta femme a disparu !

— Je le sais bien, dit Brandy d'un ton accablé. Elle a repris la mer. Elle me trouvait invivable, parce que je bois trop de whisky…

Baptiste et Kate sont là aussi, serrés l'un contre l'autre à la table familiale, dans le deux-pièces qui embaume la *pasta*.

Leurs mains se touchent sous la nappe. Brandy leur raconte l'histoire de la belle endormie, tout en songeant : « Je n'avais même pas remarqué qu'ils étaient amoureux. Je ne saisis jamais rien à ces choses-là... Ce *Frenchy* tout de même... et la petite sœur avec son air de sainte-nitouche... »

Plus tard, alors que les trois hommes se retrouvent seuls après avoir raccompagné Kate, ils montent dans le nouveau logement partagé par Baptiste et Brandy, entre Lafayette et Center Street. C'est un des pires quartiers de taudis de Manhattan *downtown*, « trop près de l'hôpital et de la prison, trop loin des quais », se plaint Brandy, mais il y a assez d'espace pour que Martin y trouve lui aussi sa place, leur faisant économiser le loyer de la remise où il a passé l'hiver.

Dans la pièce principale, après un dernier verre, Gaspe a si chaud qu'il ôte sa chemise. Il remarque le regard de Baptiste.

— Tu t'intéresses à mon tatouage ? Regarde bien... c'est comme une séance de prestidigitation !

Un motif compliqué enlace la cicatrice entraperçue par Baptiste lors de leur première rencontre. Un serpent aux écailles noires ondule dans un entrelacs de feuilles et de fleurs. De plus près, on distingue des guirlandes de roses, un sourire de femme dans la corolle d'une pensée, un papillon bleu, ailes déployées, qui ferme un coin.

Gaspe inspire profondément. Son torse se creuse. À l'expiration, le serpent se met à bouger. Il ouvre sa gueule sur une fleur épanouie.

— C'est un tatouage animé, dit Gaspe avec fierté.

— Fantastique ! Ça a dû demander un sacré travail, s'exclame Baptiste.

— Je pensais qu'il cacherait ma cicatrice, mais c'est le contraire...

L'Italien aime raconter des épisodes de sa vie. Il prend son temps.

— Je me le suis fait faire dans le port de Gênes par un Chinois, explique-t-il. Un type qui n'avait jamais pris de cours de dessin, et tout appris sur le tas, à l'école de la vie. Il pratiquait aussi l'acupuncture. Soigner les gens et les décorer, un beau métier, non ? Par contre, il n'était pas bavard, lui, pas moyen de réussir à le faire parler.

— Je n'aimerais pas trop les piqûres, fait Baptiste, ça doit faire mal.

— La douleur est supportable, mais il faut surtout de la patience. D'abord, il dessine le motif au rasoir, sur la peau. Il y a plusieurs séances, le temps que ça cicatrise. Ensuite, avec des aiguilles en faisceau qu'il a plongées dans de l'encre, il pique la peau en biais.

— On voit beaucoup ces motifs-là sur les marins, intervient Brandy. Les fleurs, les femmes, les insectes… toutes ces belles choses fragiles qui leur manquent pendant les longues traversées. De la beauté éphémère !

Gaspe n'aime pas qu'on lui coupe la parole, et il est prompt à déceler dans le ton de l'Irlandais une ironie qui a échappé à Baptiste.

— Peut-être, maugrée-t-il en tiraillant sa moustache. En tout cas, les tatouages animés sont plutôt rares.

Brandy ignore l'énervement qui point dans la voix de Gaspe. Il aggrave son cas.

— À Dublin, sans doute après une peine d'amour terrible, un docker s'était fait tatouer sur le côté gauche de la poitrine une main de femme aux ongles vermillon qui serrait un cœur pour l'étouffer…

— Le vermillon, ça ne tient pas, tranche Gaspe. Ça peut même provoquer une infection de la peau. Il n'y a que le noir et le bleu qui ne bougent pas.

Brandy hausse les épaules. Baptiste fixe le torse beau comme un tableau ambulant. L'oncle Ernest aurait aimé ces peintures sur soi.

— Il y en a qui sont compliqués à comprendre, poursuit Gaspe. J'en ai vu un sur un forain qui sortait de prison… Un type avec une tête… tu ne lui aurais pas demandé l'heure ! Un vrai dur. Il avait au poignet droit les quatre as, dans cet ordre : pique, cœur, trèfle, carreau. Un rébus.

Gaspe guette la réaction des deux garçons. Leur air dubitatif le fait jubiler. Il explique :

— C'est un Parisien qui m'a donné le fin mot : je lui pique un couteau dans le cœur, je lui vole son argent et je le laisse sur le carreau. C'est de l'argot de voyou.

— Tu as tout de même fréquenté de drôles de gens ! dit Baptiste en riant.

— Toutes sortes de spécimens, se rengorge l'Italien.

— Côtoyer n'est pas fréquenter, lâche Brandy avec dédain. Chacun son talisman. Moi, c'est une dent de cachalot que j'ai achetée sur les quais. Elle est sculptée et doit porter bonheur… Pour le moment, je n'en vois guère les effets…

La réplique qui monte aux lèvres de Gaspe n'est pas tendre, mais il y a dans les yeux du jeune homme une telle mélancolie qu'il la retient. Il renfile sa chemise, le serpent disparaît dans une dernière ondulation.

— Je vous laisse, les jeunes, il est tard. Demain, je bosse à l'aube, moi.

15

Baptiste est fatigué : la chaleur d'un printemps précoce, le manque de sommeil, l'interminable déambulation avec Martin dans les rues bruyantes, la promiscuité des quartiers dévolus aux pauvres, aux immigrants. Il lui arrive de regretter le silence et le calme de ses Pyrénées.

Il s'est promené sans but véritable dans Battery Park et, comme il l'a fait plusieurs fois ces derniers temps, il se dirige en fin d'après-midi vers la filature pour attendre la sortie de Kate. Des bâtiments gris identiques, tout en longueur, s'alignent au bord de la chaussée. Derrière les carreaux sales de leurs petites ouvertures, on distingue le va-et-vient de vagues silhouettes. L'usine emploie presque uniquement des femmes, pour la plupart des Irlandaises. Baptiste aime bien les voir sortir en grappes compactes, s'interpeller, constituer des groupes qui s'attardent à bavarder. Elles portent des blouses grises et des foulards qu'elles s'empressent, à peine la grille franchie, d'ôter et de faire disparaître dans leur sac. Toutes ont les cheveux relevés en chignon. Les plus jeunes ont hâte de les dénouer, avec un geste de coquetterie affectée, pour mieux signifier que, sur le trottoir, le règlement n'a plus cours. Mais elles ne peuvent cacher leurs mains meurtries par le frottement des fils et des bobines des métiers à tisser, leurs ongles abîmés.

Baptiste en a assez d'être attaché à son fauve comme un forçat. Il ôte la chaîne. Martin se secoue, dodeline de la tête mais ne bouge pas. Quand son maître s'assoit au bord du trottoir, il se place, docile, à côté de lui. Lui aussi attend. Enchaîné ou pas, Martin ne s'éloigne jamais, ne manifeste aucune velléité de s'échapper.

— Il veille sur moi, plaisante Baptiste.

— Il est comme ton ombre, renchérit Kate, avec dans la voix une nuance de reproche.

La voilà, justement. Elle marque un arrêt, se frotte les reins et, d'un mouvement gracieux que Baptiste adore, libère ses cheveux. Un flot de cheveux roux s'étale comme une oriflamme sur ses épaules. De loin, elle repère le *Frenchy* et lui sourit. Il lui plaît bien avec sa fossette au menton, ses tendres yeux sombres et son accent rocailleux. Ses compagnes se moquent d'elle :

— Tu as ton amoureux qui est là. Il est bien petit !

Baptiste rempoche l'harmonica que Brandy lui a prêté, et dont il n'extrait que des sons stridents, toujours les mêmes, qui déclenchent des quolibets incompréhensibles. Kate vient vers lui, rose de plaisir, l'embrasse sur la joue.

— C'est gentil d'être venu, dit-elle. Et sans ton animal, pour une fois…

Baptiste se lève d'un bloc, repousse brutalement la jeune fille et pivote sur lui-même. Martin n'est plus à ses côtés, il ne l'aperçoit nulle part dans la foule des ouvrières. Il jure en patois. Et si l'ours était entré dans l'usine ? Baptiste s'affole, courant de droite et de gauche, appelant en vain. Une sueur glacée coule dans son dos. Kate, grimpée sur un perron, répète qu'elle ne voit pas Martin.

— Il a dû partir…

Dans un groupe proche, soudain, une exclamation, un rire contagieux, et les regards qui se lèvent. Une femme agite son foulard vers le ciel.

— Salut l'artiste ! crie-t-elle, et elle ne s'adresse pas à Baptiste.

Celui-ci ôte sa casquette, fronce les sourcils et découvre, stupéfait, ce qu'elle regarde. À quatre pattes sur le faîte d'un toit, Martin progresse lentement mais sûrement vers une haute cheminée en brique, qui heureusement ne fume pas, et qu'il se met à escalader posément. En dessous, sur les trottoirs et la chaussée, les exclamations, coups de coude et bras tendus ont répandu comme une traînée de poudre la nouvelle de l'étonnante distraction. Tous les visages se tournent dans la même direction, une main en visière face au soleil couchant. Les femmes poussent des cris ravis, des encouragements. Dépassé par les événements, Baptiste hurle en pure perte le nom de Martin. C'est la troisième fois que l'animal lui échappe. À Toulouse déjà, il avait grimpé à un mât de cocagne, lors d'une fête sur la place Saint-Sernin, pour décrocher d'un cerceau un panier de victuailles ; et il avait remporté un franc succès...

Baptiste, furieux, s'époumonne. Kate a le fou rire.

— Ça n'est pas drôle ! s'emporte-t-il. Comment faire ?

L'ours continue sa lente ascension. Il n'y a pourtant ni à manger ni à attraper là-haut. Plus Baptiste s'énerve et hurle, plus Martin donne des signes de lenteur calculée, marquant des pauses, se perdant dans la contemplation des nuages. Le temps passe. Kate suggère d'appeler les pompiers.

— On ne va pas passer la soirée là, à attendre qu'il daigne redescendre...

— T'occupe pas de ça ! tranche Baptiste. Ah, le voilà qui fait marche arrière...

Après avoir atteint le sommet de la cheminée, Martin redescend en effet, mais s'immobilise à la base, qu'il enlace, l'arrière-train calé sur l'arête du toit. Il ne va pas s'endormir, quand même ? À le voir ainsi figé, on jurerait qu'il a décidé d'y passer la nuit. Et s'il tombe, fracasse les verrières, s'écrase sur les machines ?... Autour de Baptiste, ignorant son angoisse, les ouvrières scandent avec un bel ensemble le nom de Martin en frappant dans leurs mains. Il ne réagit pas, suprêmement indifférent au vacarme et à l'accent américain.

— Il va finir à la fourrière, présage Kate, à qui la perspective ne déplairait pas.

Depuis qu'elle fréquente Baptiste, elle supporte de moins en moins la présence encombrante de Martin. S'il n'y avait que le volume… mais l'odeur ! Le nouveau logis de Baptiste et Brandy en est déjà tout imprégné… Et puis le fauve lui fait peur. Elle sent qu'il ne l'aime guère.

— C'est mon affaire ! lui lance Baptiste, exaspéré.

Outrée par le ton, Kate se mord la lèvre pour ne pas envenimer les choses par une réplique blessante, mais ses yeux verts brillent d'indignation.

Baptiste ne quitte pas Martin des yeux. C'est le seul lien, invisible, qui lui reste. « Il sent bien que je le fixe… Ne pas relâcher l'attention… » Toujours figé, l'ours lui rappelle un écureuil brun sur le tronc lisse d'un hêtre pyrénéen, croyant passer inaperçu à force d'immobilité.

Lassées par la monotonie du spectacle, les ouvrières peu à peu s'éloignent. Kate, boudeuse, fait les cent pas, attendant que Baptiste lui parle, mais il s'est enfermé dans un silence farouche, les yeux rivés sur l'animal. À quoi ils jouent, à la fin, tous les deux ?

— J'y vais, murmure Kate, espérant un geste. Tu m'accompagnes ?

— Non. Laisse-moi. À bientôt.

Elle s'éloigne, le pas raide, le visage crispé de dépit, dans la lumière déclinante. Baptiste soupire. « Immobilité et patience », disait l'oncle Ernest à propos de la chasse à l'isard. Mais Martin n'est pas une proie et c'est Baptiste qui se sent traqué. Il guette les bruits : les pompiers, la fourrière, la police… Mais personne n'a jugé bon, semble-t-il, d'alerter les services de la ville. Un ours juché sur un toit et son maître en dessous, qui attend… C'est leur affaire, sans doute.

Le soleil s'est couché, la rue est désertée. Baptiste ne ressent ni la faim ni les crampes qui raidissent ses muscles. Il a renoncé depuis longtemps à appeler Martin. Il se contente d'être patient. Des étoiles s'allument là-haut, l'air fraîchit, des sirènes de bateaux mugissent dans le port. Baptiste ignore combien de temps au juste a passé. Il sait seulement qu'à un moment le tableau s'est animé, l'automate est sorti du cadre. Martin s'est ébroué et, pesamment, s'est mis en marche. Il est redescendu, avec la même lenteur innocente, par des échelons de fer au coin du bâtiment. Il s'est approché, puis s'est allongé aux pieds de Baptiste en poussant un soupir d'aise. Le garçon a su maîtriser la colère froide qui l'envahissait. Il n'a pas frappé, même pas crié. Il s'est de nouveau enchaîné à l'ours et ensemble, lentement, ils ont rejoint les quais.

Brandy, alerté par Kate, est accouru aux nouvelles.

— C'est de ta faute, dit-il à Baptiste. Tu brises les barreaux, c'est logique que le prisonnier s'échappe. Et là, c'était toi, le prisonnier, comme les enfants qui jouent à chat... Tu n'es rien sans lui, il n'est rien sans toi.

Baptiste hausse les épaules. Il pense à Kate. À Kate et à Martin. Ils ne s'apprécient guère, tous les deux, on dirait.

— En tout cas, c'est un grimpeur! plaisante encore Brandy. Il prend de la hauteur pour juger le monde, il aime les panoramas! Il a peut-être été vigie dans une vie antérieure...

Énervé, Baptiste ne répond pas. Le frère après la sœur!... Qu'ils aillent au diable, les Mac Bandy!

* * *

Baptiste et Martin ont passé leur premier été à New York. Sué sous le soleil de plomb qui accable les rues encombrées et transforme en fournaise leur logis. Fui vers la mer, d'un bord à l'autre de Manhattan, du Lower East Side aux rives de l'Hudson, parcourant à chaque traversée la mosaïque des quartiers et des communautés. Le quartier juif et celui des Allemands, la ville chinoise et l'italienne, les fiefs irlandais, l'univers du port.

Tourné en rond dans le ventre de la ville, prisonniers dans ses entrailles brûlantes comme dans la soute d'un navire.

En quête d'estive, Baptiste a entraîné Martin vers le large, franchi les deux ponts gigantesques vers Brooklyn, découvert un autre monde. C'est là-bas la même impression de foule, tout en mouvement et en vitesse, mais ordonnée, canalisée, ignorant les rixes et les règlements de comptes, l'entassement dans les taudis, les enfants pouilleux livrés à la rue, le labeur qui salit et ravage les visages. Une foule comme une armée souriante et pressée, propre et affairée. Elle s'entasse chaque matin dans le tout nouveau métro qui la déverse dans Manhattan, grimpe dans les étages des nouveaux buildings, se répand dans des bureaux qu'elle quitte le soir venu pour regagner ses appartements repeints de frais, dans la banlieue paisible, confortable. Une foule d'employés, a appris Baptiste. Une foule pour le siècle tout neuf, pour l'avenir, le progrès. Une foule américaine.

Les Américains dans leurs quartiers résidentiels ont pour le petit bonhomme noiraud à béret et son animal le regard suspicieux, le réflexe peureux qui fait se tourner vers le premier agent. Mieux vaut les aborder au bas des immeubles où ils travaillent, aux stations de métro, entre colporteurs, crieurs de journaux, cireurs de chaussures. S'insinuer dans le spectacle de la rue à l'heure de la sortie des bureaux, quand le bref répit qu'ils se donnent stimule leur curiosité, les incite à une générosité presque mécanique. « C'est qu'ils ont bien gagné leur journée, ils se soulagent... », persifle Brandy.

Baptiste et Martin ont aussi arpenté vers le nord les grandes avenues, la Cinquième et Broadway, appris à déjouer les pièges du trottoir, les coups de sifflet des *policemen*, les rappels à l'ordre anti-ours. La méfiance et l'hostilité des représentants de l'autorité qui, hors les bas-quartiers, jugent le montreur et son fauve manifestement déplacés. Il faut marcher, c'est sûr, et parfois détaler. Improviser des tours éclairs, des numéros en un clin d'œil, pour une poignée de badauds, une queue à l'entrée d'un théâtre, une descente de fiacre. Dans l'improvisation comme dans la fuite, Martin démontre un talent digne de Little Speed. Et Baptiste, lorsqu'il vide ses poches, est surpris de se découvrir moins pauvre. « C'est parce que les gens nous aiment bien... » répond-il à l'Irlandais.

Baptiste a cru avoir oublié le bonheur de la pluie qui tombe. Le bruit de l'averse, l'odeur mouillée de la ville, et cette lumière irisée qui semble sourdre des hauts buildings.

Mais Gaspe, quand il le rencontre au coin de Broome Street, est insensible au grand lessivage de la cité. Le crâne luisant de pluie, le visage rouge de colère, il arpente le trottoir à grandes enjambées.

— Ah, Baptiste ! Little Speed, tu ne l'as pas croisé, par hasard ? Tu sais, le cireur... Si je lui mets la main dessus, à celui-là !...

Gaspe jure en anglais et en italien. Baptiste n'a pas aperçu Little Speed depuis des jours, des semaines peut-être. N'importe, Gaspe le prend à témoin, l'entraîne. Parvenu en face de chez lui, il explique :

— Le droguiste, là... on lui a volé de la marchandise : des miroirs de poche, du rouge à lèvres, des savonnettes Sunlight, que sais-je encore... Sans effraction, en passant par la petite fenêtre de la réserve ! Que je te montre...

Il pousse Baptiste dans la ruelle qui fait le coin, tend le bras vers l'ouverture, là-haut, qui rappelle au garçon le fenestron de la maison pyrénéenne.

— Le droguiste a accusé...

Gaspe est si nerveux qu'il s'étrangle. Baptiste remarque :

— Un adulte ne peut pas passer par là, et même un enfant... Déjà, il lui faudrait une échelle, mais...

— Qui te parle d'enfant ? s'écrie l'Italien en lui secouant le bras. Enfant, non... le droguiste a accusé Zippo et Zippa !

La fourrière… on les a emmenés à la fourrière. Et à présent ils sont au zoo de Brooklyn ! Il a fallu… j'ai dû les vendre, tu comprends ? Zippo et Zippa, plus le droit de les garder ! Ces pauvres bêtes, si affectueuses…

Giuseppe fait peine à voir, quand le souvenir de ses chers singes lui met les larmes aux yeux. La fourrière, le zoo… Baptiste en est blême en pensant à Martin.

— Tu sais qui a témoigné contre moi ? contre eux, plutôt… Tu sais qui ?

Baptiste n'a pas le temps de réfléchir.

— Little Speed ! explose Gaspe, dont le chagrin est balayé par un nouvel accès de colère. Le sale petit… le… il a dit au droguiste qu'il avait vu Zippo et Zippa grimper par là. Et pire encore, que je les entraînais à voler !

Baptiste, incrédule, répète :

— Little Speed, tu es sûr ?

Gaspe s'emporte, jure, cette fois sur la tête de ses enfants, de sa *mamma*…

— Évidemment, c'est lui qui a prétendu cette… d'ailleurs, il a disparu du quartier depuis. Il vaut mieux pas qu'il revienne !

Baptiste compatit. Il suit son ami dans le deux-pièces minuscule.

— C'est vrai, se souvient-il, qu'un jour où ils étaient avec moi, ils ont volé des bananes chez l'épicier polonais…

— Bah, ça peut arriver, non ? Des singes qui volent des bananes, c'est normal…

— J'avais remboursé l'épicier, ajoute Baptiste.

— Fichu Polonais ! Qu'il aille au diable ! Mais l'autre petit Négro, ce salopard…

On frappe à la porte. C'est Brandy.

— Salut la compagnie !

Son grand sourire et son entrain tombent à plat. Gaspe veut le prendre à témoin à son tour. Entre rage et accablement, il recommence son récit.

— Je suis allé les voir hier, derrière les barreaux. Ils grelottaient de peur sur la paille. On leur a limé les dents pour qu'ils ne mordent pas ! Horrible… Quand ils m'ont reconnu, ils ont poussé de ces cris…

— Faut pas y retourner, dit Baptiste.

— Sûr, approuve Brandy. C'est triste, mais raisonne-toi, enfin… Y a pire.

— Comment ? rugit Gaspe. Zippo et Zippa ! Je les ai aimés, dressés, choyés comme… comme… Je les ai eus tout bébés ! Ils faisaient partie de la famille.

— O.K., mais n'exagérons pas, réplique Brandy. Sur les quais, je vois des fillettes de neuf-dix ans employées par des écaillers, pour des conserves… Tu les verrais. Les mains toutes coupées par les coquilles, les chaussures brûlées par la saumure, et l'odeur, et les mouches. La plus petite, ils l'ont juchée sur une caisse pour qu'elle atteigne la table. Là, il y a de quoi s'apitoyer, ou se révolter…

Giuseppe était prêt à l'admettre mais Brandy a le malheur d'ajouter :

— Et les garçons comme Little Speed, qui vivent en bandes et dorment sur des barges de foin… à se battre sans arrêt, à…

— Little Speed ! hurle Gaspe. Parle-m'en de celui-là ! Lui et ses semblables…

— Quoi, ses semblables ? C'est pas de leur faute…

— Pas de sa faute ?… Ce voyou !

Baptiste intervient, espérant ramener le calme. Il explique à Brandy que Little Speed a dénoncé les singes.

— Un menteur ! Un voleur ! crie Gaspe.

Brandy en conviendrait peut-être, si c'était dans son caractère. Au lieu de quoi il lance à l'Italien :

— Ici, on traite des enfants comme des bêtes, toi, tu voulais faire de tes singes des humains : tu les habillais, jupons et fanfreluches… Faut pas confondre !

Gaspe, la tête dans ses bras, gémit et n'entend pas.
— Mon cirque, c'est fini ! Pauvres Zippo et Zippa, je les aimais tant…
L'Irlandais s'exaspère du ton de tragédien. Malgré les signes modérateurs de Baptiste, il assène sur la table un coup de poing qui fait sursauter Gaspe. Un bol de lait glisse sur la toile cirée et se brise sur le carrelage.
— Arrête ton cirque ! Deux bêtes minables dans leur accoutrement ridicule ! Et tu pleurniches comme une cantatrice d'opéra !
Gaspe se redresse, piqué au vif. Il fait face à Brandy.
— Qu'est-ce que tu as dit ? Personne ne m'a jamais parlé comme ça !
— Eh bien, on a eu tort !
La tension est à son comble. Baptiste essaie encore de calmer le jeu.
— Si on me prenait Martin, qu'est-ce que je deviendrais ?
— C'est autre chose, assure Brandy. Un animal rare, un vrai numéro. Et pour te l'enlever, faudrait une armée !
— Te mêle pas de ça, gamin, lui jette Gaspe en le poussant de côté.
Mais Brandy a anticipé la réaction de l'Italien et se jette sur lui le premier. Ils s'étreignent en silence, on n'entend que leur respiration saccadée, le bruit mat des coups de poing sur les épaules et dans le dos. On dirait des lutteurs de foire. Comme Gaspe repousse Brandy et s'apprête à le frapper, Baptiste se précipite entre eux en criant :
— Arrêtez ! Arrêtez tous les deux ! Vous êtes mes amis… Qu'est-ce qu'on va devenir si on se bat aussi entre nous…
Il est en nage, hors d'haleine, ses deux poings serrés et durs frappent tour à tour les deux autres. Il n'en peut plus de cette misère, de ces histoires. Brandy recule.
— Tu as raison, *Frenchy*.
Gaspe, sonné, s'adosse à la table et se frotte le visage

d'une main. Puis il se rassoit, honteux. Brandy va à la fenêtre, l'ouvre et se penche au-dehors. Il reprend son souffle et dit :

— Tu as raison. Se battre… on en a suffisamment l'occasion sans se bagarrer entre nous.

Il se retourne, marche vers Gaspe, plus calme.

— Excuse-moi, Giuseppe, j'ai eu tort… je me suis trompé d'adversaire.

Le rouge du dépit estompe les taches de rousseur sur son visage crispé. S'il grimace, on ne peut pas prendre ce rictus pour un sourire. Gaspe hoche la tête et de la main fait un geste d'apaisement. Dans la lumière froide qui découpe la toile cirée, son visage paraît gris, tout d'un coup vieilli.

Brandy s'en va sans un mot de plus. L'incident est clos, l'amitié sauve, se force à penser Baptiste.

16

Deux mois se sont écoulés depuis leur altercation. Gaspe et Brandy se croisent par hasard chez le marchand de tabac dont l'entrée s'orne d'un buste d'Indien en bois sculpté, tirant sur un énorme calumet, et de l'enseigne : « Essai gratuit ». L'Italien ne sait trop quelle contenance adopter, mais Brandy l'aborde avec chaleur, demande des nouvelles des enfants et enchaîne :

— Alors, Baptiste m'a dit que tu te lançais dans le commerce ?

Gaspe acquiesce, la mine modeste mais le regard brillant.

— On commence juste.

— Tu auras bientôt ta devanture dans la rue, comme le Chinois, avec en grosses lettres : Gasperini & Co., épicerie italienne…

— Peut-être même que je t'emploierai ! rétorque Gaspe.

Ils rient tous les deux.

— Tu as cinq minutes ? Viens voir mon chantier…

Giuseppe emmène Brandy chez lui. Dans l'escalier, il explique, volubile :

— On a arrêté les fleurs artificielles. Trop dur, stupide, et pour gagner quoi ?

Dans le deux-pièces où s'active la famille au complet, Laura renchérit :

— Les fleurs artificielles, *pfuit*… gagner deux *cents* par bouquet, quand le fleuriste de la Troisième Avenue les vend deux dollars pièce ! Tandis que les pâtes…

Giuseppe la coupe, c'est une habitude.

— C'est notre trésor, les pâtes ! Laura et Gina les fabriquent à la maison, annonce-t-il en montrant la planche posée sur des tréteaux qui a remplacé les malles. Les pâtes de la *casa,* est-ce qu'il y a quelque chose de meilleur, hein ?

Il montre les ingrédients disposés sur la table.

— Moi, je cherche les fournitures, la farine de blé, les œufs…

Comme pour appuyer la démonstration, Laura jette du sel et de l'eau dans des puits de farine, casse des œufs et pétrit la pâte. Sur des torchons, devant Gina, s'alignent des boules élastiques. Elle les étale au rouleau, puis Marco, à l'autre bout de la table, découpe dans la pâte quantité de figures géométriques que Sandro entasse enfin dans des marmites.

— Regarde, continue Giuseppe en poussant Brandy vers la fenêtre. On va les vendre sur les trottoirs avec ça !

Dans la cour se trouve une charrette à bras au plateau creusé de plusieurs trous circulaires.

— Je l'ai transformée pour y placer des faitouts et leurs couvercles. Dedans, les pâtes fraîches, vendues au poids… Je me suis déjà déclaré au policier municipal, pour être en règle. Qu'est-ce que tu en dis ? Les gens vont adorer ça !

Brandy fait claquer sa langue.

— C'est appétissant.

Gina lui tend une boulette de pâte et s'amuse de sa gourmandise. Brandy s'extasie de la variété des formes.

— Il y a des centaines de pâtes en Italie, s'enflamme Gaspe, mais les Américains ne connaissent que les macaronis. C'est une insulte, aussi, c'est comme ça qu'ils surnomment mes fils à l'école… Eh bien, nos macaronis, ils vont en manger, et aussi des spaghettis, des tagliatelles, des pennes, des…

Courtes ou longues, épaisses ou minces, torsadées, rainurées, coudées, en cheveux d'ange pour la soupe, en plaques pour le four, les pâtes sont dans la bouche de Gaspe un monde à elles toutes seules, un inépuisable univers qui tient de l'encyclopédie et du conte de fées, un héritage culturel et un pari commercial.

— En tout cas, tu sauras les vendre, affirme Brandy.

— Si ça marche, j'en ferai des colorées. Je suis sûr qu'elles plairont, les Américains aiment l'exotisme. Du jaune avec du safran, du noir avec de l'encre de seiche, comme à Venise, du vert avec des épinards, du rouge avec les tomates, évidemment… J'aurai un bel étal d'Arlequin !

— En Irlande, on mange de la pomme de terre, et puis… de la pomme de terre, fait Brandy. C'est varié !

— Et c'est pour ça que tu es venu ici, plaisante l'Italien. Tu as retrouvé du travail, au fait ?

— Oui, j'ai fini par trouver. Cette fois, je suis plongeur dans un restaurant de Broadway, vers la 47e Rue.

— C'est loin.

— J'y vais en métro, c'est pratique.

— Et ça te plaît ? demande Laura.

Brandy hausse les épaules.

— C'est un restaurant de poissons et de coquillages, explique-t-il. Des nappes damassées sur les tables, de la vaisselle qui coûte une fortune, de l'argenterie, une armée de serveurs… Le grand luxe, quoi.

— Et des prix ?…

— On peut en un repas dépenser le salaire d'une année. Le salaire de gens comme nous, je veux dire.

Gaspe mordille sa moustache et sa femme soupire. Les enfants, les yeux ronds, font du calcul mental. Gina, pour conclure, a une moue dégoûtée.

— Le plus révoltant, reprend Brandy, ce sont ces gens riches, exigeants, qui font un scandale pour un pli sur la nappe, une sauce un peu trop chaude ou trop froide. Et les femmes ! Vous verriez les femmes… leur façon de tenir leur fourchette, leurs couverts à poisson… Parce qu'il y a un tas de couverts différents, on se demande à quoi ça sert !

Il se penche sur un faitout, pique avec délicatesse un ravioli.

— Je vous montre.

Il l'approche de sa bouche avec lenteur, le goûte, le mordille, le mâche consciencieusement. Affiche une grimace de dédain, mais en pique un autre. Tous éclatent de rire.

— Faut avoir du temps devant soi, pour manger comme ça, soupire Gaspe.

— Faut surtout pas être affamé ! Nous, à la cuisine, on baigne dans l'eau grasse jusqu'aux coudes. Le savon attaque la peau. Elle pèle.

Il montre ses mains.

— Je lave les casseroles, les marmites, à la paille de fer, dans la chaleur, la vapeur. C'est comme dans les soutes du *Gallia*, quoi… L'autre plongeur, un gamin russe, lave la vaisselle fine, les verres, c'est moins fatigant.

— Pourquoi tu n'essaies pas de devenir serveur ? demande Gaspe.

Brandy a un geste fataliste.

— Je n'aurais pas la patience. Être aux petits soins avec ces gens qui te regardent du haut de leurs dollars amassés, je ne pourrais pas.

— Pourtant, remarque Sandro, tu parles américain, toi.

Brandy hausse les épaules.

— Peut-être. Franchement, je peux être serviable, mais servile, non… Nous, on n'a pas le droit d'aller dans la salle, mais on les voit passer, les serveurs, avec leurs immenses plateaux garnis de homards entiers, d'huîtres, de crabes et je ne sais quoi encore. On les voit se surveiller, se dénoncer aux chefs de rang… L'ambiance est détestable.

— Tu récupères des restes ?

— Tu penses ! C'est interdit. À la moindre incartade, le patron te vire. Et il a l'œil. J'ai quand même léché un fond de casserole, l'autre jour. Je ne sais pas ce que c'était, mais c'était délicieux.

— Faudrait fouiller dans les poubelles, suggère Marco.

Brandy a un haut-le-corps.

— Non mais, on a sa dignité !

— Et Baptiste ? demande Laura. Il ne t'accompagne pas ? On ne le voit guère, ces temps-ci.

— Il est très pris. Entre son ours et ses amours, il n'a pas de temps à perdre avec moi.

— Je l'ai aperçu l'autre jour par hasard, raconte Gina. Il achetait un bouquet à la petite italienne qui vend des fleurs dans une brouette, au coin de Bond Street. Avec l'hiver, elle disparaît, on se demande où, et au printemps, elle revient. À chaque saison, elle change de fleurs. Baptiste ne la reverra qu'en mars, à présent.

— Je la connais, c'est Anita, dit Gaspe. Ne me dis pas qu'il est amoureux de cette petite, elle n'a que douze ou treize ans…

— Bien sûr que non, dit Brandy. C'est de Kate qu'il s'agit. Il lui offre des anémones, en ce moment. Elle est très amoureuse aussi.

— Et Martin, qu'est-ce qu'il en dit ? questionne Laura en riant.

— Il fait comme si de rien n'était, je suppose.

— C'est une brave bête, pas compliquée, assure Giuseppe.

— Moins compliquée que ma sœur ! Elle ne le supporte pas. Elle l'appelle l'animal puant…

Sandro s'étrangle de rire et son père s'en prend à lui :

— Arrête de mâcher cette gomme ! Ça te collera les parois de l'estomac si jamais tu l'avales.

— Je t'ai déjà dit que ça s'appelle du *chewing-gum*, crâne le gamin. Tu connais ça, Brandy ? Du Wrigley's Doublemint… Ça parfume l'haleine.

— On devrait en offrir à Martin, s'amuse Brandy. Pour améliorer ses relations avec ma sœur !

*
* *

Il est revenu dès le début de la nouvelle année, ce froid de loup, de gueux, de canard, qui fait regretter à Baptiste de ne pouvoir hiberner avec son ours, en attendant des jours plus cléments. Mais de tute, à New York, point. Il a neigé pendant deux jours, les chevaux patinent dans les rues verglacées et l'Hudson charrie des glaçons. Sale temps pour les miséreux. Les bandes d'enfants ont fui les berges et s'entassent dans les remises où on dort dans des sacs de farine.

C'est Martin le plus content. Dans Central Park, il s'ébroue, laisse de larges empreintes sur les pelouses enneigées, course un écureuil affamé, s'assoit sur les congères au bord des allées. Ses instincts muselés, l'ours dressé n'hiberne plus, mais le froid et la neige restent son élément. Dans la ville recroquevillée, il s'épanouit.

— C'est Urbain que je devrais t'appeler, dit Baptiste.

La bise que rien n'arrête s'engouffre dans les rues larges, tournoie entre les hauts buildings, fait craquer l'armature métallique des immeubles. Les os glacés, comment se préserver de l'onglée et des engelures ? Baptiste retrouve des réflexes de montagnard. Il porte des mitaines et un gros bonnet, se couvre le dos d'exemplaires du *New York Times,* et les lettres imprimées sur sa peau composent un tatouage mouvant plus indéchiffrable que celui de Gaspe. Dans Worth Street, on s'emploie à chasser le moindre courant d'air, on colmate les fenêtres disjointes avec des chiffons ou des journaux et, comme tout le monde, Baptiste et Brandy dorment tout habillés sous un amoncellement de manteaux, de couvertures et de fichus. Et, dans le cas de Baptiste, contre Martin, au chaud dans son épaisse fourrure. Les voisins sont envieux, pour une fois, malgré les ronflements. Brandy peut bien se plaindre de l'haleine du fauve, le whisky qui l'aide plus que jamais à combattre le froid a des relents aussi tenaces...

Cette nuit-là, l'Irlandais dort profondément, grâce à son arme favorite, et ronfle plus fort encore que l'ours. Il rêve, aussi. Il est à Dublin, au bord d'un canal, avec sa mère. C'est l'été de ses six ans. Ils sont assis sur un quai ombragé, lui sur les genoux de sa mère, qui le berce dans ses bras blancs. Elle chante une chanson triste qui parle d'un amour déçu. L'enfant regarde les feuilles remuées par le vent. Un vent léger qui transporte, d'un jardin voisin, l'odeur des roses. Les roses sont les joues de sa mère… Brandy rit doucement. Il fait si bon. Ils jouent à qui embrassera le plus vite l'autre. Comme un envol de papillons, les lèvres de sa mère butinent la peau de l'enfant. Puis il fait chaud soudain. Et qui a enlevé les arbres ?… « Maman, j'ai soif… Le parfum des roses m'étouffe et le soleil m'écrase… » Sa mère ne l'entend pas. Elle le serre dans ses bras blancs. « C'est trop fort, maman, tu me fais mal. Aïe ! » L'enfant frémit. La bouche rouge de sa mère est une pivoine qui lâche un cri, et toutes ses dents tombent et roulent sur le quai brûlant comme les perles d'un collier…

Brandy, hagard, hirsute, est extirpé violemment de son rêve devenu cauchemar, et de son tas de nippes qu'il repousse à coups de pied.

— Laisse-moi, Butterfly !

Mais Baptiste hurle son nom et Martin est devenu fou. Il rugit comme un fauve et ne se contient plus. Il tire sur sa chaîne, renverse le matelas.

— Brandy, y a le feu ! Brandy, au secours !

C'est la voix de Baptiste, toute proche, mais où est-il, le *Frenchy* ? Impossible de le voir. Brandy a bondi sur ses pieds. L'épaisse fumée le saisit à la gorge. Il tend les bras à l'aveuglette. Agrippe une main. Celle de Baptiste toussant et titubant, enchaîné à Martin qui l'entraîne, qui les tire et les remorque tous les deux, dans une cavalcade furieuse. Brandy s'accroche, à la main amie, à leurs baluchons. Autour d'eux, une fournaise, cela siffle, et craque, et ronfle. L'ours arrache les boiseries, casse la fenêtre, atteint d'un élan les escaliers extérieurs qu'il dévale comme un gorille, en poussant d'horribles grognements. La terreur hérisse son poil. La revoilà la ferrade, le fer rougi, l'odeur de roussi. Il fait des efforts convulsifs pour échapper à la torture, le souffle grondant comme une forge. Cramponné à la chaîne comme à l'ancre d'un navire, Baptiste bousculé, culbuté, atterrit sur le pavé, grelottant de froid et de peur. Groggy, mais indemne. Brandy ne l'a pas lâché. Il chancelle contre lui. Maîtriser Martin qui se débat encore contre ses fantômes, le calmer comme ils peuvent les accapare plusieurs minutes. Quand ils lèvent les yeux, l'immeuble d'appartements d'où ils se sont extraits flambe comme une torche.

Le feu a pris dans les combles où se réfugient les miséreux et où s'entassent toutes sortes de rebuts. Il court de fenêtre en fenêtre, saute d'un étage à l'autre, allègrement. On entend, sous son crépitement avide, des appels, des hurlements, des fracas. Dans la nuit, un tableau hallucinant se compose, se dissout un instant et se reforme, dans un chevauchement de couleurs : des volutes de fumée noire drapent les flammes rouges qui montent à l'assaut d'un ciel de neige où les flocons drus jettent sur celles-ci un voile blanc, comme un rideau de scène tourbillonnant.

S'il n'y avait les cris des habitants de la rue, les courses des pompiers et des policiers, les silhouettes suspendues aux escaliers métalliques, les rescapés qu'on secourt tant bien que mal, le gobelet de breuvage brûlant qu'un inconnu lui tend, Baptiste perdrait pied. Le bal des Ardents, la Saint-Barthélemy, le feu de la Saint-Jean et la ferrade… l'enfer de la survie et les abîmes de l'histoire sont comme des trappes ouvertes pour l'engloutir. Où est le chaud, où est le froid ? Il chavire, s'accroche à Martin. Son collier, son odeur… Une douleur cuisante sur les joues. Il rouvre les yeux. Brandy l'a giflé. Il lui tend une flasque, le force à boire. L'alcool lui brûle délicieusement les entrailles. Lui fait voir l'ours calmé qui gratte le pavé à la recherche d'on ne sait quoi, l'incendie derrière eux qu'on combat, le policier qui désigne Martin avec de grands gestes. Brandy s'interpose.

— Pas question de fourrière, pas question d'y toucher! Il nous a sauvé la vie! C'est lui qui a donné l'alerte. Et vous avez plus urgent à faire, non?

L'ours montre les dents. L'agent bat en retraite. Là-bas, un homme à demi nu, enveloppé de flammèches, se jette du quatrième étage dans la bâche déployée par les pompiers. Une vieille femme hurle qu'elle a perdu ses lunettes dans la maison dévastée et prétend y retourner… Les *policemen* s'énervent. Les chevaux des voitures de pompiers glissent sur le verglas, l'eau gèle en sortant des pompes. On attend des ambulances, mais la cloche de leurs attelages tarde à retentir. Là-haut, le feu poursuit sa sarabande, se nourrit sans vergogne de tout le fatras qui fait cortège à la misère: vieux matelas, journaux en tas, ballots de tissus et de nippes. Le feu danse, s'élève, progresse joyeusement. La foule agglutinée pousse un cri quand la toiture s'effondre. Une pluie d'étincelles et de brandons se mêle aux flocons. C'est beau et pathétique, songe Brandy en entourant les épaules de Baptiste de son bras, en attendant les couvertures qu'on distribue aux sinistrés, ainsi que de la soupe.

Dans le petit jour gris cendre, quand l'incendie a capitulé, par lassitude croirait-on, tant les efforts pour le vaincre ont paru dérisoires, Baptiste palpe en tremblant la fourrure de Martin, se serre contre l'épaule de son ami. Il ne sent même plus le froid. Dans la ruelle où ils se sont éloignés, des cendres volètent. L'âcre odeur de fumée colle à leurs vêtements. Brandy ricane:

— C'est l'avantage de dormir habillés, on n'est pas tout nus dans le froid!

Il déchiffre l'angoisse dans le regard de Baptiste, le rassure:

— J'ai pu sauver nos baluchons, regarde… Je dormais avec la tête dessus en croyant que c'étaient les bras de ma mère. Allez, viens, on va boire un café chez Kate.

— Tu crois que tout le monde s'en est sorti ?

— J'ai pas réussi à savoir, dans ce chaos. Les flics ont rien voulu dire. On le lira demain dans le journal. Mais notre taudis qui crame ne mérite pas une édition spéciale du *New York Times*, ne t'inquiète pas !

Ils se mettent en marche. Tout à coup, Baptiste renâcle.

— Pas chez Kate, elle a peur de Martin.

— Ça lui passera. C'est grâce à lui qu'on est en vie, non ? Et où aller, autrement ? On l'attachera dans la cour.

— On pourrait aller chez les Gasperini…

— Ils sont déjà cinq dans deux pièces. Sans compter toutes leurs spécialités de pâtes!

— Brandy… on n'a plus rien.

— Qu'est-ce que tu racontes ? On n'avait déjà rien ! On est vivants, c'est tout ce qui compte. La vie, c'est une flamme qui ne s'éteint pas.

Il en rit, l'Irlandais. Baptiste murmure :

— Je ne sais pas comment tu trouves la force de plaisanter.

Ils vont par les rues vides et glaciales, Martin leur emboîtant le pas avec sa docilité coutumière. Brandy se retourne, lui caresse l'encolure. Il chantonne :

— Brave Martin revient de guerre… Brave Martin… On va le récompenser, celui-là, ajoute-t-il. Un régime de bananes et dix kilos de pop-corn. Ne fais pas cette tête, Butterfly…

Soudain sérieux, levant la tête vers le ciel gris-mauve, il ajoute :

— Je me rappelle… je faisais un drôle de rêve quand tu m'as sauté dessus avec ton animal… Tu veux que je te raconte ?

*

* *

Épuisés par le manque de sommeil, engourdis par le froid, ils ont frappé à la porte de Kate, après avoir entravé Martin dans la cour. Kate a ouvert la porte, pieds nus, en chemise de nuit blanche. Elle frissonnait. Réprimant un bâillement, elle a dit à Brandy :

— Tu as encore trop bu, toi ?

Mais quand elle a appris la catastrophe à laquelle ils venaient d'échapper, elle a fondu en larmes et s'est jetée dans les bras de Baptiste, répétant son prénom en lui caressant le visage. Elle en oubliait même de réconforter son frère, qui s'est finalement éclipsé discrètement.

Pauvre Brandy, où a-t-il bien pu dormir, ce matin-là ? se demande Baptiste, le dimanche suivant, en se réveillant à côté de Kate, dans l'étroit lit en fer. Il se remémore l'incendie et ses suites. Pas le nombre des victimes — trois, et une demi-douzaine de blessés, intoxiqués par la fumée —, rapporté par le journal du lendemain, ni l'émotion et la joie des Gasperini, mais la réaction de Kate, à leur arrivée chez elle. Sa peur rétrospective, son soulagement. Un mélange d'angoisse et d'abandon qui a déclenché entre eux un autre genre d'incendie. Il a donc fallu ce drame pour qu'ils se rendent compte de leur attachement mutuel et se laissent aller à l'exprimer…

Baptiste n'ose pas bouger, mais l'immobilité est aussi un plaisir. Il fait toujours aussi froid, les carreaux sont couverts de givre, une fine pellicule qui estompe la grisaille du dehors, la suie des fumées badigeonnant le ciel, le beuglement des sirènes. Dimanche à New York, jour de relâche, sauf pour un montreur d'ours qui ne craindrait pas de rallier Union Square pour faire son numéro au pied du Lincoln Building. C'est moins loin que Central Park, animé et populeux, les ouvriers et les syndicalistes qui s'y réunissent allument des braseros… Ils aiment bien Martin. Mais il faudrait se lever. Et ranimer d'abord le feu dans le poêle à bois. Au risque de réveiller Kate.

Baptiste décide donc de ne pas bouger d'un cil. Se contente de veiller sur le sommeil de la belle Irlandaise, de contempler son visage abandonné, paupières bombées, peau fine veinée de bleu, lèvres pulpeuses. Ses cheveux roux s'étalent en corolle sur la couverture, chatouillent la joue du garçon. Kate a les traits adoucis d'une enfant, le souffle si léger… Le jour, elle porte comme un masque. Où est la vraie Kate ?

— Tu sais, elle a reçu une éducation très sévère, lui a expliqué Brandy. Elle en a gardé des manières strictes, des manies, ce qu'elle appelle ses principes… Moi, je la trouve vraiment trop rigide. Raide comme une figure de proue.

— Et toi, justement, tu n'as pas été élevé comme ça ?

— On est frère et sœur comme le jour et la nuit ! Moi, je suis parti à douze ans. J'étouffais à la maison. J'ai travaillé sur les quais, j'habitais chez les dockers. Quand mon père est mort dans le naufrage du *Smart*, je suis revenu. Chef de famille à seize ans, avec trois femmes qui comptaient sur moi : la grand-mère, ma mère et Kate. Mais tu sais, je n'aime pas les chefs. Alors je suis reparti. Je ne tiens pas en place !

« Et moi je reste là, je ne donnerais ma place pour rien au monde », songe Baptiste en s'étirant précautionneusement.

Kate remue légèrement contre lui. Se serre davantage. Baptiste ferme les yeux.

Quand il se réveille, le feu est allumé, la théière fume sur un plateau. Kate est habillée, chignon impeccable renforçant ses pommettes. Elle chantonne un air irlandais. «Moi le marin, j'ai trouvé une maison au bord de la terre… »

— Il est tard ? demande Baptiste.

— Les Pyrénéens ont des marmottes dans leurs ancêtres, je suppose… Il est deux heures.

— Bon sang ! Et Martin ? Je voulais aller à Union Square…

— Écoute, fait sèchement Kate, ton ours peut attendre, non ? Les animaux n'ont pas la notion du temps…

— Mais… il doit avoir faim, se demander où je suis passé.

— Il ne peut pas te laisser tranquille une journée ?

Baptiste esquive. Il craint le tour que risque de prendre la conversation.

— J'espérais gagner un peu d'argent…

— L'heure est passée, se moque gentiment Kate. À Union Square le dimanche après-midi, quand il gèle, il n'y a pas foule.

Elle s'assied au bord du lit, lui tend une tasse.

— Bois d'abord ton thé. Pourquoi se presser, s'inquiéter ? On n'a que le dimanche pour nous.

Elle se penche, approche les lèvres de son oreille, chuchote :

— Tu n'es pas bien avec moi ? Il nous reste la moitié du dimanche…

— Martin…

Les lèvres de Kate se pincent. Ses yeux verts s'assombrissent. Elle suspend le geste de dénouer son chignon.

— Il attendra, concède Baptiste dans un souffle.

Il se retient de respirer, juste le temps que la chevelure libérée ensevelisse son visage et ses scrupules.

17

Ce soir-là, Brandy passe de bonne heure chez les Gasperini. La charrette à bras n'est pas encore remisée dans la cour, les enfants sont seuls. Assise à l'extrémité de la longue table, Gina inscrit sur un cahier les comptes de la journée d'hier. Sandro fait répéter à Marco des phrases en anglais tirées du livre ouvert sur ses genoux.

— Je vais avoir le temps de vous faire la conversation en américain, plaisante Brandy d'un ton triste. Je me suis fait virer du restaurant, aujourd'hui.

Les garçons s'exclament, Gina termine une addition avant de lever les yeux. Au regard de l'Irlandais, elle devine qu'il a bu.

— Enlève ton manteau et assieds-toi, dit-elle.

Brandy n'en fait rien. Il explique, le débit rapide :

— C'est à cause de l'autre plongeur, le Russe. Un serveur l'a frappé parce qu'il avait cassé un grand plat en porcelaine. Le gamin pleurait. Je suis intervenu. J'ai hurlé. Il paraît qu'on m'entendait jusque dans la salle. Ça dérangeait…

— Tu lui as tapé dessus, au serveur ? demande Sandro, tout excité.

— J'ai pas eu le temps. Le patron m'a mis dehors, avec l'aide de deux sbires.

— Tu t'es pas battu ?

Brandy hausse les épaules.

— J'ai eu la paye hier, heureusement. Le plus fort, c'est que l'autre, Vassili, quand on s'est retrouvés dans la rue après, il s'en est pris à moi. Il m'en voulait ! J'y comprends rien. Où on va, hein ?

Brandy agite les bras. Ses mains tavelées projettent sur le mur des ombres désordonnées. Marco aimerait qu'il joue aux ombres chinoises, mais il n'ose pas demander. L'Irlandais n'a pas l'air d'humeur.

— Assieds-toi, répète Gina. Il faut te remettre.

— Ouais, me remettre à chercher du boulot…

Le rire du jeune homme est sans gaieté. Mais tout à coup, comme si l'objet de sa visite lui revenait subitement à l'esprit, il ouvre son manteau, montre l'intérieur. Le tissu est renflé.

— La grande poche que j'ai cousue là, dit-il, elle est bien utile…

Il y plonge la main, guette la réaction des enfants.

— J'ai une surprise pour vous…

Son visage est redevenu mobile, son ton facétieux. Même Gina, si sérieuse quand il s'agit de faire les comptes, a l'expression d'une gamine tenue en haleine par un prestidigitateur.

— Une grosse surprise pour les gourmands… dit encore Brandy, et il extrait de sa poche secrète un homard entier, ficelé, qu'il pose sur la table, en pleine lumière.

Ç'aurait pu être un lapin vivant ou une trompette, les enfants n'auraient pas été plus surpris. Gina pousse un petit cri. Les garçons fixent la chose, perplexes.

— Ce n'est qu'un homard, et en plus il est cuit. On va se régaler. Le festin de Brandy…

Gina s'essuie machinalement les mains sur son tablier et s'approche.

— J'en avais jamais vu, dit-elle.

— Tu es sûr qu'il est mort ? questionne Marco.

— Vivant, il est bleu… explique Brandy, après la cuisson, il est rouge. On lui a même frotté la carapace à l'huile pour qu'il ait l'air brillant, bien propre sur lui. Les riches Américains adorent en manger, ils paient des fortunes pour ça.

Sandro tend une main hésitante, se risque à toucher. Brandy s'amuse de la grimace de sa sœur.

— Ce n'est qu'un pauvre crustacé, dit-il. Quand il mue, il se fait bouffer par les crabes. Un malchanceux, le homard :

pour le cuire, on le plonge vivant dans l'eau bouillante. Il paraît qu'avant de mourir il vous fixe de ses petits yeux suppliants. J'aimerais pas être cuistot.

— Raconte encore, l'encourage Marco.

— Arrête ! fait Gina en se reculant. Ça me dégoûte. Je ne toucherai pas à ça !

Elle ajoute, péremptoire, avant de se détourner :

— Je n'ai pas envie de me casser les dents là-dessus !

Mais Brandy continue, pour les deux garçons penchés sur l'animal, et qui s'enhardissent à le retourner :

— Là, vous avez les écailles de la queue, là la pince-marteau, plus grosse et bosselée, pour tenir la proie, et là, la pince-ciseau pour la couper.

Tout à sa leçon, Brandy prend un couteau, fend le coffre en deux, ôte le corail et la chair, jette la carapace.

— On va faire une surprise à vos parents. Pour une fois… un plat qui vous changera de la *pasta*.

Les garçons approuvent et mettent la table avec des mines de conspirateurs. Gina observe avec réprobation Brandy qui répartit la chair entre les assiettes. Puis elle va ostensiblement s'occuper de la cuisson des inévitables pâtes. Quand Laura et Giuseppe rentrent, elle boude encore et refuse obstinément de goûter la nouveauté. Sa mère au contraire paraît ravie, mais tout intimidée. Elle se tourne vers son mari. Gaspe goûte du bout des dents le mets inhabituel dont on lui a caché le nom.

— Bah, pas de quoi en faire un plat, conclut-il. Qu'est-ce que tu nous as préparé, Gina ?

— Des cannellonis…

— *Benissimo*…

Il tourne vers Brandy un visage rayonnant.

— Tu vas goûter cette merveille… Figure-toi que malgré ce froid, on a doublé les ventes, cette semaine…

Plus tard, lorsque Brandy repart, suçotant entre ses lèvres

une pince de homard, il a l'impression d'en extraire toute l'amertume de l'existence.

*
* *

— La flamme de la vie est tenace, tu me l'as assez dit…

Brandy hausse les épaules. Le *Frenchy* a raison, sans doute, mais que lui répondre ? Il a l'air si content, occupé à compter ses pièces dans la remise réintégrée par Martin après l'incendie. Pas encore riche, certes, mais satisfait, plus bavard qu'il ne l'a jamais été. Presque volubile, parfois, du moins Brandy le perçoit-il ainsi, lui qui à l'inverse se montre de plus en plus taciturne. Amoureux, c'est sûr. Pour ainsi dire, heureux… Quasiment installé chez Kate, le temps, comme disent les Français « de se retourner ». Même Martin ne paraît pas de taille à contrarier cette félicité toute neuve. Attaché à son anneau, il dort, poussant de temps en temps un gros soupir. Il a bien gagné sa journée, au coin de Bowery et de Stuyvesant Street, à croire que la foule sortant de la station de métro flambant neuve d'Astor Place confond le castor qui en est l'emblème avec l'ours brun.

— J'ai assez d'économies pour qu'on puisse louer un autre logement, dit Baptiste. Gaspe m'a parlé d'un…

— Pas question d'habiter là-bas ! l'interrompt Brandy. Pas question pour moi, en tout cas. Moi, je reste ici, sur les quais, dans mes pubs irlandais.

Le ton est sans appel, le regard celui des mauvais jours. Brandy prétend se débrouiller, mais Baptiste se doute qu'en fin de nuit, c'est ici qu'il échoue pour dormir, dans la remise glaciale, avec les pattes de l'ours pour matelas. Par les froids qui courent, c'est mieux que rien, mais tout de même…

— J'en ai parlé aussi à Kate. On va chez Gaspe ce soir. Si tu veux…

Brandy secoue la tête.

— Ils se sont agrandis en louant l'appartement voisin, ajoute Baptiste.

— C'est ça, un logement pour la famille, un autre pour fabriquer leurs pâtes.

Baptiste n'insiste pas.

Les jours passent, le temps s'écoule vite quand on est amoureux. Brandy se fait rare. Un laitier de Harrison Street, de l'autre côté de Manhattan, l'a embauché. Il livre des bouteilles de lait dès l'aube.

— Toi, livrer du lait ? se moque Baptiste.

La tâche est fatigante. Il faut se lever tôt, décharger de lourdes caisses, récupérer les bouteilles vides, monter, descendre… Mais Brandy est content.

— Tu comprends, j'ai besoin de bouger, dit-il. Enfermé dans une usine à faire toute la journée les mêmes gestes, comme Kate à la filature, je ne peux pas. Peut-être qu'on se fait des copains, remarque, moi je n'ai que mon cheval à qui parler…

Un vendredi, il propose à Baptiste de l'accompagner. Ce n'est pas le froid qui arrête le montagnard. Baptiste laisse Martin attaché à l'anneau dans la remise, en se rappelant les recommandations de l'oncle Ernest :

« Évite la rencontre ours-chevaux, sur les routes ou dans les auberges… car même si l'ours ne fait que passer, le cheval pris de frayeur renverse la charrette ou le fiacre. D'ailleurs, il est interdit de circuler en plein jour sur les routes avec ton animal. Suis les rails ou voyage de nuit. »

Baptiste, enfant, s'enchantait de s'imaginer, guidant son ours d'une main, brandissant de l'autre une lanterne, traversant la nuit sous les étoiles, par des forêts profondes, pleines de bandits. À New York, heureusement, les règlements sont moins stricts, mais Baptiste, quand il se déplace avec Martin, prend toujours garde de rester à bonne distance des attelages.

— Je te présente Tub, dit Brandy quand ils atteignent l'écurie, sur Greenwich Street, à proximité du grand marché de produits frais. C'est un gelderland, une race robuste.

Baptiste est captivé par la musette à picotin suspendue derrière les oreilles, pour gagner du temps. Tub semble nerveux et tape du pied. Baptiste caresse la robe rousse et une curieuse tache blanche triangulaire sur le front.

— C'est son étoile ! affirme Brandy. Ça porte bonheur… enfin, sauf à moi !

Baptiste aide Brandy à charger la carriole puis grimpe à côté de lui. Ils démarrent vers le nord, dans la nuit noire.

— J'aime bien les chevaux, explique l'Irlandais. Dans mon pays, il y en a partout. Des poneys qui caracolent dans les prés et, en ville, ils transportent des fûts de bière. C'est vraiment un animal utile !

Tub les entraîne à grande vitesse dans une brume épaisse d'où surgissent parfois les silhouettes pressées des premiers ouvriers. Les fers des sabots font jaillir du pavé des chapelets d'étincelles. Dans la ville, quasi déserte à cette heure, ils filent dans un martèlement endiablé. C'est excitant, mais Baptiste doit s'agripper, et plus d'une fois, se voyant éjecté dans la seconde, il ferme les yeux. Brandy quant à lui jubile de ce rodéo.

— Tub appartenait à la caserne des pompiers de West Broadway, explique-t-il quand ils stoppent enfin. Il était trop âgé pour qu'on le garde là-bas, alors le propriétaire de la laiterie l'a acheté un bon prix, persuadé de faire une affaire. Tu parles ! Il est si bien habitué à se précipiter vers les incendies qu'on a un mal de chien à l'arrêter ! Et le fouet, il n'aime pas trop… il rue tout de suite dans les brancards.

Baptiste, au fil de la tournée, peut constater qu'en effet, avec pareil partenaire, ce travail n'est pas une mince affaire.

— L'autre jour, trois bouteilles cassées dans une caisse, soupire Brandy entre deux arrêts. J'ai failli me couper et le patron était furieux !

Ils sont vite en nage.

— Tu imagines en été, à cette allure, le lait va tourner !

Le rire de Brandy rebondit contre les façades marron des *brownstones* qui bordent les ruelles de Greenwich Village.

— En été, on met des pains de glace dans les caisses.

— On ne peut pas changer un cheval dressé, dit Baptiste, c'est comme un homme éduqué.

— S'il était à moi, je le vendrais à l'hippodrome. Misère, il est pire que Little Speed !

Ils s'arrêtent, repartent, à une cadence toujours infernale.

— À propos de Little Speed, il a été arrêté, fait Baptiste, essoufflé. C'est Anita qui me l'a raconté, la marchande de fleurs. Il volait dans les chambres d'hôtel, en passant par les fenêtres. Paraît que c'est terrible, la prison des Tombs !

— Décidément… marmonne Brandy. Souviens-toi de te méfier. On oubliera de le raconter à Gaspe, il serait trop content.

Ils déposent encore d'autres bouteilles sur les perrons, les remplacent dans la carriole par des vides, et Brandy coche chaque fois des adresses dans son carnet. Les muscles de Tub tressaillent sous sa robe, de ses naseaux sort une vapeur blanche.

— Il fait moins froid, constate Brandy. La semaine dernière, on a glissé sur le verglas, tout le chargement a failli verser sur le trottoir. C'étaient des bidons pour un crémier, moins grave que des bouteilles…

Il montre les roues très espacées de la charrette.

— C'est fait pour, mais n'empêche, j'emporte des sacs de cendre pour la répandre sur la chaussée, s'il y a des plaques de verglas. Faut savoir se débrouiller.

Ils rentrent par Washington Square. Baptiste dit qu'il reviendra avec Martin, aux beaux jours, faire ses numéros sur les places du Village, et jusqu'à l'Hudson. Puis il se tait, parce que les caisses qui brinquebalent, derrière eux, font un vacarme assourdissant. Aux abords de l'écurie, Brandy fait stopper Tub.

— Je n'irai pas dénoncer ce cheval, il finirait à l'abattoir… Vaut mieux que tu descendes là, que le patron ne te voie pas.

Le jour pointe à peine. Autour de l'immense halle de Washington Market, l'activité des maraîchers et des laitiers bat son plein.

— Pourquoi travailler si tôt ? demande Baptiste en bâillant.

— Les gens au réveil veulent trouver leur lait sur le pas de leur porte, répond Brandy. C'est la tradition.

— Il faudrait leur chauffer, aussi ? Dans les Pyrénées, personne ne paierait pour du lait en bouteille.

— Mardi prochain, je te laisserai un bidon dans la remise, pour Martin. À moitié plein, mais bon, je ne peux pas faire mieux. Tâche de trouver un tonneau vide pour le transvaser.

— Merci, murmure Baptiste, mais comment fais-tu ?

Brandy a un geste vague et un sourire entendu.

— Je me paie sur la bête ! Et je compte plus vite que le laitier. C'est de la récupération. Tu ne trouves pas que j'ai un joli teint ? Je n'ai jamais bu autant de lait ! À plus tard…

Tub pousse un hennissement joyeux et s'élance. Baptiste n'a pas le temps de répondre que la silhouette massive de Brandy s'estompe déjà. Avec son bonnet de fourrure à oreillettes enfoncé sur le crâne et ses grands gestes pour exhorter sa monture, il ressuscite un instant, avant de disparaître, l'image de l'oncle Ernest. Et ce n'est ni l'appel des sirènes sur les quais de l'Hudson ni le froid piquant qui font larmoyer les yeux de Baptiste.

18

Un grand corps vivant configure New York. Son cœur bat sur les quais populeux, ceux de l'East River à l'est, ceux de l'Hudson à l'ouest, là où le flux et le reflux colorés des immigrants insufflent à la cité l'énergie et la violence de la vie. Son ventre grouille d'une activité inlassable de China Town à Little Italy et à Greenwich Village, où la ville au gré des chantiers se renouvelle sans cesse, façonnée par des générations qui n'oublient jamais leur accent d'origine. Pour le poumon, ce serait Central Park, vers le nord, réserve d'oiseaux, de plantes et d'oxygène, rêve de campagne planté au milieu d'un décor urbain. Certes, les jardins sont nombreux à New York, mais souvent ils sont privés et cernés de hauts murs. Leurs grands arbres ont beau pencher leurs frondaisons et offrir leur ombre fraîche, invitant le passant à les rejoindre, on tombe toujours sur un gardien récalcitrant. Tandis que l'immensité de Central Park rend sa liberté au promeneur, en même temps qu'elle lui redonne le sens des saisons.

À Central Park, Martin n'est pas indésirable, et Baptiste a pris l'habitude de l'y mener. Les prairies en pente douce, les allées ombragées, les sous-bois où sinuent d'innombrables sentiers permettent des tours et des détours, des flâneries, des arrêts selon l'humeur et les sollicitations. La Cascade pour rafraîchir Martin, les ponts du Réservoir pour observer les canards, les denses bosquets de noisetiers pour croiser le regard vif des écureuils, et pour Baptiste Squire, c'est chaque fois un coup au cœur, même si l'écureuil est gris…

Il évite cependant, avec son ours, les rares fermes qui jouxtent encore le parc, la grande prairie où paissent des vaches et les allées cavalières. Sans Martin évidemment, mais accompagné de Brandy, il s'est amusé à visiter le zoo, où un couple d'hippopotames est l'attraction du printemps 1908.

— Tu devrais venir ici avec Martin, lui a suggéré l'Irlandais en riant. À voir les fauves en cage, il comprendrait le prix de sa liberté, même si elle est relative.

À partir d'avril, chaque dimanche en fin de matinée, Baptiste et l'ours produisent au pied d'un cèdre du Liban leurs numéros habituels. La pelouse ouvre devant eux la perspective sur le lac. Quand ils les voient arriver, les enfants qui s'y ébattent lâchent cerceaux et ballons pour se précipiter à leur rencontre. Le bouche-à-oreille a fait du *Frenchy* et de son animal une attraction prisée.

Ce dimanche de la fin mai, Martin est content, l'air limpide, le soleil doux. Les buissons de lilas embaument. Baptiste a le pas léger, tout comme le cœur. Les enfants s'assoient sagement sur l'herbe, dans l'attente du spectacle. Du lac montent les clapotements rythmés des rames. Baptiste reconnaît les habitués : un garçonnet avec une extraordinaire casquette écossaise à rabats, le visage criblé de taches de son comme Brandy, et qui supplie son père de lui procurer un ourson à élever dans leur appartement de l'Upper East Side. Du même côté, sur la droite, fidèle au poste, une petite vieille toute grise, qui donne à manger aux oiseaux et regarde Martin avec aménité. Et parmi la petite foule essentiellement composée de familles, d'autres visages qui deviendront familiers.

Martin achève un numéro où il fait le mort. Raide immobile, allongé les quatre pattes en l'air, les yeux clos, il retient son souffle, attendant le signal du tambourin pour se relever. C'est toujours un grand moment. Soudain, parmi les enfants silencieux, jaillit la silhouette lumineuse d'une fillette. La nurse qui se tenait près d'elle pousse un cri de surprise, puis s'écrie :

— Jane ! *Come back immediatly !*

Elle fait un pas en avant, le visage pincé, mais n'ose pas approcher davantage.

Baptiste se rappellera souvent plus tard cette scène fixée dans le moindre détail sur sa rétine comme un moment d'éternité, un signe alors indéchiffrable du destin.

C'est une extraordinaire petite fille brune avec des anglaises dans lesquelles flotte un large ruban de soie bleu. Elle porte des bas brodés blancs, des souliers noirs vernis à bout rond et une robe en organdi, amidonnée, d'une blancheur immaculée, qui évoque les meringues tuyautées que fabrique Laura le dimanche. Des gants de dentelle sont assortis à ses bas. Pour l'heure, la fureur et le désespoir crispent son visage et l'indignation allume ses yeux bleus. Elle hurle d'une voix suraiguë, en français :

— Ne mourez pas, Martin ! Il ne faut pas ! Ne mourez pas !

L'emploi du français, le vouvoiement, cet envol de papillon blanc sur la fourrure du fauve pétrifient Baptiste. Il en oublie de taper sur le tambourin. Jane s'étend entre les pattes de l'ours en répétant sa supplique. Clouée sur place en avant du cercle des spectateurs, la gouvernante vacille, muette de saisissement et d'effroi.

Martin, habitué aux jeux espiègles des fils Gasperini, ne réagit pas. De ses petits poings fermés, la fillette lui martèle le ventre, et son jupon s'ouvre comme une corolle dans un nuage de poussière. Un doigt relève une paupière de l'ours, les lèvres s'arrondissent pour souffler sur le museau. Alors Martin soupire, referme ses lourdes pattes sur le corps gracile et fait sur la pelouse deux ou trois roulades, avant de déposer avec délicatesse aux pieds de son maître son léger fardeau. La foule se tait.

Baptiste est abasourdi. La gouvernante prise d'un malaise s'affaisse dans les bras d'un quidam qui l'évente en réclamant de l'aide.

L'ours se dresse sur ses pattes et salue. La fillette à côté de lui, éblouie, applaudit. Les enfants l'imitent et poussent des cris de joie. Jane avance d'un pas et fait une révérence.

— Votre bonne s'est trouvée mal, dit Baptiste.

— Aucune importance, répond-elle rudement. L'essentiel, c'est que Martin soit vivant !

Elle jette ostensiblement une poignée de billets verts dans le béret que Baptiste s'apprête à faire passer à la ronde. Quand il a fini sa quête, elle est toujours là. La nurse, remise, mais blême, se tient deux pas derrière elle, comme tenue à distance par son regard impérieux. Jane s'approche alors de Baptiste. Ses yeux brillent de convoitise et de curiosité.

— Voilà, monsieur, dit-elle dans un français impeccable, j'ai une requête bien particulière…

La diction parfaite et le vocabulaire choisi font sourire Baptiste, mais le ton est injonctif et n'admet pas la moindre ironie. Elle poursuit après un silence :

— Pour mon neuvième anniversaire, mon père organise une *party* dans le parc de notre propriété, tout près d'ici. Nous serions très honorés si vous pouviez assurer un spectacle avec Martin.

La nurse lève les yeux au ciel et fait mine d'intervenir, mais Jane la rabroue d'un geste définitif et ajoute :

— Vous serez bien sûr largement dédommagé pour le spectacle et le déplacement. Votre prix sera le nôtre.

Elle se tourne vers la gouvernante.

— Donnez notre carte à monsieur, s'il vous plaît, Miss.

La femme s'exécute avec un soupir. Jane demande aussitôt :

— Alors, c'est oui ?

— Oui, bien sûr, répond Baptiste sans réfléchir. Ce sera quand ?

— Dans un mois, le 27 juin, en soirée, évidemment.

— Eh bien, je… vous pouvez compter sur moi… sur nous, je veux dire.

La fillette saute de joie. Ses escarpins vernis sont couverts d'une pellicule grise, le ruban de soie est déchiré et des brins d'herbe décorent la robe froissée. Baptiste rit de bon cœur, ébahi par tant de candeur et de hardiesse. C'est la première fois, depuis qu'il est arrivé aux États-Unis, qu'on l'engage pour une représentation privée. Il lit le bristol : un nom, Vangeld, une adresse sur Park Avenue. Jane l'observe, guettant une réaction qui ne se produit pas. C'est que le nom et l'adresse ne disent rien à Baptiste. Tandis que la nurse s'éloigne, Jane ajoute à voix basse, en aparté :

— Ma famille est très riche, n'hésitez pas à demander beaucoup d'argent… Un prix élevé, c'est pour mon père une garantie. Ce serait bien que vous veniez une heure avant la fête, pour reconnaître les lieux. Il y aura ensuite un buffet et un orchestre.

— Bien, bien, dit Baptiste. Quel numéro voulez-vous voir ?

— Ne changez rien à vos habitudes. Vous comprenez… (Jane a tout à coup un sourire carnassier.) Je meurs d'envie de voir la réaction de mes cousines germaines quand Martin fera le mort…

Elle pouffe dans ses mains gantées. À quelques pas, la Miss n'en peut plus et trépigne.

— Mademoiselle Jane, nous devons rentrer, votre chauffeur s'impatiente…

*
* *

En juin a lieu la fête des dockers. Baptiste se rend avec Martin sur les quais, tôt le matin, l'heure préférée du montreur d'ours et de sa bête. L'air est vif, le pavé frais et presque désert. Martin peut occuper toute la place qu'il veut. Il récupère les déchets de poissons jetés par les mareyeurs en tas, parmi une armée de mouettes qui cherchent aussi leur pitance. Parfois, il se dresse sur ses pattes et tente d'attraper un oiseau. Il fouine également près de la Bananery, où l'odeur forte attire des nuées de mouches et de guêpes. Baptiste le surveille alors de plus près, car des bandes d'enfants dépenaillés se précipitent dans les immondices pour ramasser des fruits pourris. Souvent ils s'effraient de la présence du fauve, lui jettent des cageots et s'enfuient en grimaçant.

Brandy se trouve devant l'entrepôt n° 3 de Fulton Street, celui des cafés Yuban, là où commence la fête des dockers. Il dit avec un sourire fatigué :

— J'ai déchargé des sacs toute la nuit, de ce bateau, là, le *Brasilia*… C'est moins dur que le charbon dans la soute, au moins on ne respire pas la poussière.

L'Irlandais a perdu sa place à la laiterie, le mois dernier. Il est arrivé une demi-heure en retard à Greenwich Street et le patron l'a mis à la porte. De colère, il a renversé les bidons de crème dans le caniveau, cassé des bouteilles. Ça s'est terminé au poste de police, il a dû rembourser les dégâts.

Malgré ses qualités, Brandy a du mal à trouver du travail, et surtout à le garder. Sa tignasse rousse rarement coiffée, sa veste aux manches élimées et plus encore sa façon de regarder droit dans les yeux, de demander des précisions sur la tâche à accomplir et le salaire déplaisent aux patrons. Des bras jeunes et vigoureux et des échines qui se plient docilement, il n'en manque pas sur le marché. « Brandy n'a pas le genre qui convient », comme dit Gaspe en son absence…

— C'est pas encore aujourd'hui que je vais te rendre l'argent que je te dois, Butterfly…

— Ça ne fait rien, assure Baptiste, avec le spectacle d'aujourd'hui, je vais être en fonds. Et le loyer est payé. Ne t'inquiète pas, on verra plus tard.

Depuis le printemps, ils ont un nouveau toit, dans Bowery, à mi-chemin de chez Kate et des Gasperini, et pas très loin non plus des tavernes irlandaises chères à Brandy. Deux pièces au fond d'une cour, où le soleil au zénith parvient à filtrer, malgré le pont du métro qui obscurcit la rue ; et contre un modique supplément, Martin dispose d'un appentis attenant. Presque le luxe, quoi…

Brandy aide des dockers juchés sur des échelles à brancher des ampoules multicolores et des lampions sur un réseau compliqué de fils électriques. Dans le grand hangar ouvert à tous vents, des drapeaux de couleurs se déploient et claquent. Alentour, du pont de Brooklyn à l'extrémité de South Street, les chantiers se sont figés, les bras des grues immobiles au-dessus de la forêt des mâts. Dans les entrepôts de produits exotiques, les halles des céréales et du coton, le marché aux poissons et les comptoirs d'huîtres, les grands bureaux des armateurs, dans cet univers à part que constitue le port, à la fois clos sur lui-même et hanté par le large, la vie s'est arrêtée. Même les fumées d'usines s'élevant dans le lointain ressemblent à des parenthèses suspendues dans le ciel, entre lesquelles le temps interrompt sa course. Dimanche de fête. Dimanche de trêve.

South Street honore cette année Sean Hartmann, soixante-cinq ans, dont quarante comme gardien de nuit. L'ange gardien du port, auquel environ deux cents personnes, noyés volontaires ou non, doivent la vie. Assis sur un pliant à l'entrée de la jetée n° 16, poste d'observation stratégique de l'activité portuaire, il répète à qui veut l'entendre, en désignant de sa pipe l'eau sombre irisée de taches d'huile :

— Au moins deux cents sauvetages, oui monsieur, vous pouvez l'écrire dans votre journal… et aussi que le prochain que je vois se jeter à l'eau… j'irai pas le repêcher, ça non ! Je ferme les yeux, je bouge plus ! De toute façon, j'y vois plus clair…

La pipe dévie vers le bateau-phare flambant neuf de la sécurité du port, dont la mise en service coïncide avec son départ à la retraite.

— J'ai fait mon temps ! Tenez, la semaine dernière, à minuit, avec la pleine lune, on y voyait pourtant comme en plein jour… j'aperçois un corps qui flotte, là au creux d'une vague. J'y vais, j'appelle, je plonge… Ah dis donc ! je sauve un vieux volet pourri… Ça, vous êtes pas obligé de l'écrire…

Sean Hartmann rallume sa pipe. D'autres reporters viendront, à l'heure de la remise de sa médaille. Plus tard, quand les lampions seront éteints, il traversera le quai et entrera, discrètement, dans le Fulton Ferry Hotel pour y réaliser son rêve : passer une nuit, rien qu'une seule, dans ce grand hôtel où défilent, depuis un demi-siècle, officiers de marine, armateurs et riches négociants. Par la fenêtre de sa chambre dominant la jetée n° 16, il regardera les voiliers appareiller sous la lune. La nuit lui appartiendra. En attendant, il savoure sa Guinness, et ce secret qu'il ne partagera avec personne. Il en rit doucement, tranquille comme Baptiste.

Baptiste, justement, il est là avec son ours, transpirant contre sa fourrure, achevant devant le marché aux poissons un numéro qui a attiré du monde, parmi la foule de plus en plus compacte qui afflue sur les quais. Il y a des vendeurs de pop-corn, de Coca-Cola, des tonneaux de bière qu'on roule dans un bruit ferraillant, des airs de polka que joue un accordéoniste slave. Partout on s'attroupe, on s'apostrophe, on applaudit et on chante, on se met à danser. Brandy s'associe à la liesse populaire en jetant sa casquette en l'air. Les dockers félicitent l'ours pour ses prouesses et lui offrent à boire : des bocks de bière, des verres de Coca-Cola. Martin avale tout ce qu'on lui propose. Il meurt de soif. La mousse et le sucre poissent sa muselière et son poitrail. Il dodeline de la tête, ferme les yeux, se balance d'un pied sur l'autre, plus ivre bientôt que Brandy lui-même, avec lequel il danse, deux colosses roux que des battements de mains et de pieds encouragent.

Puis Baptiste attache l'ours à une bitte d'amarrage. Kate vient de le rejoindre. Elle veut danser, elle aussi. Elle est jolie comme un cœur, avec son chapeau de paille blanc orné d'un bouquet de cerises que bien des mains tentent de cueillir, et une robe froncée piquetée de fleurs rouges. Elle essaie d'apprendre à Baptiste les rudiments de la valse. La foule dans le hangar où s'est installé un orchestre est à présent si dense qu'il est bien obligé de suivre le mouvement. Quand il fait vraiment trop chaud, ils sortent, suivent une fanfare en chantant des airs irlandais, tombent sur la famille Gasperini au complet, occupée à vendre des cheesecakes à la ricotta, des parts de pizza et même des glaces. Ils se restaurent. Giuseppe rayonne mais n'a guère le temps, avec cette affluence, de discuter…

Baptiste s'amuse comme un fou, tire à la carabine dans un stand de casse-pipes et gagne un ours en peluche, un teddy-bear qu'il offre à Kate. Elle fait la grimace et n'en veut pas. Teddy-bear est la nouvelle mascotte des Américains, un ours en peluche à la carrière commerciale fulgurante depuis qu'en novembre 1902 le président Theodore Roosevelt — Teddy pour les intimes — aurait épargné, au terme d'une chasse infructueuse, la vie d'un ourson, en refusant de lui tirer dessus.

— Bon, je l'offrirai à Gina, fait Baptiste, conciliant. Je suis sûr qu'il lui plaira. (Il agite le teddy-bear sous le nez de Kate.) Pourtant, il est bien beau, tu as tort.

Les yeux sont des boutons noirs de bottine, les griffes, les oreilles et la truffe en velours noir, et le corps bourré de sciure.

— Il me rappelle Martin ourson, il faut que je le lui montre, peut-être qu'il l'adoptera, lui…

Il entraîne Kate à contre-courant, vers la jetée où il a laissé son animal. Kate ronchonne franchement.

— Ho ! Baptiste, lance un docker à l'accent allemand. Tu es Baptiste le *Frenchy* ?

— Oui, pourquoi ?

— On te cherche, là-bas, fais vite ! Ton ours est tombé à l'eau, et ce n'est pas Sean Hartmann qui le repêchera !

Baptiste lâche la main de Kate et se met à courir. Sur la jetée n° 15, Brandy lui fait de grands signes.

— Qu'est-ce qui s'est passé ?

Brandy a tout vu et se tord de rire en montrant Martin qui s'ébroue dans l'eau sale au milieu des mouettes moqueuses qu'il fait fuir en soulevant des gerbes d'écume, mais qui sans cesse reviennent.

— Une mouette s'est posée sur la bitte d'amarrage. Il a voulu l'attraper et la chaîne s'est détachée, tu avais dû mal la nouer… Il a renversé quelques piles de cageots, glissé, tangué, et hop !

— Je ne sais pas nager, moi, dit Baptiste en se penchant au bord de la jetée.

— Lui, il sait.

Martin en effet nage comme un chien, la gueule au ras de l'eau, tout le corps immergé. Et cela n'a pas l'air de lui déplaire.

— Au moins, il aura dessoûlé ! dit Brandy.

Baptiste, rouge comme une pivoine, s'époumonne à rappeler l'ours. Heureusement, le trafic est nul, l'eau de la baie étale. Les dockers et les badauds rient alentour, les mouettes continuent de crier. Au bout de la jetée voisine, Sean Hartmann hoche benoîtement la tête. Sa médaille toute neuve brille au revers de son veston. Baptiste, vexé, hurle un dernier ordre. Martin obtempère, vire calmement vers l'extrémité de la jetée et gravit des échelons de fer. Puis il commence sa toilette, jetant sur les spectateurs les détritus et les algues qui souillent sa fourrure. Quand le plus gros du nettoyage est fait, il rejoint Baptiste, s'assoit à côté de lui et s'affaire aux détails, l'air ailleurs.

— Le bain lui a fait du bien, commente la voix de Kate derrière eux. Il empeste moins.

Baptiste, exaspéré, sent la moutarde lui monter au nez. Il ramasse le teddy-bear, se retourne et le brandit en direction de Kate.

— Et celui-là, il pue aussi ?

— Ne sois pas grossier, maintenant.

Il va répliquer mais des gens les observent. Il traîne Martin vers un endroit plus tranquille, et Kate les suit. Ils s'installent sur un banc en terrasse d'une *boarding house,* une de ces médiocres pensions-restaurants pour les marins en attente, au sud de Front Street. Baptiste commande un bock. Il tient fermement la chaîne de l'ours. Kate ne veut rien boire. Une veine bat à sa tempe, signe de colère. Baptiste n'est pas en reste, mais quand Martin, de sa langue épaisse, se met à lui lécher la main, il est ému. Kate a un haut-le-cœur.

— On aura tout vu ! persifle-t-elle. Déjà l'autre jour, le baiser au dresseur, j'ai trouvé ça dégoûtant… Tu seras malade, à la fin !

Baptiste ne répond pas. Il caresse la fourrure de l'ours comme celle d'un chat. Mais ce n'est pas un chat, il n'a pas des griffes rétractiles. Il faudra encore les lui couper… Martin cligne de l'œil, s'affale avec un soupir sur le pavé, contre ses pieds. Un groupe de marins ivres passent en dansant, leurs bottes graissées glissent sur la pierre. L'un d'eux a une jambe de bois dont il frappe le sol en cadence. Ils sifflent en apercevant Kate. Elle s'énerve.

— On pourrait aller ailleurs ? J'en ai assez !

Baptiste boit sa bière sans un mot. Elle insiste :

— Le petit café irlandais près de chez moi, tu sais ? Le dimanche après-midi, c'est si calme…

— Et Martin ?

La voix de Kate est coupante :

— Tu le laisses en passant dans son appentis, évidemment.

— Non ! Pas question !

Baptiste a crié. La serveuse qui torchonne la table voisine sursaute.

Il se lève, tout à coup il n'en peut plus. Kate déteste Martin depuis le début, il le sait. Elle l'évite, n'a jamais pour lui une parole amicale, un geste, une caresse. Et Martin sent bien cette hostilité, il la flaire, renifle l'odeur de peur qui émane de la jeune femme quand ils sont près l'un de l'autre. Ces deux-là sont impossibles à réunir, et Kate ne se corrigera pas, n'essaiera même pas. Elle s'arrange toujours pour le voir dans des endroits interdits à l'ours : ce café d'Orchard Street, le parc de Battery… Pendant ce temps, Martin reste attaché des heures à l'attendre, parfois tout le dimanche. Quand il réapparaît, Baptiste trouve l'écuelle renversée, et c'est tout.

Kate s'est levée elle aussi. Comme si elle avait suivi le cheminement de la pensée de Baptiste, elle lance :

— C'est lui ou moi !

— Ne sois pas ridicule. Que veux-tu au juste ?

— Ce que je veux ? répète Kate. Ce que…

Elle reprend sa respiration et les paroles fusent en rafale de sa bouche réduite à un trait mince.

— Ce que je veux ? Ce que je ne veux plus, tu devrais dire ! Je ne veux plus vivre avec un saltimbanque et son fauve !

— Je sais ça ! Et tu veux qu'on se marie, qu'on ait un appartement à Brooklyn, que je sois un employé de bureau à faux-col et boutons de manchettes.

— Exactement ! Est-ce si déshonorant ?

Les yeux de Kate brillent de larmes et de fureur.

— Et Martin ? qu'est-ce qu'il devient ?

— Tu fais comme Gaspe avec ses singes, tu le vends à un zoo. Ensuite on sera tranquilles.

Baptiste abat son poing sur la table.

— Ça suffit comme ça, dit-il. Je ne vendrai pas Martin. Je reste avec lui et lui avec moi.

— Très bien, murmure Kate en pâlissant. Dans ce cas…

— Dans ce cas, c'est fini entre nous. Je ne te verrai plus.

Il a conclu d'un ton calme. Les mâchoires crispées mais la voix égale. Kate est stupéfaite. Elle rougit violemment. Rajuste son chapeau d'une main qui tremble, fixe Baptiste qui se tait, le front buté. Elle fait demi-tour, s'éloigne d'un pas mécanique, de plus en plus rapide. Elle se met à courir, la foule l'absorbe, dérobe les fleurs rouges de sa robe, escamote le bouquet de cerises de son chapeau. Elle a disparu, voilà, disparu de la vie de Baptiste. C'est fini.

Il se rassoit, commande un autre bock, le vide d'un trait. Il s'emplit de l'amertume de la bière. *Exit* la belle Irlandaise. Il lui a pourtant souvent raconté les Moussures, sa vie avec l'oncle Ernest, les Pyrénées enserrant l'horizon ; et puis l'ourson, sa vie avec Martin. Tout ce qui a compté. Pour elle, c'était quoi ? Un livre d'images ? Des enfantillages, en attendant le faux-col, les manchettes ? Elle n'aura rien compris, Kate.

Un autre bock.

— Et l'oncle Ernest qui prétendait que les femmes raffolent des ours ! grommelle-t-il. Mais c'était la femme de Camus, seulement elle…

Tout cela lui semble dérisoire, et si loin dans le temps. Presque deux ans, déjà ? Il se lève, marche pesamment vers les quais, Martin dans son sillage, qui se dandine. Il n'a pas vu venir la nuit, ni senti le vent se lever. Les lumières clignotent sur South Street, une petite foule lasse s'agglutine dans le hangar n° 3, sur Fulton. Les *pier* 15 et 16 sont déserts. En face, tout en haut du Fulton Ferry Hotel, la lueur tamisée d'une lampe dessine les contours d'une fenêtre ouverte sur le large, et une silhouette indistincte. De grands voiliers glissent sous la lune.

Au hasard des groupes qui s'égaillent, Baptiste se met en quête de Brandy. On s'écarte sur son passage. L'ours ne fait plus rire, quand le maître a le regard si noir. Un lamaneur finit par le renseigner, d'une voix avinée.

— Brandy ? Si tu es son ami, tu ferais bien de le retrouver ! La dernière fois que je l'ai aperçu, il boitait, là, sur les quais. Il a encore dû se bagarrer. Je lui ai proposé d'en boire un, mais il a refusé. Il voulait se foutre à l'eau, qu'il répétait. Tu parles d'un régime !

Baptiste allonge le pas en direction de Brooklyn Bridge. Tire sur la chaîne, forçant Martin à accélérer. Brandy après Kate ? Son esprit s'obscurcit, la même question lancinante y tournoie sans fin. Et avec elle le pressentiment d'avoir perdu le frère après la sœur.

*
* *

Brandy marche sur le pont de Brooklyn. Il boite bas. Il s'est battu dans un cabaret, après une partie de bras de fer, parce que son adversaire ne voulait pas payer sa dette. La manche droite de sa veste est en lambeaux, sa casquette est déchirée.

A-t-il dormi dans un recoin ? S'est-il perdu ?L'aube est livide, le monde désert et froid. Ses pas font un bruit terrible sur les lattes de bois. Un tic-tac déréglé. L'air frais n'est pas parvenu à lui laver le visage, ni à dissiper les brumes de l'ivresse. Au bout du pont interminable, le bord du monde.

En dessous de lui, le trafic s'écoule, imperturbable. Des voiliers, des cargos, des péniches pleines de charbon, des ferries et des remorqueurs, un enchevêtrement de voiles, de cheminées fumantes. Des sillages d'écume monte un souffle rauque, entrecoupé d'appels brefs de sirènes, comme des cris étouffés.

Brandy se tourne vers Manhattan. Il scrute à travers le réseau de câbles, de filins, de piliers qui l'enserre. Immense proue dressée sur un récif, il en distingue le squelette, un hérissement de pierre et de métal percé de sombres tunnels. Quelle ville, bon sang ! Un monstre surgi des flots, gueule ouverte, crocs noircis, et la vie broyée, digérée entre ses mâchoires d'acier.

— Pourquoi t'es venu à New York, hein ?

Brandy ricane méchamment, cramponné au tablier du pont.

— Pour faire fortune, pardi !

Il crache à la face du monstre. Ces fenêtres closes, des yeux vides d'aveugle. Ces grues, ces cheminées, des caries de rouille. Grès brun, granit gris, cimentés par la sueur rouge sang des hommes, transpirant par tous les pores du grand chantier. Acharnés à maçonner, à bâtir toujours plus haut, cette multitude. Monte-charges, ascenseurs, métro aérien, tours et ponts, gratte-ciel… une cohorte à l'étroit, obstinée à grimper ; l'escalade jusqu'aux nuages, l'avenir vertical, la vie empilée.

Brandy se souvient des côtes d'Irlande, les maisons basses au bord des quais, face à la platitude océane. Un monde à portée de voix, de main tendue, un horizon pour égarer le regard, des landes à arpenter, des villes pour flâner. Un paysage à hauteur d'homme.

Il crache dans le vide, dans le précipice ouvert sous ses pieds. Il suffoque, les jambes flageolantes. Sa vie défile, une course entre les entrepôts, les containers à décharger, le trou noir des stations de métro. Tas de pierres, de sable, montagnes de sacs, caisses brinquebalantes. Pas de place pour lui là-dedans. Pas d'argent, plus de travail. Et où aller ? Vers quelles fumées d'usine, quelles soutes, quels levers laborieux, dans un petit matin glacial ?

Quoi d'autre ? Pas de femme à aimer, d'enfant à choyer. Des amis qui se comptent sur les doigts d'un manchot. Un avenir dans le brouillard des tavernes, les nerfs à vif, le poing toujours prêt à frapper. Des réveils comme des dégringolades au long d'un escalier. Une douleur vrillée dans le cerveau, installée à demeure, comme un ver dans le fruit. Rongée, sa vie, épluchée, une peau après l'autre, comme des pétales qu'on arrache.

Sa mère et ses chansons, et avec eux le cauchemar qui depuis l'incendie demeure tapi dans ses pensées, montent du fleuve vers son visage. Les yeux secs écarquillés, il les emprisonne entre ses grandes pognes. Des images dansent et se dissolvent. Paumes ouvertes, les souvenirs fuient. Deux lignes bien courtes et parallèles restent tracées là, au creux. Ligne de vie, ligne de chance… il les a toujours confondues.

Une sirène l'arrache à son tourment. Le vacarme l'assaille. Vibration des câbles, ferraillement des trains, mugissement des alertes, halètement des remorqueurs. Que cela cesse ! Il crie.

— Moi aussi, je peux faire du bruit !

Il chante d'une voix cassée.

— Je ne veux plus vivre au bord de la Terre…

Sa mère chantait ainsi. Il avait six ans et dans un jardin, la nuit, il voulait cueillir pour elle un bouquet de roses et d'étoiles filantes…

— J'aurais pourtant essayé, bon Dieu !

Le souvenir coule sur ses joues, goutte sur les voiles d'un grand navire qui passe sous le pont. Ses mâts donnent le vertige. Leur ombre cerne Brandy. Les larmes glissent doucement. Sous lui, une poche de silence.

— Ma vie est une impasse et je n'ai plus de pays, murmure-t-il. Je ne suis qu'une épave, voilà la vérité. Une épave…

Il articule les trois syllabes. Rejoindre les grands fonds, dormir au fond de la mer. Tout seul… Non, pas tout seul. Au fond, il y a des galions échoués, des trésors engloutis, des crustacés aveugles. Les squelettes des désespérés…

Étancher sa soif d'aventure, ils disaient, s'envoler dans l'écume blanche…

Brandy se penche. Un bras de métal le soutient encore, mais un coup de vent peut abattre un colosse. S'envoler…

Au moment de sombrer, un mot éclot dans une bulle de salive au bord de ses lèvres :

— Butterfly.

19

En fin d'après-midi le 27 juin, un samedi, Baptiste flanqué de Martin est posté face à une entrée monumentale, sur Park Avenue, à l'est de Central Park. Le mur d'enceinte de la propriété, sur la 66e Rue, rejoint Madison, l'avenue parallèle. Il est si haut qu'on ne distingue rien derrière, à part la cime des arbres que l'on aperçoit nombreux dans le parc, à travers la grille. Plusieurs fois celle-ci s'est ouverte, pour laisser passer des charrettes de livreurs, puis, l'heure avançant, des calèches et des fiacres, des automobiles comme Baptiste n'en a jamais vu encore. À la longue, le portier galonné n'a pu manquer de remarquer le montreur et son animal, campés de l'autre côté de la chaussée. Lorsqu'ils se décident enfin à traverser, il ne prend pas la peine d'ouvrir la grille, se contente d'indiquer à Baptiste, d'une phrase et d'un geste, l'entrée de service, quelques centaines de mètres plus haut, au coin de la 67e Rue Est.

Une petite porte y est nichée dans le mur, qu'un autre serviteur leur ouvre. Au-delà, une vaste pelouse d'un vert glauque, déroulée comme un tapis et ceinturée d'arbres, monte doucement vers l'hôtel particulier, en pierre blanche, dont le volume rappelle à Baptiste celui de châteaux vus sur la route du Havre, quand il a traversé la Loire. Il n'y manque ni les tourelles d'angle, ni les hautes fenêtres cintrées. Des allées bordées de buis mènent au perron à colonnade. Une charmille de chèvrefeuille et des parterres de fleurs multicolores embaument, leurs parfums escortent Baptiste jusqu'à la terrasse. De nombreuses tables carrées y sont dressées d'un côté, en face d'une estrade. De l'autre, des serviteurs, en un ballet bien réglé, disposent le buffet qui suivra le spectacle. Des candélabres de vermeil éclairent l'argenterie et la vaisselle alignées sur des nappes immaculées.

Suivant le conseil de Jane, qu'il aperçoit à l'intérieur, très entourée, Baptiste reconnaît les lieux. Des musiciens installent leurs instruments sur la scène. Ils lorgnent de loin le montreur et son ours. Un maître d'hôtel français indique à Baptiste où il devra faire évoluer son fauve, sur un carré de gazon en bordure d'un bassin. Baptiste tranquillise l'ours d'une caresse, alors que des lumières partout s'allument, dans les salons de réception du rez-de-chaussée, sur la terrasse et jusque loin sur la pelouse. Des réverbères électriques, précise le maître d'hôtel avec fatuité. Puis Jane, vêtue d'une robe en soie rose et la tête joliment couronnée de clématites, vient chercher Baptiste pour le présenter à son père.

John Vangeld est un homme de haute taille, maigre et déjà grisonnant. Il porte un habit perle et le diamant qui orne son épingle de cravate accroche des reflets qui accentuent la saillie de ses maxillaires. Sa voix grave est pleine d'autorité, sans plus de chaleur que l'expression de son visage étroit. La main gantée de Jane frôle la muselière de l'ours.

— Père, voici Martin, un animal fabuleux ! Nous allons pouvoir commencer le spectacle…

Elle virevolte vers ses invités, les prie de s'asseoir. Elle est aux anges, éblouissante parmi les enfants de son âge, leurs parents charmés, bienveillants, intrigués aussi par le petit homme à béret, là-bas, et son animal si inattendu en ce lieu.

— Une surprise, répète-t-elle.

Ses cadeaux ouverts s'alignent sur une table qu'on a portée au bas du perron. Une légère brise éparpille les faveurs des paquets. Jane explique que son père lui a offert cette année un poney. Du haut des marches, sa gouvernante la couve du regard. Baptiste se demande où est la mère de la fillette. Nulle part, à l'évidence. Et quant à la magie de leur rencontre à Central Park, il y a un mois, elle s'est évaporée, malgré la grâce de Jane. Celle-ci prend la parole devant son parterre d'invités, une cinquantaine de personnes qu'elle remercie, avant de leur annoncer fièrement le spectacle de Martin, « l'ours français des Pyrénées ». À ses joues qui rosissent de bonheur, on devine que ce cadeau qu'elle ne doit qu'à son initiative est le plus beau de tous. Elle en remercie spécialement son père, qui consent à sourire.

Baptiste s'avance vers l'assistance. Les enfants aux premiers rangs, élégamment vêtus et sages comme des images. Quelques pères en haut-de-forme, vaguement distants. Des mères en robe du soir, sous des ombrelles de dentelle pour se protéger des coups de lune. Des gouvernantes sur le qui-vive. Baptiste présente Martin à l'aimable compagnie. La nuit descend doucement, exhalant le parfum d'un magnolia géant.

Le montreur et son fauve reculent dans la lumière de la scène gazonnée et tout s'enchaîne sans anicroche, comme dans la salle de théâtre du *Gallia* ; sifflet et tambourin, danse et culbutes. À peine Baptiste sent-il Martin distrait par le vent dans les feuillages, énervé par les lumières trop proches. Brave Martin qui me vaut cette nouvelle fortune, se réjouit Baptiste. Je trouverai un logement plus confortable, comme les Gasperini depuis qu'ils ont ouvert leur épicerie, et pour toi, une grande remise… Les amies de Jane voudront certainement l'imiter, supplieront leurs parents de nous inviter… Mon ours, la coqueluche de l'Upper East Side ! Ceux-là paient mieux que les dockers et sont plus disciplinés, c'est sûr… Tout ce beau linge… Ils valent le déplacement ! De la civilité, de la raideur même dans le sourire, de l'élégance. Mais où sont-ils tous quand il fait jour ? Brandy le saurait, je lui aurais tout raconté, si… Brandy…

Martin fait le mort, c'est la fin du numéro. Les enfants retiennent leur souffle, Jane sourit, mais serre les poings. Son père est attentif, finalement. Un homme corpulent en complet veston qui le suit comme son ombre l'est également, mais Baptiste n'aime pas son regard rivé sur lui.

Le tambourin, enfin. Martin se relève, se dresse, salue. Cris de joie, vivats, applaudissements. Mais on n'est pas sur les quais : personne n'apostrophe l'ours ni ne se précipite pour congratuler Baptiste. Seule Jane s'approche, entraînant son père. Radieuse, elle applaudit encore. Si heureuse que Baptiste en la fixant retrouve un peu de l'émotion éprouvée la première fois, à Central Park.

Mais il ne voit pas le serviteur qui accourt auprès du maître de maison, pour lui remettre un pli posé sur un plateau d'argent. Dans son autre main, il tient une torchère, qu'il agite maladroitement. Il est si pressé qu'il heurte Jane. La fillette s'écarte, trébuche. La torchère brandie à bout de bras illumine violemment l'espace entre John Vangeld et Baptiste, qui recule. Mais Martin se dresse dans la même seconde. Il rugit. Balaie d'un coup de patte la flamme qui lui lèche le museau. D'un autre, lance ses griffes devant lui. Le père de Jane esquive le coup d'un bond de côté, mais son habit se déchire, son épingle à cravate vole.

En même temps qu'il tire sur la chaîne pour retenir l'ours, Baptiste enregistre les détails. Tout s'enchaîne en une seconde, et se fige en un tableau dramatiquement réel. Le visage crispé de frayeur de Jane tombant à la renverse, son chapeau qui roule dans l'herbe. La surprise de son père fixant son plastron lacéré. Le serviteur à genoux pour ramasser sa torchère. Des figures blêmes à l'arrière-plan, bouche ouverte. Et le geste vif de l'homme corpulent. Son veston ouvert, son bras qui se détend. L'arme dans son poing. Martin, dressé de toute sa puissante stature, qui grogne de fureur. Le bruit de la détonation, fracassant le silence.

Touché à bout portant, Martin s'effondre en arrière, raide mort. Un flot de sang coule de son poitrail roussi. Des gouttes aspergent le visage de Baptiste entraîné dans sa chute. Il roule sur le corps de Martin, l'étreint. Mais il est trop tard. Pour le sauver, pour le protéger. Le fauve foudroyé ne bouge plus.

L'œil éteint, le poil rêche poissé de sang, il a rejoint le pays des ours. Indifférent au remue-ménage alentour, Baptiste éclate en sanglots, à genoux contre lui. C'est impossible. Il s'est trompé de numéro. On va pouvoir reprendre. Le tambourin... Martin, c'est fini, relève-toi... Martin...

On emmène Jane, en pleine crise de nerfs, à l'intérieur de la maison, on éloigne les enfants. John Vangeld balaie d'un geste la suggestion d'appeler un médecin. Un médecin pour un habit déchiré ? Et la police ? Même geste impérieux. Un fauve pris d'un accès de fureur abattu, rien de plus. Personne n'est blessé, pas une égratignure. Miss donnera un calmant à Jane, un point c'est tout.

Tandis qu'une main habile désenchaîne Baptiste, toujours prostré, de son animal, un homme commente, admiratif :

— Une seule cartouche, droit au cœur ! Bravo, Tom, on reconnaît là l'exploit du chasseur de grizzly.

L'homme corpulent ne répond pas. Il fixe la dépouille, puis soulève Baptiste en le saisissant par les aisselles.

— Évacuez-moi ça, ordonne Vangeld à une cohorte de serviteurs.

On roule l'ours dans une bâche qu'on traîne dans l'obscurité, en direction des garages.

— Le taxidermiste de la 40e Rue va avoir de l'ouvrage, remarque quelqu'un.

Une tache sombre sur le gazon brillant sous la lune, c'est tout ce qui reste devant les yeux de Baptiste quand il s'essuie le visage, y laissant des traces sanglantes. Il a un mouvement de révolte. Se redresse, se débat. La poigne de fer de Tom l'empêche de s'élancer derrière Martin.

— Du calme, mon garçon, intime Vangeld d'une voix glaciale. Quand on a une bête aussi dangereuse et qu'on ne la maîtrise pas, on s'abstient. Tom, emmenez-le au premier, dans mon bureau, quand il sera présentable.

— Bien monsieur.

Ce sont les premiers mots prononcés par le chasseur d'ours. Baptiste croise son regard impassible. Il se détourne et vomit.

Soutenu par Tom, il gravit les marches du perron, se laisse guider vers l'office. Derrière lui retentissent sur la terrasse les premières notes de musique. Tandis qu'il se lave les mains et le visage, il reconnaît la voix de la gouvernante qui annonce que la petite va mieux, ajoutant :

— Elle va descendre, elle ne veut pas abandonner ses invités, et vous connaissez son caractère…

Baptiste n'entend pas la suite. Il plonge son visage dans l'eau froide.

— Suivez-moi, ordonne Tom.

Un grand escalier de marbre blanc mène au premier. Baptiste monte comme un automate, marche dans un couloir, pénètre dans un vaste bureau au plafond à caissons, aux murs surchargés de vitrines. Dans celles-ci, des trophées de chasse. Une tête de tigre dont les yeux de verre brillent et le fixent. Et puis une succession de gueules ouvertes sur le néant. Toutes sortes de gibiers, dont beaucoup de gros. Au fond, un mur entier de râteliers garnis d'armes. Des fusils, des armes de poing, une vraie collection. Baptiste glacé d'horreur est incapable de prononcer un mot. La chasse, pourtant, il aimait ça, avec l'oncle Ernest. L'affût, le combat, le sang chaud… la procession dans le village, la dépouille de l'ourse dans la charrette. La mère de Martin… Mais cette panoplie de tueur, cet embaumement, cet artifice, ce surnombre…

La voix de Vangeld retentit derrière lui. Il se retourne. Le père de Jane s'est changé. Impeccablement élégant, il est assis derrière un bureau massif dont il ouvre un tiroir. Tom se tient debout devant la porte. Il ne quitte pas Baptiste des yeux.

— Approchez, répète Vangeld.

Baptiste s'avance de quelques pas.

— L'incident est clos, grâce à la vigilance de Tom et à l'efficacité de son Borchardt. Je vous suis reconnaissant, Tom, vous m'avez sauvé la vie…

— Merci, monsieur.

— Un excellent garde du corps et un grand chasseur, continue Vangeld en reportant son regard sur Baptiste. Pas seulement d'ours, de bisons, aussi…

Le regard dévie vers les trophées. Les mains sur le bureau manipulent un gros portefeuille en cuir. En tirent une liasse épaisse. Vangeld y prélève plusieurs billets verts. Les compte, les pousse devant lui.

— Voilà votre rétribution pour votre numéro. Très réussi, d'ailleurs, ce qui mérite une gratification supplémentaire.

Quelques billets de plus glissent vers Baptiste, qui ne comprend pas. Ils n'ont pas parlé d'argent. Mais Vangeld ajoute :

— C'était convenu avec Jane, n'est-ce pas ?

— Où est-elle ? balbutie Baptiste, la gorge sèche.

— Elle est très émotive mais se remettra vite, ne vous occupez pas de cela. Évidemment, je pourrais porter plainte. Mais je n'en ferai rien, et nous éviterons le scandale. Je suppose que vous ne tenez pas à récupérer la dépouille de votre animal… Voilà de quoi vous dédommager largement.

La liasse s'amenuise entre les doigts de Vangeld, celle destinée à Baptiste grossit.

— C'est ce qui s'appelle acheter la peau de l'ours après l'avoir tué, dit-il en français, en rangeant le reliquat de billets dans le portefeuille.

Un sourire en direction des vitrines.

— J'ai déjà une tête de grizzly tué dans les Rocheuses il y a deux ans… Ils feront la paire.

L'homme se lève, toise Baptiste, désigne l'argent au bord du bureau.

— Vous voilà consolé, j'espère.

Il donne à voix basse une dernière consigne à Tom, sort du bureau sans prendre congé.

*
* *

La petite porte nichée dans le haut mur s'est refermée. Du trottoir de la 67e Rue Est, Baptiste perçoit des accords de musique entraînants, hume des effluves délicats. Il frissonne malgré la tiédeur de la nuit. Fait un pas, puis un autre. Il lui semble que ses os sont en verre et qu'il va se briser. Mais non, il marche, alourdi de chagrin, anéanti. Aux abords familiers de Central Park, il sent l'épaisseur des billets fourrés en vrac dans sa poche.

À Central Park ou ailleurs, Martin ne sera plus là pour le protéger, ni réchauffer son sommeil. Pauvre Martin abandonné aux mains des riches…

Baptiste bifurque, marche droit devant lui en direction du sud. En plus du chagrin, de la solitude, il faudra désormais vivre avec la peur…

20

Cela fait un mois que Brandy a disparu. Porté disparu, noyé, disent-ils tous. Baptiste refuse d'y croire. Il passe son temps dans les bars irlandais du port, à la recherche désespérée de son ami. Il y consacre ses nuits. Chaque fois le même itinéraire, et cette obstination indéracinable, pour entretenir l'illusion.

Au début, il se contente, gauche et fatigué, de jeter du seuil un regard circulaire dans la salle, en quête de la silhouette familière. Puis il s'enhardit. Il entre, aborde les gens, décrit brièvement Brandy, pose au tenancier, d'un haussement de sourcils, la même question muette. Mais toujours, la même réponse.

— Brandy, mon petit gars, tout le monde le connaissait ici. Il reviendra pas. Demande à Sean Hartmann, l'ancien gardien… Il sait tous les potins du port, il te confirmera… Il est tombé à l'eau, Brandy, sûr… Avec la cuite qu'il tenait cette nuit-là et le froid de l'eau…

— Mais il savait nager, lui ! proteste Baptiste.

Pas comme moi, pas comme l'oncle Ernest…, ajoute-t-il à part lui.

On incrimine la fatalité, on hoche la tête d'un air entendu quand il repart. Pauvre *Frenchy*… Brandy, et puis l'ours… c'est trop de malheur d'un coup.

Un sommeil de plomb terrasse Baptiste, le soustrait tout le jour au monde des vivants. Mais la nuit venue, le revoilà. Les plus patients tentent encore de le raisonner. Lui rappellent les derniers mots de Brandy : « en finir, se foutre à l'eau »… Mais même ceux-là, à la longue, se découragent. On s'écarte, tête basse, regard fuyant, à son approche. Le patron glisse sans un mot vers lui une chope de Guinness. Baptiste l'avale d'un trait. Parfois, il paie, souvent il oublie. On ne lui demande plus rien.

Chaque nuit il revient à L'Intrépide de Dublin, le pub préféré de Brandy. C'est, en haut de Fulton Street, la première station de son périple nocturne, et généralement la dernière. Les autres maillons de sa chaîne s'appellent Compère-Matelot, Le Dauphin d'argent ou Saint Patrick on the Waterfront, non loin du pont de Brooklyn. Ils délimitent l'espace de son cauchemar, de South Street à China Town, et de Battery Park au gigantesque chantier du futur Manhattan Bridge.

À certaines heures de la nuit, ses mains tremblent, la mousse dégouline sur son menton pas rasé. Il termine sa chope à la hâte ou l'oublie sur le comptoir et se précipite dehors. Il court vers Bowery, persuadé que Brandy est rentré et l'attend dans leur logement ; ou vers le cabaret qu'il a quitté deux heures plus tôt… Il croise des marins en goguette qui braillent, des ouvriers qui partent au travail, et certains plaisantent, sifflotent en lorgnant le ciel qui s'éclaire de pourpre. Encore une belle journée qui s'annonce. C'est l'été. Baptiste pourtant remonte le col de sa veste. Il grelotte. Ceux-là vont au chagrin, et lui demeure immergé dedans, prisonnier d'une détresse sans fond dont il parcourt, chaque nuit blanche, tous les recoins.

Dans le deux-pièces sur Bowery, qu'il était si heureux trois mois plus tôt de faire visiter à Brandy, il ne rentre que pour dormir, à potron-minet. Il laisse toujours la porte ouverte, mais les volets sont clos, la poussière s'accumule. Il n'a touché ni aux affaires de Brandy ni à l'attirail de montreur d'ours, jeté dans un coin comme une défroque, témoignage d'une vie antérieure. La remise pour Martin, à côté dans l'arrière-cour, est vide, cadenassée. Dans son sommeil, Baptiste cherche le contact de l'ours, la chaleur de sa fourrure, le réconfort de sa protection. Mais dans la pièce qui sent le renfermé, nulle trace de l'odeur de Martin, et dans l'arrière-cour, nul écho de ses grognements satisfaits. Ces lieux ne portent la marque d'aucun être cher. Celle de Kate moins que tout autre.

Il n'a pas cherché à la revoir. Il l'a presque oubliée, en fait. Dans la fumée épaisse d'une taverne, il essaie parfois de recomposer son visage, de ranimer une image, mais les fragments à peine rassemblés se dissolvent aussitôt dans les vapeurs de l'alcool. Un miroir brisé, des ronds dans l'eau… S'il arrive que la lumière des yeux verts de Kate brille un instant parmi les reflets du comptoir, c'est une lueur crue qui le nargue, artificielle et trompeuse. Baptiste préfère l'obscurité qui soulage, le silence où s'engloutit le bavardage de la ville. Lui ne parle plus, il l'a décidé. D'abord, le chagrin le fait bégayer…

Les Gasperini, bouleversés eux aussi par ce double deuil, ont bien tenté de s'occuper de lui, mais leur sollicitude pèse. Baptiste ne supporte plus leur incessante conversation, la réussite de l'épicerie et leurs projets, les jeux des enfants, le regard réprobateur de Laura quand elle raconte avoir croisé Kate… Du vent, du bruit, une gourde vide… le plaisir des vivants. Il arpente, lui, un monde souterrain peuplé de ses chers fantômes : l'oncle Ernest, Martin, Brandy. Il n'a plus envie de se battre, mais chaque nuit il s'y enfonce, parce qu'il doit retrouver Brandy et l'arracher au limon des profondeurs, le hisser à la surface.

Il mange peu, ne se lave plus. Ses cheveux sont hirsutes, ses yeux marqués de cernes noirs, ses joues creuses. Il boit de la Guinness, l'amertume de la bière sombre enchante sa gorge, tapisse son cerveau et contient tout son avenir. Quand elle l'a submergé, la complicité avec l'Irlandais enfoui là-bas sous tant de lames et de larmes se rétablit, comme un courant électrique capable d'abolir tous les obstacles. Une onde noire, âpre. Haute et violente comme la vague qui a emporté l'ami. Son écume coule en lui comme une mousse délicieusement morbide.

Il fume aussi, beaucoup trop. Ses ongles cassés sont jaunis par la nicotine. Il tousse. Se brûle la gorge, les poumons. Se consume dans l'éclair. Telle est l'attente, la tâche à accomplir, son devoir. Mais ce n'est pas l'espoir.

Quand il revoit Martin, sa vie est un livre d'images qu'il feuillette négligemment. Certaines pages ont été arrachées, d'autres restent blanches, lavées de pluie ou de larmes. Il s'attarde volontiers sur celle-ci : Martin sur le quai, à la fête des dockers, les pattes écartées, sa robe de jarre brillante dans le soleil couchant… Il se retourne, cligne de l'œil, lève la gueule comme s'il riait. Heureux, complice, il parle même. Avec la voix de Brandy. « Butterfly, petit frère… », et ses poils, ses cheveux rouges tanguent dans le brouillard du souvenir.

Un matin de grosse chaleur, Baptiste rentre à l'aube plus fourbu que d'habitude, trébuche dans la cour, se cogne à la porte, hébété. La sienne, il ne la ferme plus. Il ne craint plus rien. Qui se hasarderait dans le deux-pièces sale et obscur ? Qui croirait que, dans cet antre au plancher couvert de détritus et de poussière, il puisse y avoir tant de dollars, en vrac dans une gibecière traînant sur le sol ? La poignée tourne, il entre. Il y a une bougie allumée, dont la flamme lui fait mal aux yeux, mais moins que la silhouette du géant qui crie :

— Butterfly ! Où étais-tu donc ?

Baptiste chancelle, l'esprit vide. « J'ai trop bu… Qu'est-ce qu'il fait ici, celui-là ? » La forme se précipite sur lui, l'empoigne. Brandy ! Qui pleure, le secoue, l'étreint… l'observe au bout de ses bras, tout amaigri, le visage émacié, les yeux vagues. Le fantôme hâve du montreur d'ours de jadis.

— C'est moi, c'est bien moi, répète Brandy. Un voisin m'a dit, pour Martin…

Brandy soutient Baptiste, le berce.

— Je suis revenu te chercher, Butterfly… Le capitaine d'un navire grec en partance pour le Mexique m'a sauvé la vie, *in extremis*… Il passait sous Brooklyn Bridge quand j'ai fait le grand plongeon... m'a repêché. Je lui en ai voulu d'abord, et puis... tu m'entends ?

Baptiste entend, oui, mais de très loin. Il la connaît, la vieille légende irlandaise... Cause toujours ! Les morts ne remontent jamais, il le sait bien.

— J'ai eu un mal de chien à trouver un bateau qui revienne ici, mais le Mexique... ah! le Mexique !

Baptiste s'affale comme une poupée de son aux pieds du colosse. Brandy le relève, l'étend sur le lit, le couvre. Puis il éteint la chandelle et s'assoit près de lui. Il lui doit bien ça, au *Frenchy*.

Six heures de sommeil peuplé de cauchemars avant que Baptiste ne rouvre les yeux sur le visage bien réel de Brandy.

ÉPILOGUE
Septembre 1908

Devant eux, la pleine mer, de l'eau à l'infini. Parfois, leur bateau en croise un autre, cap sur New York. Sur le pont, ils se retournent. Au loin, plus de mirage. Englouti Manhattan, ses nouveaux gratte-ciel, sa vieille misère et ses miséreux. « L'île des Larmes, plaisante Brandy, c'en est fini… » Dans leur sillage, des gerbes d'écume tentent d'attraper le soleil.

— Il n'y a plus d'oiseaux, constate Baptiste, rien que des poissons volants. C'est bon signe.

Signe de haute mer, de grand voyage. Le Mexique pour nouvel horizon.

Baptiste renaît. Brandy s'est appliqué, dès le lendemain de sa réapparition, à le décrasser de sa tristesse, à tisser autour de lui des petits riens, des liens, des promesses. Des nœuds de marin qui sécrètent le simple désir de vivre. Un jeu de patience fait de promenades matinales le long des quais, d'une nourriture saine et d'un flot de paroles. Des pintes de paroles, au lieu de Guinness. Des pansements de mots qui insufflent l'espoir d'un ailleurs.

À L'Intrépide de Dublin, on a fait la fête, bien sûr, une Saint-Patrick *bis* en plein mois d'août, en l'honneur, a dit le tenancier, des deux rescapés. L'un qui avait bu trop d'eau, et l'autre qui se noyait dans l'alcool. Ce soir-là, on était ivre. Ivre de bonheur, et le bonheur ne se raconte pas.

Baptiste au fil des jours a réappris que le secret désir de vivre tient à une fenêtre ouverte sur un coin de ciel limpide, au parfum sucré d'un rosier blanc dans une allée de Central Park, et même au plat de lasagnes livré un soir par Sandro, de la Grande Épicerie fine Gasperini & Co.

— Tu vois, reconnaît Brandy, tu m'as tiré des ténèbres, c'est à moi de te soigner. La véritable mort, Butterfly, c'est quand les gens sont complètement oubliés.

Face à leur nouvelle route, plein sud, ils fument et s'amusent à faire des ronds dans la belle lumière de septembre.

— Mais tu as encore remis ce pantalon de montreur d'ours ! s'écrie Brandy, la mine sévère.

— Juste pour le voyage. Je n'ai pas eu le temps de vider les poches… Regarde.

Il sort de l'une d'elles un vieux sifflet, qu'il jette à l'eau. Puis son couteau suisse.

— Celui-là, il me rappelle notre rencontre à Ellis Island. Un vrai talisman…

Il le range soigneusement. Il y a encore une enveloppe aux bords cornés, jaunie, ornée de plusieurs timbres. Il explique :

— C'est une lettre de M. Pierre, mon instituteur aux Moussures, tu sais, dans les Pyrénées. Elle est restée trois mois en poste restante. Il est curieux de tout ce que je fais. Je n'ai pas encore réussi à lui répondre, à lui annoncer la mort de Martin…

— Tu n'es pas à un mois près, attends d'être au Mexique. Tu auras tant d'autres choses à raconter.

— Je n'en suis pas si sûr, se moque Baptiste, mais il se penche pour écouter son ami.

Brandy peuple l'horizon vide d'un enchantement, à force de gestes enthousiastes et de mots magiques : des paysages superbes, une faune incroyable, des siestes interminables, des palmes pour ombrage, des filles brunes et des chants, la propriété en voie d'abolition et des paysans en pleine rébellion…

— Le paradis, je n'y ai jamais cru, le coupe Baptiste.

— Tu as tort ! S'il existe, il ne peut être que sur Terre !

— Je préfère l'aventure. C'est un mot qui commence bien. La première lettre de mon alphabet.

— Alors, en avant pour l'aventure ! rugit Brandy.

Et le vent de l'océan emporte le rire de Baptiste.

AUX ÉDITIONS LA GRANGE BATELIÈRE

COLLECTION « LES CROISEMENTS »

Ana Maria Torres, *Terra Fria* (à paraître en octobre 2022)
Olivier Gallon, *Ombra di Venezia*
Joëlle Naïm, *La pluie tombe des deux côtés*
Les Poèmes de Julius White, trad. Ange Vincent (J.-C. Pirotte)
J. Verney, *Les Sagoens*
Daniel Denevert, *Les Coulisses du naufrage*
Daniel Denevert, *Dérider le désert*

AUX MARGES DU ROMAN NOIR

Xavier Hacquard et Vincent Loison, *Belles Rencontres*
Léo Malet et François Guérif, *Mon vieux Guérif : correspondance et autres curiosités*

Détails du catalogue sur
www.editionslagrangebateliere.fr

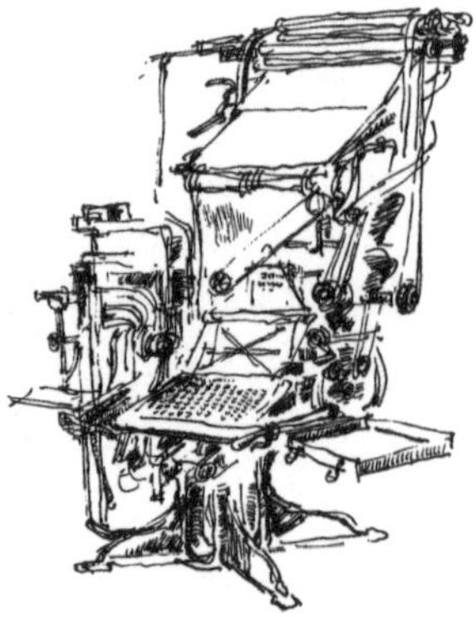

Ce vingt-cinquième titre
des éditions La Grange Batelière
a été achevé d'imprimer sur les presses
de l'imprimerie Firmin-Didot à Mesnil-sur-l'Estrée,
en juin 2022.

Dépôt légal : septembre 2022
Numéro d'impression : 170044

1

10 + 2 =	12	G
13 – 2 =	■	■
3 + 3 =	■	■
7 – 2 =	■	■
20 + 1 =	■	■
5 – 4 =	■	■
10 – 5 =	■	■
7 + 3 =	■	■
2 + 2 =	■	■
9 – 6 =	■	■
5 + 5 =	■	■
20 – 1 =	■	■

2

4 + 4 =	■	■
		Ü
10 + 1 =	■	■
16 + 1 =	■	■
9 – 4 =	■	■
10 – 4 =	■	■

Inhaltsbezogene Kompetenzen

- Umgang mit Zahlen und Operationen
- Umgang mit Raum und Form
- Messen und Umgang mit Größen
- Umgang mit Daten, Häufigkeiten, Wahrscheinlichkeiten

Inhaltsverzeichnis

WELT DER ZAHL 2

Herausgegeben von
Prof. Dr. Hans-Dieter Rinkens
Kurt Hönisch
Gerhild Träger

Erarbeitet von
Nadine Franke-Binder, Kurt Hönisch,
Claudia Neuburg, Prof. Dr. Hans-Dieter Rinkens,
Dr. Thomas Rottmann, Michaela Schmitz, Gerhild Träger

Die Länderausgabe wurde erarbeitet von
Verena Hofmann, Frankfurt · Kurt Hönisch, Frankenberg · Bettina Luitz, Koblenz

Unter Beratung von
Christine Ebert-Herrlich, Neu-Anspach · Andrea Hahne, Andernach

Schroedel

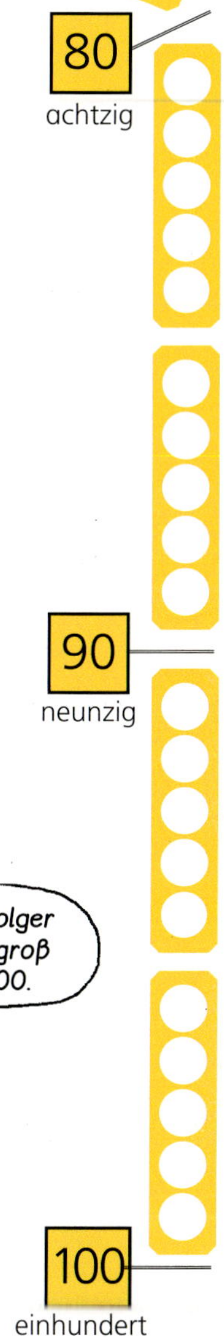

1 Welche Zahlen liegen dazwischen? Zähle und zeige mit einem Stift.

a) Zwischen 60 und 70 b) Zwischen 30 und 40
c) Zwischen 50 und 60 d) Zwischen 90 und 100
e) Zwischen 40 und 50 f) Zwischen 70 und 80

2 Schreibe die Zahlen mit ihren Nachbarn auf:
Vorganger und **N**achfolger.

a)	b)	c)	d)	e)	f)
74	81	37	89	27	16
48	47	84	1	41	78
35	66	49	55	98	100

a)	V	Zahl	N
	73	74	75
		48	

3 Seelöwen-Rätsel. Welche Zahl ist es?

____ ____ ____ ____ ____ ____

4 Zeige die Zahl mit deinem Stift. Wie heißen die benachbarten Zehnerzahlen?

a) ☐ 74 ☐
☐ 48 ☐
☐ 35 ☐

a)			
70		74	80
		48	

b) ☐ 54 ☐
☐ 37 ☐
☐ 29 ☐

c) ☐ 73 ☐
☐ 82 ☐
☐ 97 ☐

5 Vor und zurück zur benachbarten Zehnerzahl.
Schreibe immer zwei Aufgaben.

a) 76 + ■ = 80
76 − ■ = 70

b) 34 + ■ = ■
34 − ■ = ■

c) 43 + ■ = ■
43 − ■ = ■

a)					
76	+	4	=	80	
76	−				

6 a) 85 + ■ = ■
85 − ■ = ■

b) 58 + ■ = ■
58 − ■ = ■

c) 62 + ■ = ■
62 − ■ = ■

d) 97 + ■ = ■
97 − ■ = ■

7 Vor und zurück zur benachbarten Zehnerzahl. Schreibe wie in Aufgabe 5.

a) 59 b) 21 c) 47 d) 66 e) 92

Zahlenstrahl

1 Welche Zahlen werden hier gezeigt? Schreibe auf: A = 5 B = ■

a)

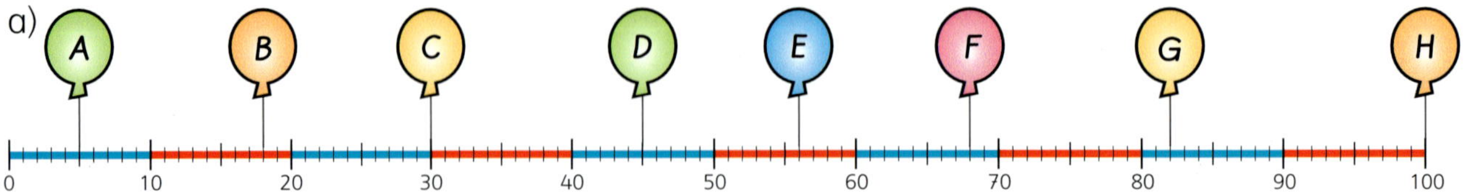

b)

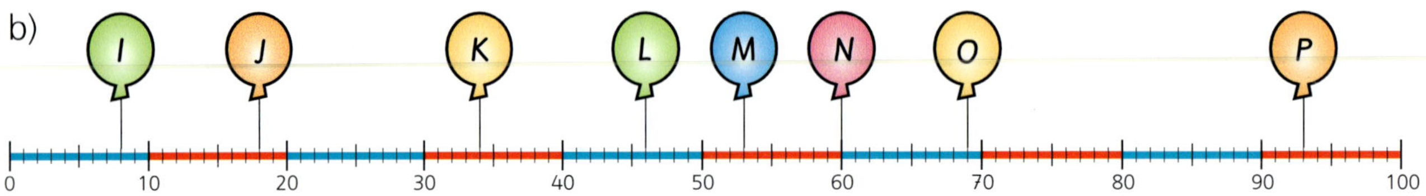

2 Zahlenrätsel: Welche Zahlen sind gemeint?

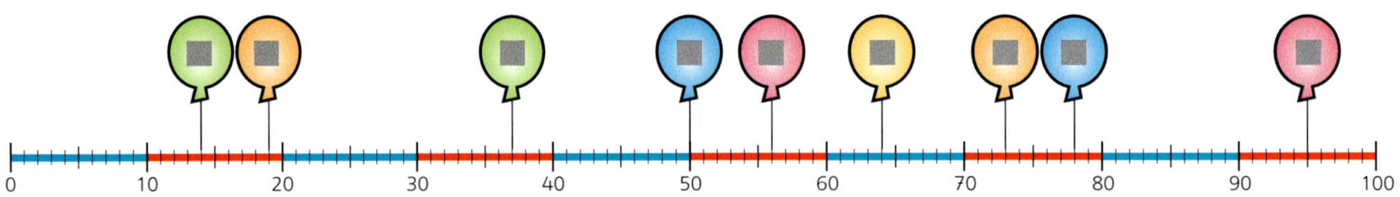

a) Meine Zahl ist größer als 90.
b) Meine Zahl ist kleiner als 50 und größer als 30.
c) Meine Zahl ist eine Zehnerzahl.
d) Meine Zahl liegt zwischen 60 und 70.
e) Meine Zahl ist um 4 kleiner als 60.
f) Meine Zahl ist um 8 größer als 70.
g) Meine Zahl ist halb so groß wie 38.
h) Meine Zahl ist kleiner als 20 und gerade.
i) Meine Zahl liegt zwischen 70 und 80 und ist ungerade.

3 Nach rechts werden die Zahlen am Zahlenstrahl immer größer, nach links werden die Zahlen immer kleiner. Zeige die Zahlen, dann setze ein: < , >

a)	b)	c)	d)
30 ◯ 19	34 ◯ 43	36 ◯ 63	46 ◯ 64
57 ◯ 47	45 ◯ 14	31 ◯ 13	45 ◯ 54
28 ◯ 32	71 ◯ 56	87 ◯ 78	91 ◯ 19
74 ◯ 89	62 ◯ 37	52 ◯ 25	69 ◯ 96

4 a)

a)	1	7	<	5	7
	2	2	<		

b)

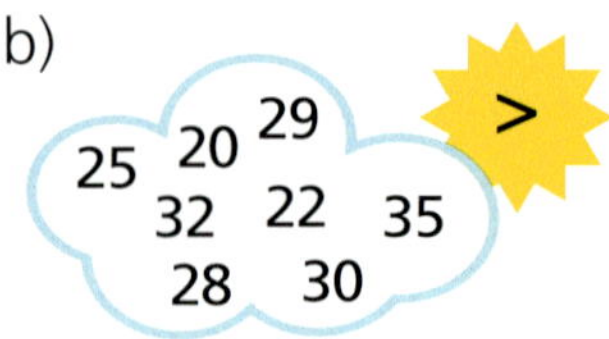

c)

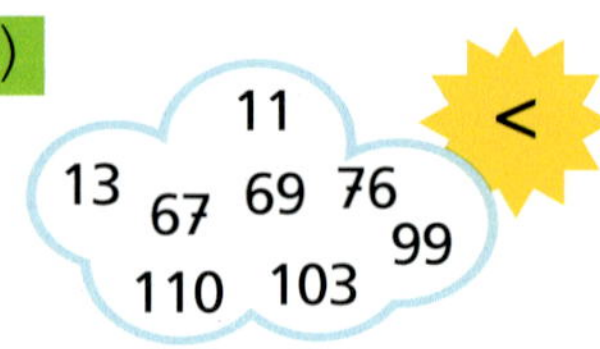

5 Zeige die Zahlen und ordne sie nach der Größe. Beginne mit der kleinsten Zahl.

a) 18, 5, 37, 54, 46, 80
b) 51, 28, 17, 46, 87, 69
c) 70, 38, 73, 17, 77, 57
d) 91, 19, 67, 76, 43, 34

1 Aufgepasst! Welche Zahlen werden hier gezeigt?

a)

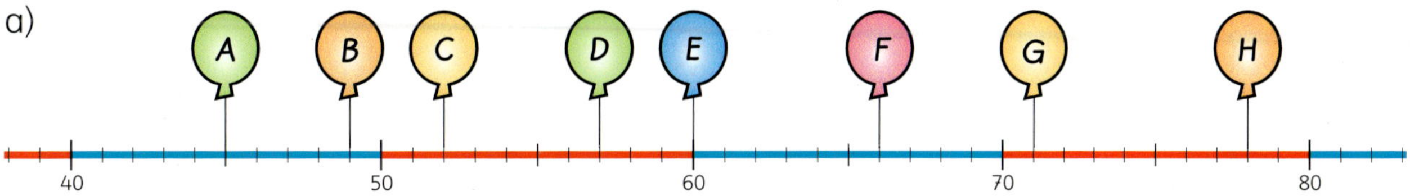

b)

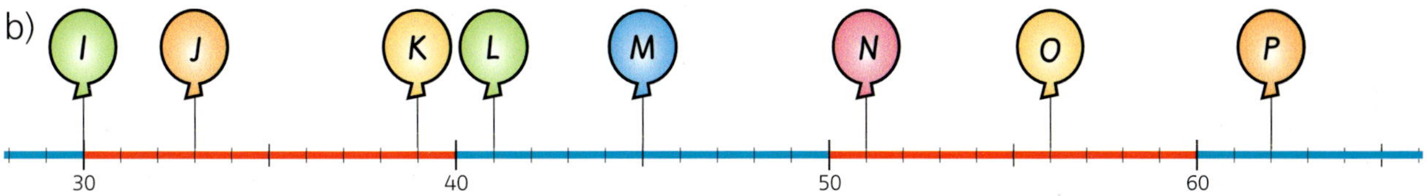

2 Wie geht es weiter? Zeige am Zahlenstrahl und schreibe die Zahlen auf. Wie viele Sprünge sind es bis zum Ziel?

a) 2, 4, 6, 8,

a)

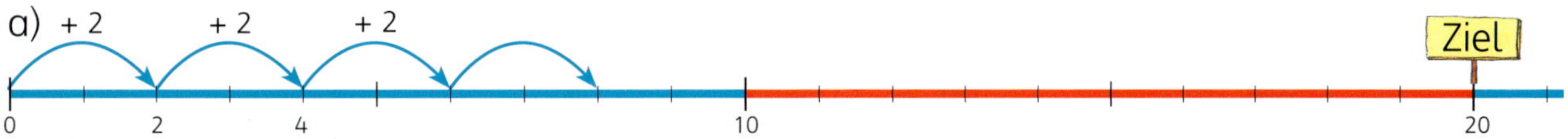

b)

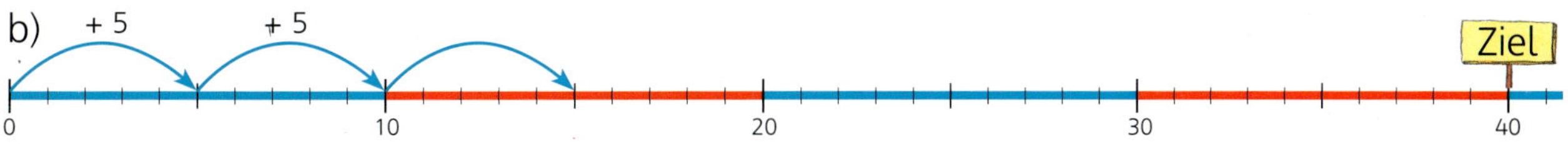

c)

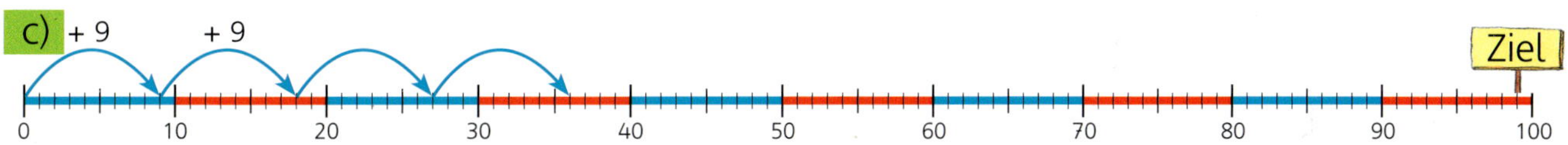

3 Rechne nach der Regel. Schreibe noch fünf Zahlen dazu.

a) Immer + 4: 60, 64, … b) Immer + 6: 30, 36, … c) Immer – 7: 70, 63, …

4 Wie geht es weiter? Schreibe noch fünf Zahlen dazu.

a) 20, 24, 28, … b) 60, 57, 54, … c) 8, 16, 24, … d) 80, 76, 72, …

5 Das sind gerade Zahlen. Schreibe die nächsten fünf geraden Zahlen dazu.

a) 0, 2, 4, 6, … b) 20, 22, 24, … c) 50, 52, 54, … d) 74, 76, 78, …

6 Das sind ungerade Zahlen. Schreibe die nächsten fünf ungeraden Zahlen dazu.

a) 1, 3, 5, 7, … b) 21, 23, 25, … c) 51, 53, 55, … d) 75, 77, 79, …

7 a) Schreibe zuerst alle geraden Zahlen auf, dann alle ungeraden Zahlen.

14 19 25 38 41 44 50 52 67 76 93 91

b) Was fällt dir auf?

Eine Zahl ist gerade, wenn die letzte Ziffer ▇ ist.

Eine Zahl ist ungerade, wenn die letzte Ziffer ▇ ist.

Immer dieselbe Zahl

1

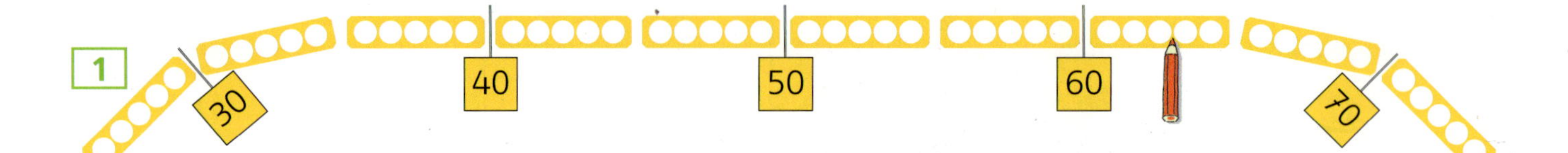

2

3

4

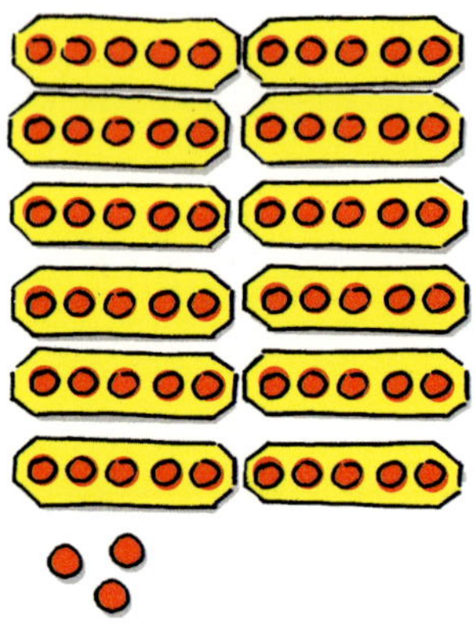

5

6 Zehner + 3 Einer

8

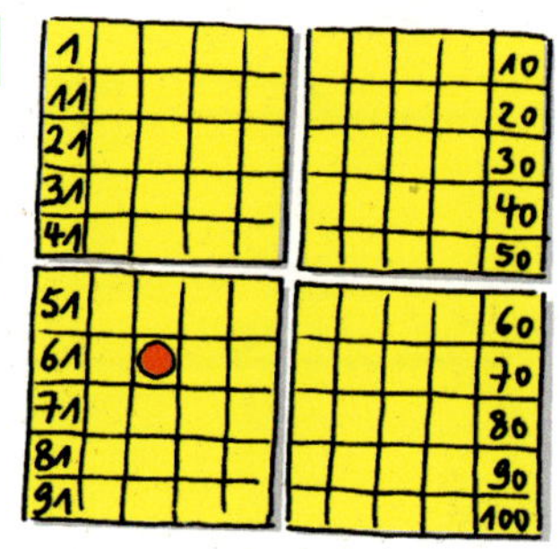

6

7

9

6	0	+	3
6	2	+	1
6	5	–	2

10

11

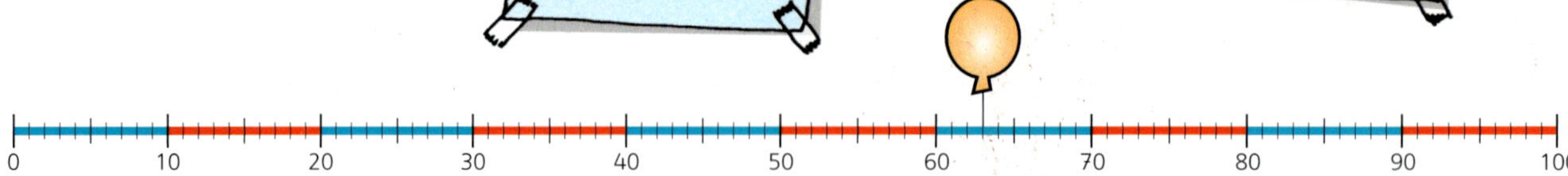

12

13

1

Wie heißt die Zahl?

a) 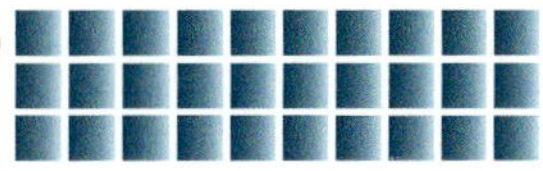

b) 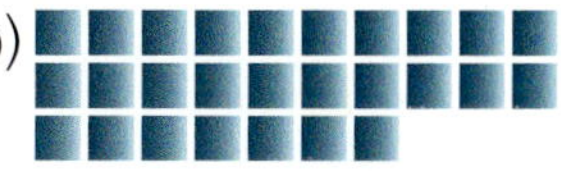

c) 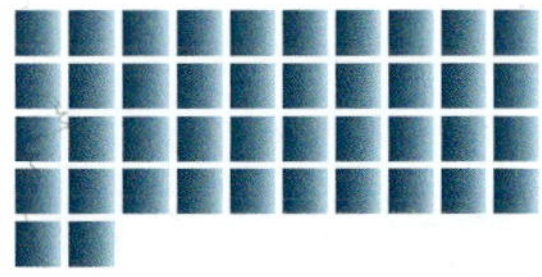

d) 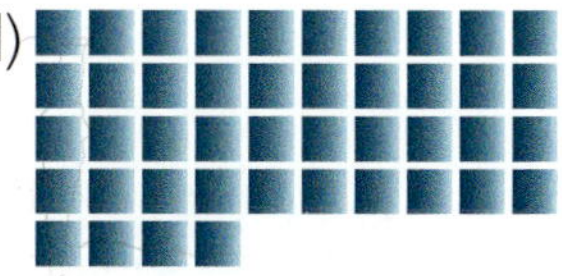

e) 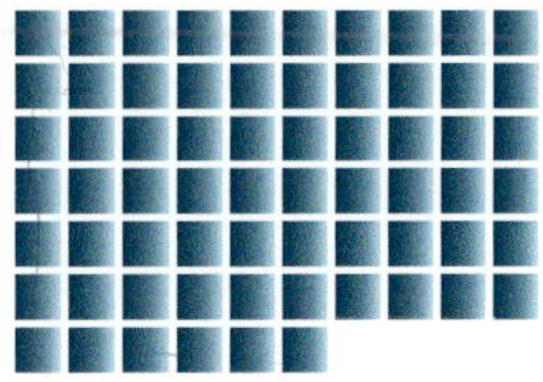

f) 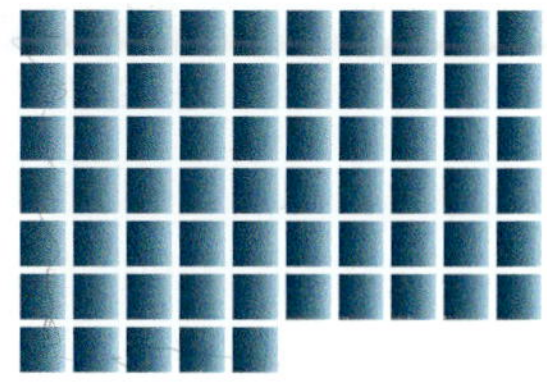

2 Kannst du Zahlines Geheimschrift lesen? Wie heißen die Zahlen?

a) 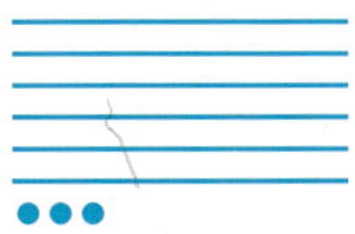

b) 

c) 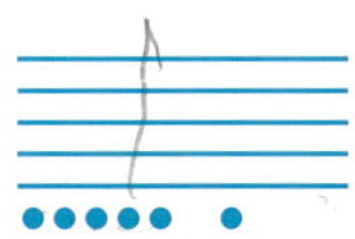

d) 

e) 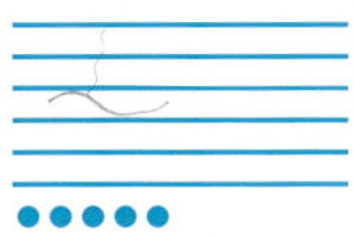

f) 

g) 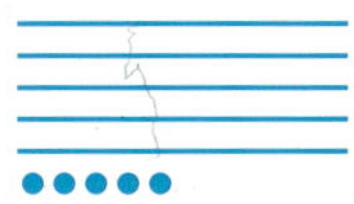

h) 

3 Wie heißen die Zahlen? Zeichne und schreibe in dein Heft.

a) 

b) 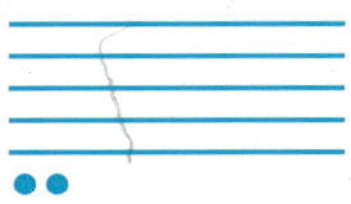

c) 

d) 

e) 

4 Zeichne fünf Zahlen in Geheimschrift. Dein Nachbar schreibt die Zahlen dazu.

5 Zeichne in Geheimschrift und schreibe die Zahlen dazu.

a) dreiundzwanzig b) siebenundvierzig c) fünfundsechzig
d) zweiundachtzig e) zweiundsiebzig f) achtunddreißig

6 Welche Karten passen zusammen? Schreibe und zeichne.

43 | 34 | 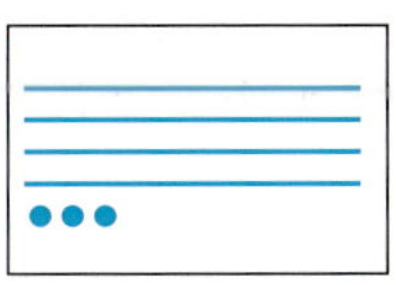 | 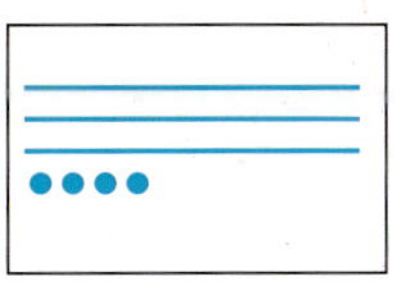 | **dreiundvierzig** | **vierunddreißig** | **40 + 3** | **30 + 4** | **3 + 40** | **3 Z + 4 E** | **4 Z + 3 E** | **4 + 30**

7 a) Zeichne zwei Zahlen in Geheimschrift und schreibe die Zahlen dazu.
Beide Zahlen zusammen haben 5 Zehnerstriche und 5 Einerpunkte.
b) Zahline findet drei solche Zahlenpaare. Findest du auch drei Paare?

8 Zeichne und schreibe auf wie in Aufgabe 7. Wie viele Zahlenpaare findest du?

a) 4 Zehnerstriche, 4 Einerpunkte
b) 7 Zehnerstriche, 7 Einerpunkte
c) 9 Zehnerstriche, 9 Einerpunkte

1 Wo sitzen die Kinder? Trage die Nummern der Plätze in die Hundertertafel ein.

2 Ein Platz ist besetzt. Trage auch die anderen Plätze ein.

a)

■	■	■
■	22	■
■	■	■

b)

■	■	■
■	39	■
■	■	■

c)

■	■	■
■	86	■
■	■	■

d)

■	■	■
■	73	■
■	■	■

e)

■	■	■
45	■	■
■	■	■

3 Wer sitzt in der Nähe von Stefanie? Wer sitzt in der Nähe von Sebastian?

■	■	■
■	42	■
■	■	■

Stefanie

■	■	■
■	67	■
■	■	■

Sebastian

31 Peter
32 Jens
33 Tanja
41 Julia
43 Alina

51 Tobias
52 Marco
53 Gina
56 Nadine
57 Bilal

58 Laura
66 Kevin
68 Anne
76 Erik
77 Lukas

4 Lena sitzt auf Platz 72. Wo sitzen die Kinder? Schreibe die Nummer des Platzes auf.

a) Miriam sitzt links neben Lena.
b) Johannes sitzt vor Lena.
c) Markus sitzt rechts neben Lena.
d) Katja sitzt hinter Lena.

5 Wo sitzen die Kinder? Diese Hinweise helfen dir.

a) Moritz sitzt auf Platz 38.
Ayse sitzt vor Kati.
Kati sitzt rechts neben Moritz.
Leoni sitzt links neben Ayse.

b) Tim sitzt auf Platz 5.
Vanessa sitzt hinter Alex.
Alex sitzt hinter Tim.
Vanessa sitzt rechts neben Pia.

6 a) Maja sitzt links neben Lara.
Simon sitzt auf Platz 96.
Lara sitzt vor Simon.
Maja sitzt hinter Viktor.

b) Kai sitzt hinter Max.
Kai sitzt links neben Nora.
Ina sitzt zwischen Nora und Marie.
Marie sitzt auf Platz 50.

7 Wer sitzt wo? Erfindet selbst Aufgaben.

1 Deine Nachbarin sagt dir eine Zahl. Schreibe sie auf den richtigen Platz in deiner Hundertertafel. Trage auch die Zahlen darüber und darunter ein. Dann wechselt euch ab.

2 a) Trage alle Zahlen ein, in denen eine 5 vorkommt.
b) Wie viele Zahlen sind es?

3 a) Trage alle Zahlen ein, in denen eine 8 vorkommt.
b) Wie viele Zahlen sind es?

4 Trage die Zahlen ein. Verbinde die Plätze. Was fällt dir auf?
a) Die Zehnerziffer und die Einerziffer sind gleich.
b) Die Zehnerziffer ist um 2 größer als die Einerziffer.
c) Die Zehnerziffer ist um 2 kleiner als die Einerziffer.
d) Findest du selbst ähnliche Aufgaben?

5 Wie viele Zahlen gibt es in der Hundertertafel,
a) in denen keine 5 vorkommt, b) in denen keine 2 und keine 3 vorkommen?
c) Erfindet selbst solche Aufgaben zur Hundertertafel.

6 Erkennst du das Lied? Schreibe es in dein Heft.

ICH | 7 | 39 | 72 | 12 | 48 | JEDEN | 91 | 3 | 64 |

ICH SINGE WAS ICH | 42 | 3 | 76 |

MAL SING' ICH IM | 24 | 33 | 91 | 30 |

UND | 96 | 16 | 6 | 66 | 44 | AUCH IM | 41 | 24 | 19 |

7 So heißen Bilals Freunde.

a) | 66 | 39 | 42 | 30 | 72 | 48 |

b) | 96 | 39 | 83 | 77 | 24 | 16 | 22 |

c) | 19 | 3 | 69 | 6 | 48 | 22 |

8 Das ist die geheime Botschaft von Zahline an Zahlix.

| 57 | 6 | 84 | | 12 | 16 | 77 | 48 | 69 | | 77 | 16 | 33 | 91 | 48 | | 39 | 69 | 7 | | 53 | 6 | 72 | 30 |

9 Schreibt euch geheime Botschaften.

Uhrzeit

Nacht **Morgen** **Vormittag**

1 a)

b)

c)

Aufstehen: ■ Uhr Schule: ■ Uhr Pause: ■ Uhr

2 Wie viel Uhr ist es?

a) 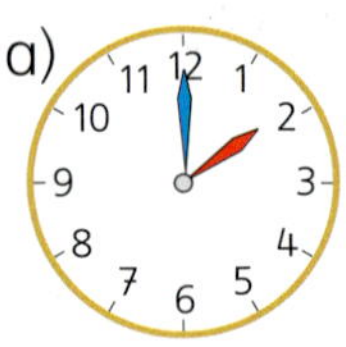 b) 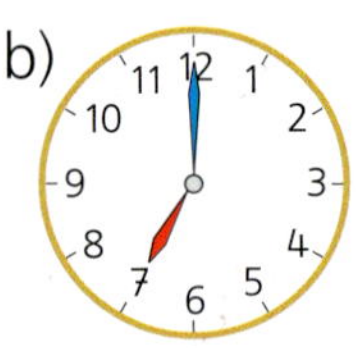 c) 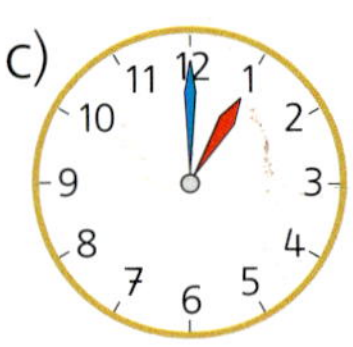 d) 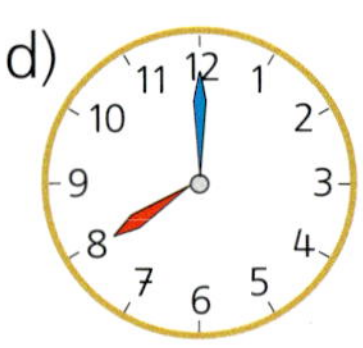 e) 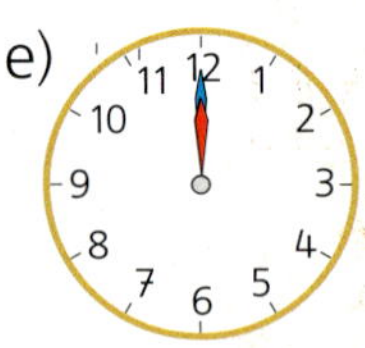

a) 2 Uhr

f) 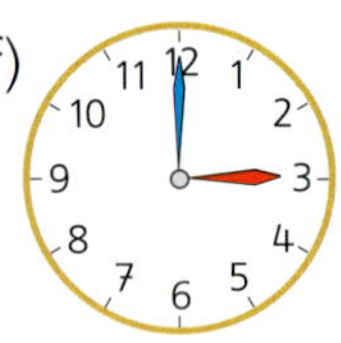 g) 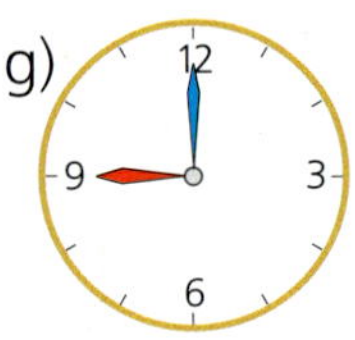 h) 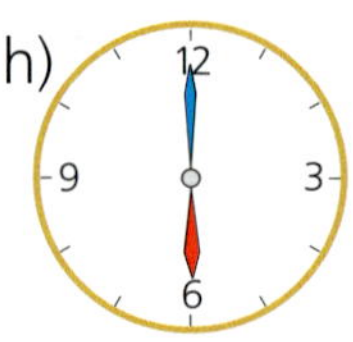 i) 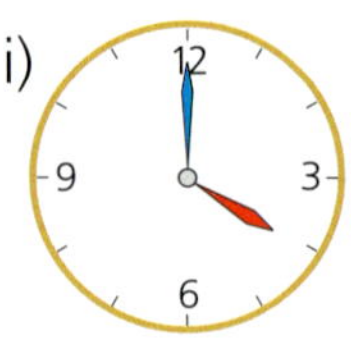 j) 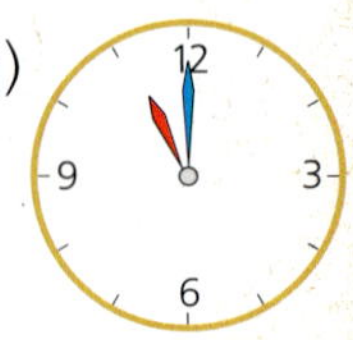

3 Stelle auf deiner Spieluhr ein.

a) 3 Uhr b) 7 Uhr c) 11 Uhr d) 8 Uhr e) 2 Uhr f) 10 Uhr

3 Es kann auch die Beilage „Uhr" verwendet werden.

Nachmittag **Abend** **Nacht**

1 a)

Spielen: ■ Uhr

b)

Abendessen: ■ Uhr

c)

Schlafen: ■ Uhr

2 Wie viel Uhr ist es? Schreibe beide Möglichkeiten auf.

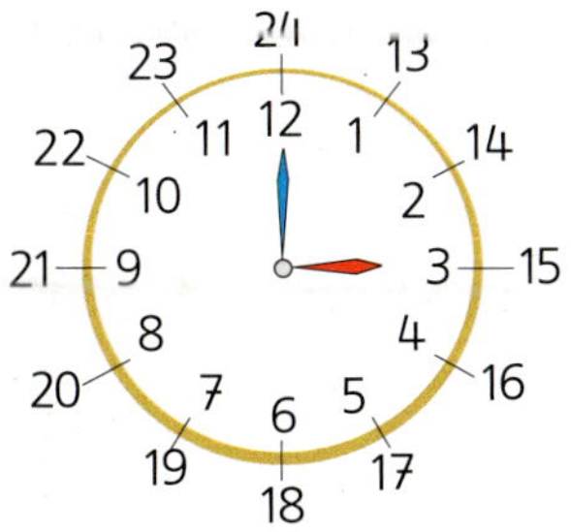

3 Uhr
15 Uhr

	3.	0	0	Uhr	
1	5.	0	0	Uhr	

a) 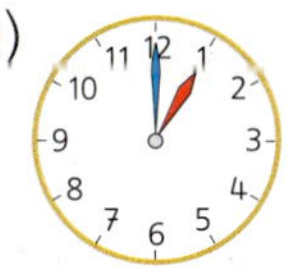 b)  c) 

d) 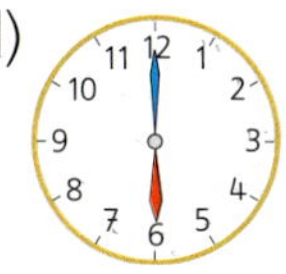 e)  f) 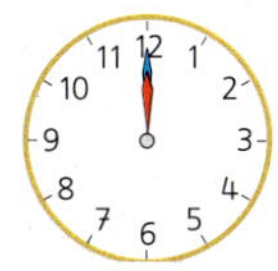

g) 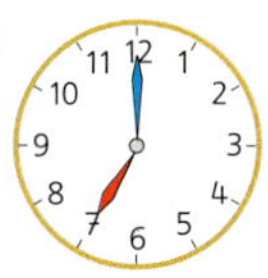 h) 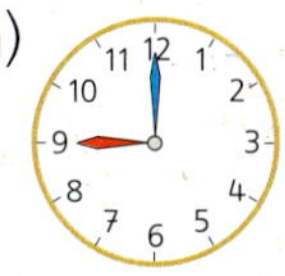 j) 

3 Stelle auf deiner Spieluhr ein.

a) 04:00 b) 14:00 c) 21:00 d) 19:00 e) 23:00

1

am Vormittag
halb 10
9.30 Uhr

am Nachmittag
halb 4
■

2 Was macht Leon gerade? Ist es am Vormittag, am Mittag, am Nachmittag oder am Abend? Wie viel Uhr ist es? Schreibe wie in Aufgabe 1.

a) 

b) 

c) 

3 Stelle auf deiner Spieluhr ein und schreibe.

a) 12.30 Uhr 9.30 Uhr 11.30 Uhr
b) 20.30 Uhr 8.30 Uhr 19.30 Uhr
c) 5.30 Uhr 18.30 Uhr 23.30 Uhr

a)	1	2.	3	0	Uhr			9.	3	0	Uhr	
	halb 1											

4 Wie viel Uhr ist es? Schreibe alle drei Möglichkeiten auf.

a) 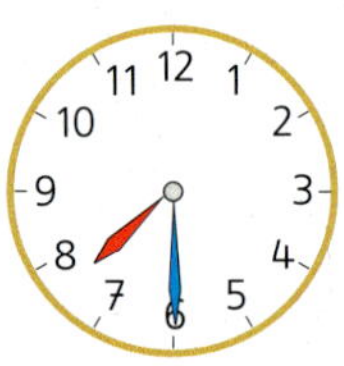

a)			7.	3	0	Uhr	
		1	9.	3	0	Uhr	
		halb 8					

b) 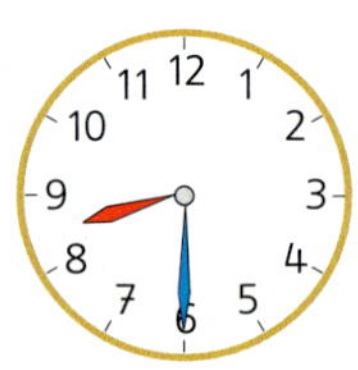

c) 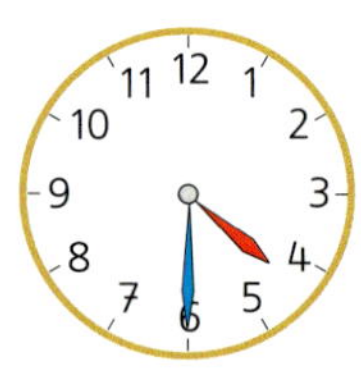

d) 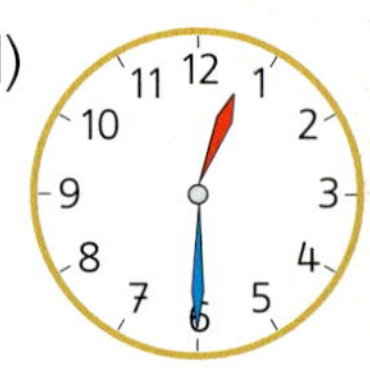

5 Wie viel Uhr ist es? Schreibe: a) halb 10

a) 09:30 b) 20:30 c) 07:30 d) 19:30 e) 08:30

6 Was passt zusammen?

5.30 Uhr | 5 Uhr | 14.30 Uhr | 4 Uhr | halb 1 | 17.30 Uhr

halb 3 | 12.30 Uhr | 17.00 Uhr | halb 6 | 16.00 Uhr

7 Stelle auf deiner Spieluhr eigene Uhrzeiten ein. Deine Nachbarin liest sie ab.

1

a) Am Vormittag
Schule
Viertel nach 11
11.15 Uhr

b) Am Mittag
Essen
Viertel nach ___
___ Uhr

c) Am Nachmittag
Sport
Viertel vor 3
14.45 Uhr

d) Am Abend
Lesen
___
___

2 Stelle auf deiner Spieluhr ein und schreibe.

a) 12.15 Uhr 19.15 Uhr 4.15 Uhr
b) 7.45 Uhr 17.45 Uhr 20.45 Uhr
c) 15.45 Uhr 9.15 Uhr 8.45 Uhr

a) 12.15 Uhr
Viertel nach 12

3 Stelle auf deiner Spieluhr ein. Dein Nachbar liest die Uhrzeit ab und schreibt alle drei Möglichkeiten auf.
Nach jedem Päckchen wird gewechselt.

a) Viertel nach 8 Viertel nach 12 Viertel nach 3
b) Viertel nach 10 Viertel nach 5 Viertel nach 11
c) Viertel vor 12 Viertel vor 7 Viertel vor 6

a) Viertel nach 8
8.15 Uhr
20.15 Uhr

4 Stelle auf deiner Spieluhr eigene Uhrzeiten ein. Deine Nachbarin liest sie ab und schreibt alle drei Möglichkeiten auf.

5 Die Pause beginnt um Viertel nach 11. Sie dauert eine Viertelstunde. Wann endet sie?

6 Die Pause beginnt um Viertel nach 9. Sie dauert eine halbe Stunde. Wann endet sie?

7 Stelle zuerst die Uhrzeit ein, dann die Uhrzeit eine halbe Stunde später.
Wie viel Uhr ist es dann?

a) 15.00 Uhr b) 16.30 Uhr c) 12.15 Uhr d) 13.45 Uhr e) 23.45 Uhr

8 Wer hat Recht?

Der Film „Die Hexe Lilli" beginnt um 15.00 Uhr. Er endet um Viertel vor vier.

9 Was passt zusammen?

Viertel vor 5 | Viertel vor 4 | Viertel nach 5 | 16.45 Uhr | 12.45 Uhr

19.15 Uhr | 17.15 Uhr | 15.45 Uhr | Viertel vor 1 | Viertel nach 7

Addieren und Subtrahieren

Ergebnis
im selben Zehner.

63 + 5 =

Ergebnis
im nächsten Zehner.

36 + 5 =

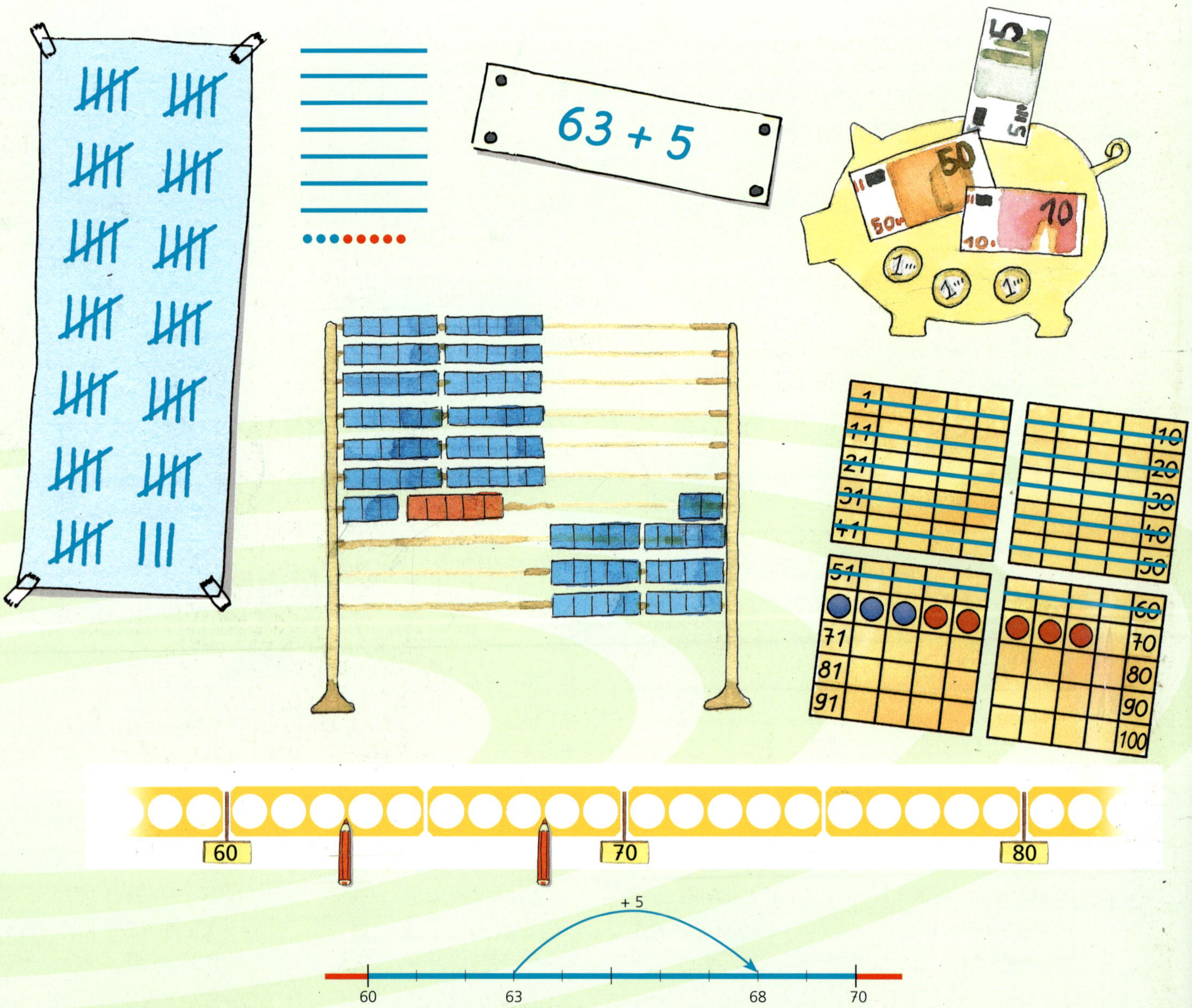

Addieren in einem Zehner

1 Zeige mit zwei Stiften und rechne.

a) 40 + 4	b) 44 + 2	c) 41 + 4	d) 43 + 5	e) 48 + 2
40 + 6	44 + 6	46 + 3	45 + 4	41 + 7
40 + 9	44 + 4	42 + 6	47 + 3	42 + 8

2 Zeige mit zwei Stiften und rechne.

a) 60 + 2	b) 62 + 3	c) 64 + 3	d) 62 + 6	e) 63 + 2
60 + 5	62 + 6	66 + 2	69 + 0	65 + 3
60 + 8	62 + 8	61 + 6	65 + 5	67 + 3

3

a)	b)	c)	d)	e)
4 + 3	26 + 2	55 + 3	33 + 6	57 + 3
14 + 3	36 + 2	65 + 3	43 + 6	67 + 3
24 + 3	46 + 2	75 + 3	53 + 6	77 + 3

4 Rechne zuerst. Dann kontrolliere dich selbst.

a) 22 + 5	b) 31 + 8	c) 63 + 3
67 + 2	76 + 2	34 + 2
45 + 3	55 + 4	23 + 5

27 28 36 39 48 53 59 66 69 78

5 Manchmal hilft die Tauschaufgabe.

a) 3 + 43	b) 4 + 85	c) 2 + 73
5 + 72	7 + 61	4 + 62
1 + 95	3 + 54	5 + 83

46 57 66 68 75 77 88 89 93 96

6 Vor zur nächsten Zehnerzahl.

a) 65 + ■ = 70	b) 26 + ■ = 30	c) 92 + ■ = 100	d) 87 + ■ = 90
63 + ■ = 70	29 + ■ = 30	97 + ■ = 100	84 + ■ = 90
61 + ■ = 70	24 + ■ = 30	95 + ■ = 100	82 + ■ = 90

3 Starke Aufgaben: Gesetzmäßigkeit erkennen und Aufgabenfolge fortsetzen.

Addieren mit Überschreiten

1

2 Zeige mit deinen Stiften und zeichne den Rechenstrich dazu.

a) 46 + 5 b) 45 + 8 c) 47 + 4 d) 48 + 8 e) 49 + 3

3

a) 75 + 6 b) 77 + 8 c) 73 + 9 d) 78 + 5 e) 76 + 7

4 Zahline ist mit ihren Rechenstrichen noch nicht fertig.

a) 74 + 8

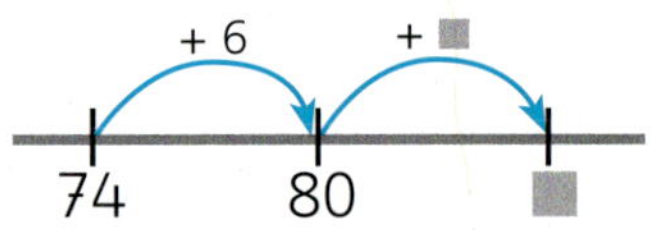

b) 77 + 5

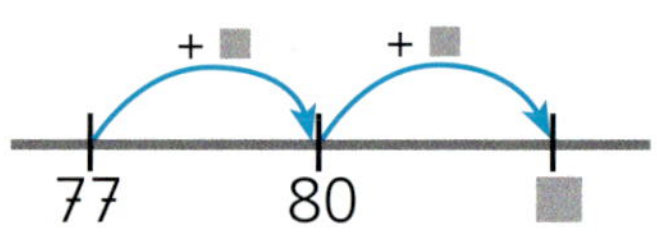

c) 75 + 8

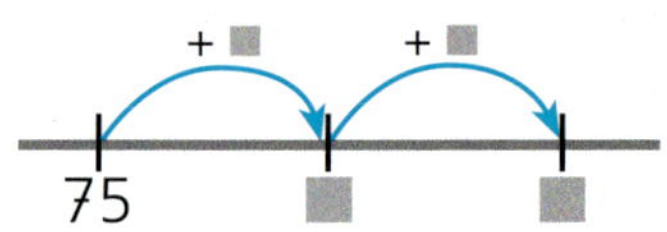

5 Löse mit dem Rechenstrich.

a)	b)	c)	d)	e)
56 + 7	37 + 5	28 + 6	67 + 4	55 + 6
58 + 4	39 + 8	78 + 4	37 + 8	66 + 6
57 + 6	36 + 6	48 + 5	87 + 7	77 + 6

6 Rechne und suche zwischen den blauen Lösungszahlen die Geisterzahl.

a)	b)	c)	d)	e)
27 + 5	14 + 8	66 + 5	48 + 7	94 + 6
57 + 5	27 + 8	77 + 5	76 + 7	36 + 6
67 + 5	66 + 8	88 + 5	87 + 7	47 + 6

22 32 35 42 47 53 55 62 71 72 74 82 83 93 94 100

7

a)	b)	c)	d)	e)
24 + 5	78 + 4	36 + 7	47 + 5	58 + 3
24 + 6	78 + 5	46 + 7	57 + 5	68 + 3
24 + 7	78 + 6	56 + 7	67 + 5	78 + 3

7 Starke Aufgaben: Gesetzmäßigkeit erkennen und Aufgabenfolge fortsetzen.

Wie weit kommst du?

„Das ist ein schöner Tag“, sagt der **Hahn**.
„Ich werde hinaus in die Welt der Zahl gehen.“

Zwei **Katzen** liegen am Tor.
„Wir gehen mit“, sagen die Katzen.

Drei **Igel** schauen aus dem Busch.
„Wir gehen auch mit“, sagen die Igel.

Vier **Enten** schwimmen auf dem Teich.
„Wir kommen mit“, sagen die Enten.

Fünf **Hasen** hoppeln über das Feld.
„Wir kommen auch mit“, sagen die Hasen.

Sechs **Gänse** watscheln über die Wiese.
„Wir gehen mit“, sagen die Gänse.

Sieben **Mäuse** spielen im Gras.
„Wir laufen mit“, sagen die Mäuse.

Acht **Frösche** hüpfen aus dem Graben.
„Wir kommen mit“, sagen die Frösche.

Neun **Spatzen** sitzen auf dem Zaun.
„Wir fliegen mit“, sagen die Spatzen.

„Schaut da, die Sonne“, ruft der Hahn.
„Das ist ein schöner Tag“, rufen alle Tiere.

Wie viele Tiere sind es zusammen? Arbeit am Text: Wie sprechen die Tiere? Wie kann die Geschichte weitergehen?

Subtrahieren in einem Zehner

1 Zeige mit zwei Stiften und rechne.

a) 45 – 2
45 – 4
45 – 1

b) 48 – 2
48 – 4
48 – 7

c) 49 – 3
47 – 2
43 – 3

d) 46 – 5
49 – 8
47 – 4

e) 42 – 2
45 – 3
49 – 7

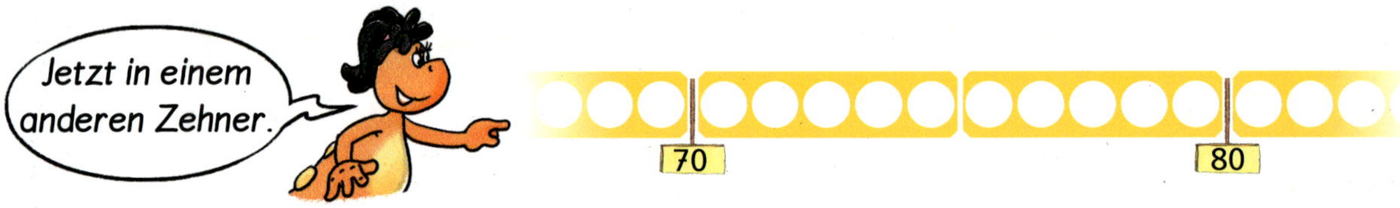

2 Zeige mit zwei Stiften und rechne.

a) 78 – 6
78 – 3
78 – 7

b) 75 – 4
75 – 2
75 – 0

c) 79 – 4
77 – 7
76 – 5

d) 74 – 2
73 – 1
72 – 0

e) 76 – 5
79 – 8
77 – 4

3

a) 7 – 2
17 – 2
27 – 2

b) 25 – 4
35 – 4
45 – 4

c) 58 – 5
68 – 5
78 – 5

d) 36 – 3
46 – 3
56 – 3

e) 47 – 6
57 – 6
67 – 6

4 Rechne und suche zwischen den blauen Lösungszahlen die Geisterzahl.

a) 37 – 5
84 – 1
45 – 2

b) 29 – 7
66 – 3
38 – 4

c) 89 – 8
77 – 4
56 – 6

d) 68 – 8
24 – 3
46 – 5

e) 96 – 2
54 – 1
79 – 7

21 22 32 34 41 43 50 53 60 63 72 73 81 83 90 94

5 Zurück zur Zehnerzahl.

a) 65 – ■ = 60
63 – ■ = 60
68 – ■ = 60

b) 94 – ■ = 90
97 – ■ = 90
91 – ■ = 90

c) 26 – ■ = 20
22 – ■ = 20
25 – ■ = 20

d) 79 – ■ = 70
77 – ■ = 70
73 – ■ = 70

6 Zurück von der Zehnerzahl. Schreibe zu jedem Päckchen noch drei Aufgaben.

a) 10 – 3
50 – 3
30 – 3

b) 10 – 7
40 – 7
90 – 7

c) 10 – 4
20 – 4
70 – 4

d) 10 – 8
60 – 8
30 – 8

e) 100 – 5
50 – 5
80 – 5

3 Starke Aufgaben: Gesetzmäßigkeit erkennen und Aufgabenfolge fortsetzen.

1

2 Zeige mit deinen Stiften und zeichne den Rechenstrich dazu.

a) 54 – 5   b) 52 – 6   c) 55 – 8   d) 51 – 7   e) 52 – 8

3

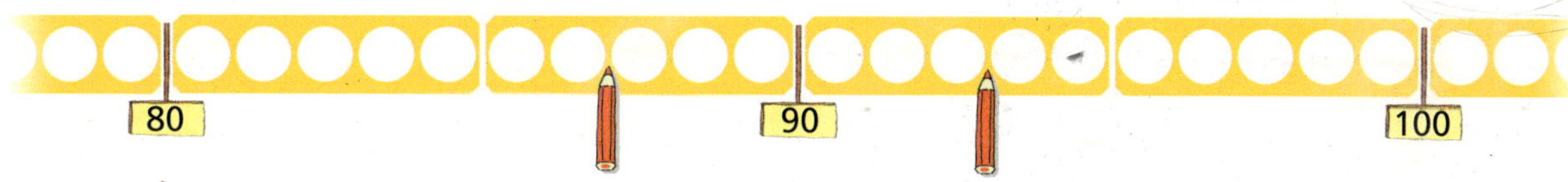

a) 93 – 6   b) 92 – 5   c) 94 – 8   d) 91 – 9   e) 93 – 8

4 Zahline ist mit ihren Rechenstrichen noch nicht fertig.

a) 74 – 8   b) 75 – 8   c) 76 – 8

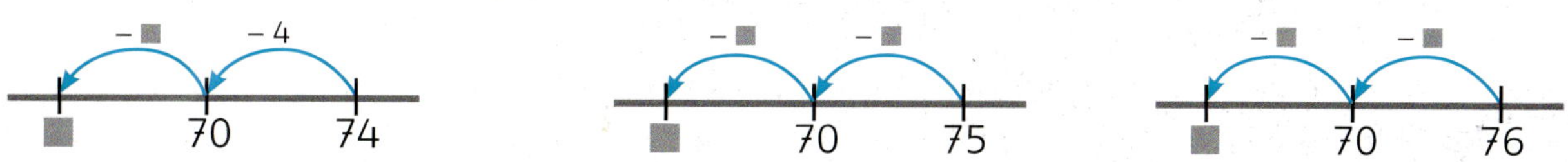

5 Löse mit dem Rechenstrich.

a)	b)	c)	d)	e)
32 – 5	63 – 7	54 – 8	93 – 5	44 – 6
32 – 7	67 – 9	84 – 6	33 – 7	33 – 6
32 – 8	64 – 8	44 – 5	63 – 6	22 – 6

6 Rechne und suche zwischen den blauen Lösungszahlen die Geisterzahl.

a)	b)	c)	d)	e)
23 – 7	35 – 8	44 – 8	22 – 8	33 – 5
52 – 6	61 – 4	53 – 6	47 – 9	64 – 6
74 – 8	92 – 6	76 – 9	83 – 5	94 – 9

14 16 27 28 36 38 44 46 47 57 58 66 67 78 85 86

7

a)	b)	c)	d)	e)
34 – 5	92 – 3	36 – 8	91 – 7	65 – 6
34 – 6	92 – 4	46 – 8	81 – 7	55 – 6
34 – 7	92 – 5	56 – 8	71 – 7	45 – 6

8 Rechne nach der Regel. Schreibe noch fünf Zahlen dazu.

a) Immer – 7: 60, 53, ...   b) Immer – 5: 84, 79, ...   c) Immer – 9: 83, 74, ...

7 Starke Aufgaben: Gesetzmäßigkeit erkennen und Aufgabenfolge fortsetzen.

Übungen zum Addieren und Subtrahieren

1

a)	b)	c)	d)
49 + 7	59 + 6	29 + 4	78 + 7
29 + 8	19 + 8	69 + 8	46 + 9
89 + 5	79 + 4	39 + 6	28 + 6
39 + 4	49 + 3	89 + 7	37 + 9

27 33 34 37 43 45 46 52 55 56 62 65 77 83 85 94 96

2

a)	b)	c)	d)
52 – 9	36 – 9	27 – 9	73 – 8
24 – 9	82 – 9	92 – 9	81 – 9
37 – 9	96 – 9	75 – 9	66 – 8
83 – 9	65 – 9	54 – 9	93 – 8

15 18 27 28 43 45 56 58 65 66 72 73 74 83 85 87 97

3 Manchmal hilft die Tauschaufgabe.

a)	b)	c)	d)	e)
7 + 68	88 + 9	6 + 46	94 + 6	78 + 3
9 + 23	76 + 6	9 + 17	36 + 6	69 + 5

4 Was fällt dir auf? Schreibe noch drei passende Aufgaben dazu.

a)	b)	c)	d)	e)
54 + 8	61 + 7	72 + 6	87 + 8	43 + 9
58 + 4	67 + 1	76 + 2	88 + 7	49 + 3

5

a)	b)	c)	d)	e)
36 + 8 + 4	44 + 5 + 7	97 – 6 – 4	66 – 8 – 7	44 + 9 – 3
49 + 7 + 3	85 + 7 + 6	73 – 7 – 5	34 – 9 – 9	83 – 8 + 5
74 + 5 + 8	56 + 3 + 8	48 – 6 – 8	58 – 6 – 8	76 + 7 – 3

6

a) Karten: 6, 8, 9, 29

■ + ■ = 14
■ + ■ = 15
■ + ■ = 17
■ + ■ = 35
■ + ■ = 37
■ + ■ = 38

b) Karten: 8, 7, 5, 27

■ + ■ = 12
■ + ■ = 13
■ + ■ = 15
■ + ■ = 32
■ + ■ = 34
■ + ■ = 35

7 Wie heißt die fehlende Zahlenkarte?

a) Karten: 4, 36, 6, ■

■ + ■ = 10
■ + ■ = 13
■ + ■ = 15
■ + ■ = 40
■ + ■ = 42
■ + ■ = 45

b) Karten: 40, 7, 20, ■

■ + ■ = 27
■ + ■ = 37
■ + ■ = 47
■ + ■ = 50
■ + ■ = 60
■ + ■ = 70

c) Karten: 6, 9, 5, ■

■ + ■ = 11
■ + ■ = 14
■ + ■ = 15
■ + ■ = 60
■ + ■ = 61
■ + ■ = 64

6, 7 Aus vier Zahlenkarten sechs Aufgaben bilden: Aufgabe und Tauschaufgabe gelten als eine Aufgabe. Gesetzmäßigkeiten entdecken und anwenden: Die kleinste Summe ergibt sich aus den kleinsten Zahlenkarten, die größte Summe aus den größten Karten.

1

2 Zeige und zeichne den Rechenstrich.

a) 47 + ■ = 52 b) 44 + ■ = 53 c) 48 + ■ = 55 d) 45 + ■ = 51

3

a)	b)	c)	d)
37 + ■ = 41	68 + ■ = 72	29 + ■ = 32	89 + ■ = 93
37 + ■ = 43	68 + ■ = 75	26 + ■ = 32	87 + ■ = 93
37 + ■ = 45	68 + ■ = 77	24 + ■ = 32	84 + ■ = 93

4

a)	b)	c)	d)
16 + ■ = 23	76 + ■ = 84	34 + ■ = 42	45 + ■ = 54
56 + ■ = 61	25 + ■ = 34	59 + ■ = 65	78 + ■ = 86
66 + ■ = 74	58 + ■ = 64	44 + ■ = 53	88 + ■ = 92

5

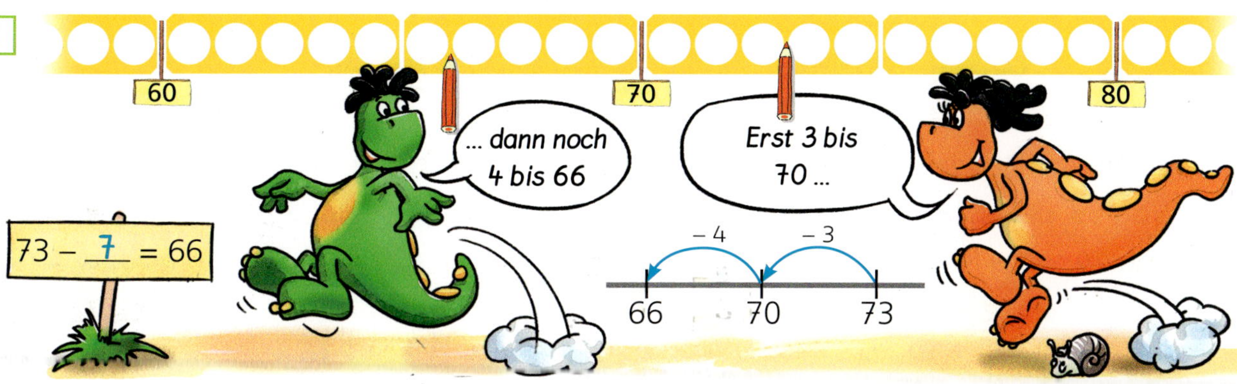

6 Zeige und zeichne den Rechenstrich.

a) 73 – ■ = 68 b) 75 – ■ = 66 c) 72 – ■ = 64 d) 77 – ■ = 69

7

a)	b)	c)	d)
74 – ■ = 69	43 – ■ = 35	62 – ■ = 57	91 – ■ = 85
74 – ■ = 66	43 – ■ = 37	64 – ■ = 57	92 – ■ = 85
74 – ■ = 65	43 – ■ = 39	66 – ■ = 57	94 – ■ = 85

8

a)	b)	c)	d)
24 – ■ = 17	25 – ■ = 16	72 – ■ = 64	55 – ■ = 46
44 – ■ = 38	52 – ■ = 46	53 – ■ = 46	23 – ■ = 19
74 – ■ = 65	93 – ■ = 86	34 – ■ = 29	94 – ■ = 88

9 Was fällt dir auf? Kannst du noch drei passende Aufgaben dazu schreiben?

a) 54 – ■ = 45 b) 98 – ■ = 89 c) 43 – ■ = 34 d) 76 – ■ = 67

9 Starke Aufgaben: Regel erkennen und passende Aufgaben notieren.

Addieren von Zehnerzahlen

1

Zahline rechnet mit der Geheimschrift.

a) 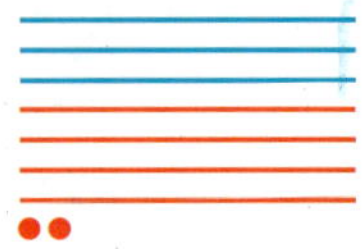

b) 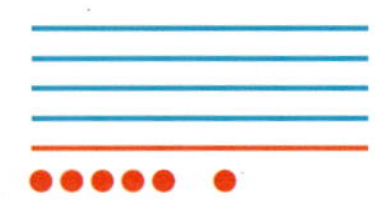

c) 

d) 

e) 

f) 

g) 

h) 

i) 

2

a) 40 + 36
20 + 47
80 + 19

b) 50 + 25
70 + 27
10 + 39

c) 40 + 51
20 + 66
30 + 13

d) 20 + 34
50 + 13
10 + 79

e) 70 + 15
70 + 25
70 + 35

43 49 54 59 63 67 75 76 85 86 89 91 95 97 99 105

3

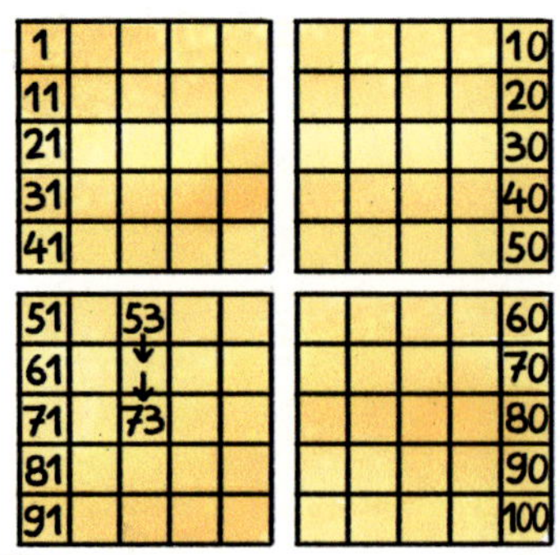

Zeige an der Hundertertafel. Schreibe die Plus-Aufgaben in dein Heft.

a) Von 53 vier Schritte nach unten,
b) von 35 vier Schritte nach unten,
c) von 14 sechs Schritte nach unten,
d) von 27 fünf Schritte nach unten.

4

a) 72 + 20
48 + 40
40 + 10

b) 24 + 30
56 + 40
20 + 50

c) 11 + 80
25 + 50
63 + 30

d) 16 + 70
33 + 50
26 + 20

e) 27 + 10
58 + 40
52 + 50

37 46 50 54 63 70 75 83 86 88 91 92 93 96 98 102

5

a) 38 + 10
38 + 20
38 + 30

b) 17 + 20
17 + 30
17 + 40

c) 56 + 40
46 + 40
36 + 40

d) 51 + 50
41 + 50
31 + 50

e) 25 + 70
35 + 60
45 + 50

6

a) 34 + ■ = 44
34 + ■ = 54
34 + ■ = 64

b) 19 + ■ = 19
19 + ■ = 39
19 + ■ = 59

c) 48 + ■ = 98
48 + ■ = 88
48 + ■ = 78

d) 27 + ■ = 77
27 + ■ = 67
27 + ■ = 57

5, 6 Starke Aufgaben: Gesetzmäßigkeit erkennen, Aufgabenfolge fortsetzen.

1

Zahlix rechnet mit der Geheimschrift.

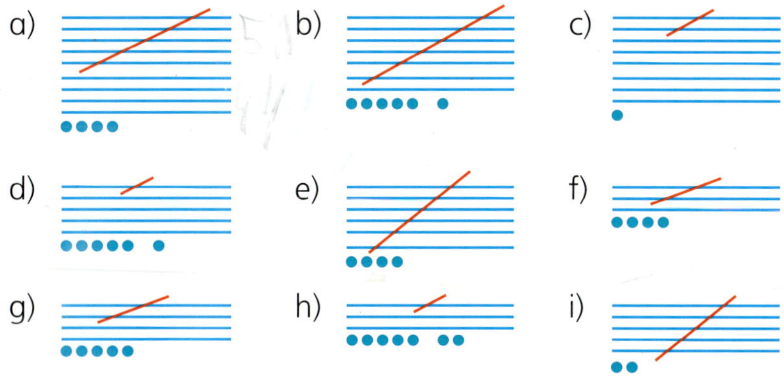

2

a)	b)	c)	d)	e)
50 – 20	76 – 30	90 – 40	87 – 70	47 – 10
58 – 40	56 – 30	75 – 20	53 – 50	99 – 50
58 – 10	80 – 30	63 – 30	66 – 20	56 – 50

3 6 17 18 26 30 33 36 37 46 46 48 49 50 50 55

3

Zeige an der Hundertertafel. Schreibe die Minus-Aufgaben in dein Heft.

a) Von 81 drei Schritte nach oben,
b) von 75 vier Schritte nach oben,
c) von 66 zwei Schritte nach oben,
d) von 58 fünf Schritte nach oben.

4

a)	b)	c)	d)	e)
94 – 30	67 – 50	75 – 50	85 – 70	37 – 10
77 – 20	89 – 70	93 – 30	83 – 50	98 – 40
53 – 40	71 – 60	91 – 60	46 – 20	72 – 50

11 13 16 17 19 22 25 26 27 31 33 43 57 58 63 64

5

a)	b)	c)	d)	e)
73 – 10	65 – 20	87 – 20	53 – 20	46 – 30
73 – 20	65 – 30	87 – 30	54 – 20	56 – 40
73 – 30	65 – 40	87 – 40	55 – 20	66 – 50

6

a)	b)	c)	d)
64 – ■ = 44	98 – ■ = 88	77 – ■ = 17	85 – ■ = 25
64 – ■ = 34	98 – ■ = 68	77 – ■ = 27	85 – ■ = 35
64 – ■ = 24	98 – ■ = 48	77 – ■ = 37	85 – ■ = 45

5, 6 Starke Aufgaben: Gesetzmäßigkeit erkennen, Aufgabenfolge fortsetzen.

Übungen zum Addieren und Subtrahieren

1 Lege mit Plättchen in der Hundertertafel und schreibe die Zahlen in dein Heft.

a) Start bei 8, immer + 10 — a) 8, 18, 28,

b) Start bei 9, immer + 9
c) Start bei 50, immer + 5
d) Start bei 30, immer + 6
e) Start bei 92, immer – 10
f) Start bei 80, immer – 8
g) Start bei 90, immer – 10

2 Legt die Startzahl und die Regel fest. Dein Nachbar legt die Plättchen in die Hundertertafel und nennt die Zahlen. Dann wechselt ab.

3 Schreibe die Zahlen in dein Heft.
Starte mit der kleinsten Zahl. Wie heißt die Regel?

a) 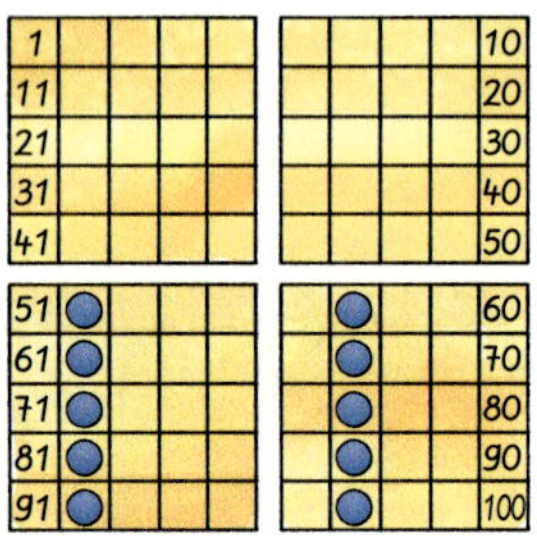

b) 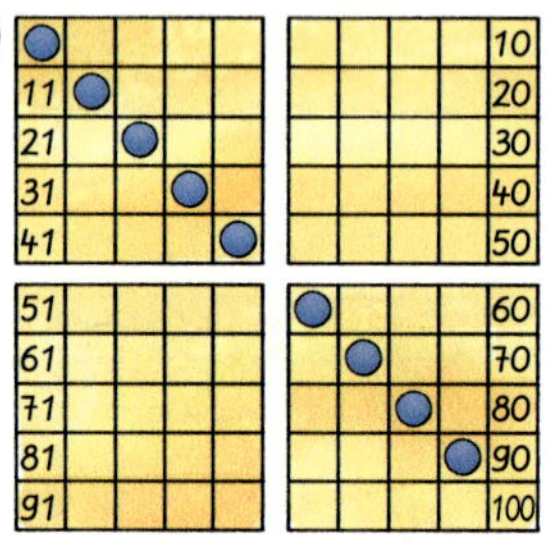

c) 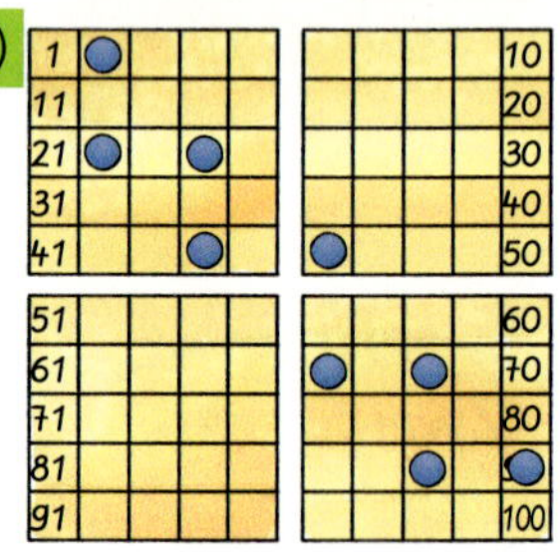

4 Lege ein Muster mit Plättchen in der Hundertertafel.
Deine Nachbarin schreibt die Zahlen auf. Findet ihr eine Regel?

5 a) Zeige alle geraden Zahlen in der Hundertertafel. Was fällt dir auf?
b) Zeige alle ungeraden Zahlen in der Hundertertafel. Was fällt dir auf?

6

a)	b)	c)	d)
32 + 20 + 6	81 + 10 + 3	76 + 20 + 2	11 + 80 + 8
13 + 10 + 2	44 + 30 + 3	21 + 40 + 9	53 + 30 + 3
25 + 20 + 4	56 + 20 + 2	35 + 30 + 1	22 + 10 + 5

25 37 49 53 58 66 70 77 78 86 94 98 99

7

a)	b)	c)	d)
56 + 30 – 5	74 + 20 – 1	43 – 20 + 6	67 – 20 + 1
37 + 40 – 4	18 + 20 – 4	84 – 30 + 4	71 – 10 + 5
29 + 40 – 7	43 + 10 – 2	92 – 10 + 8	55 – 20 + 4

29 34 39 48 51 58 62 66 73 75 81 90 93

W N

8 Wie viel Uhr ist es? Schreibe alle Möglichkeiten auf.

a) 

a)	9.30 Uhr
	21.30 Uhr
	halb 10

b) 
c) 
d) 
e) 

9 Wie viel Uhr ist es? Schreibe alle Möglichkeiten auf.

a) 
b) 
c) 
d) 
e) 
f) 

1

	− 5 →	− 8 →	+ 10 →
35	30	22	32
80			
53			
36			

2

a)

b)

c)

3

a)

b)

c)

d) Vergleiche Startzahl und Zielzahl. Was fällt auf? Warum ist das so?

4

a)

b)

c)

d) Vergleiche Startzahl und Zielzahl. Die Zielzahl ist immer ____ als die Startzahl.

5 Erfindet selbst eine Kugelbahn:
Die Zielzahl ist immer um 30 größer als die Startzahl.

6

3 d) Startzahl und Zielzahl sind gleich, denn a) – 6 – 4 und + 10, b) + 30 – 20 – 10 und c) + 3 – 10 + 7 heben sich auf.

1 Wie viel Cent sind es?

a) 

b) 

c) 

2 Lege mit Münzen und zeichne.

a) 80 Cent b) 35 Cent c) 64 Cent d) 99 Cent

3 Wie viel Euro sind es?

a) 

b) 

c) 

4 Lege mit Rechengeld und zeichne.

a) 17 € b) 35 € c) 63 € d) 86 € e) 74 €

5 Lege mit möglichst wenig Münzen. Zeichne.

a) 40 Cent b) 60 Cent c) 75 Cent d) 9 €

6 Immer 1 Euro.

a) 

b) 

c) 

d) 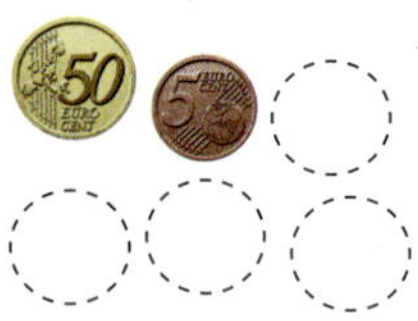

e) 

f) 

7

Münzen raten

1. Kind: Münzen in eine Dose füllen, Gesamtbetrag angeben

2. Kind: Dose schütteln Münzen erraten und malen

8 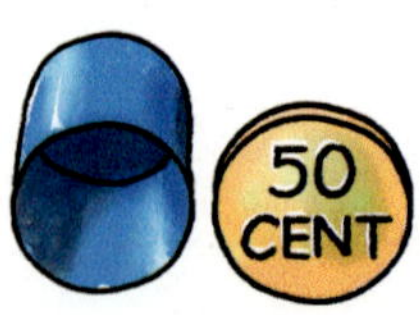

In der Dose sind:
a) 3 Münzen
b) 4 Münzen
c) 5 Münzen

9 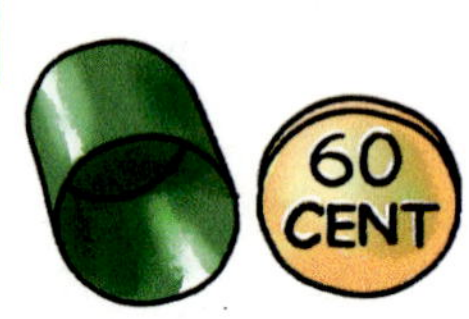

In der Dose sind:
a) 4 Münzen
b) 5 Münzen
c) 6 Münzen

7 bis 9 Welche Münzen sind in der Dose? Manchmal gibt es mehrere Möglichkeiten.

1 a) Wie viel Euro hat jedes Kind gespart?
b) Wer hat am meisten gespart? c) Wer hat am wenigsten gespart?

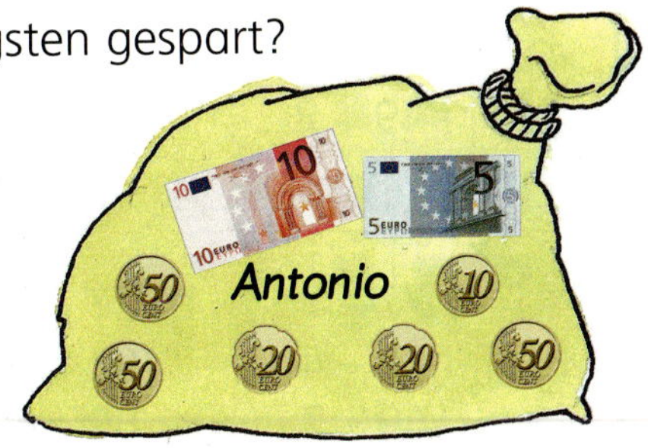

2 Lege mit Rechengeld und zeichne.

a)

b)

c)
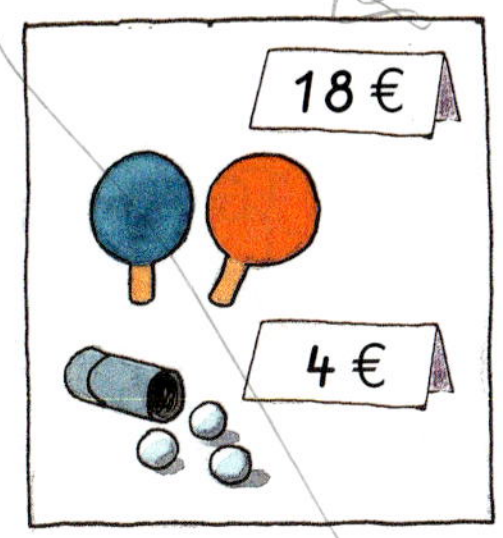

d)

3 a)

Summe: ■ €

b)

Summe: ■ €

c)

Summe: ■ €

4 a)

Zurück: ■ €

b)

Zurück: ■ €

c)

Zurück: ■ €

5 a)

Summe: ■ €
Zurück: ■ €

b)
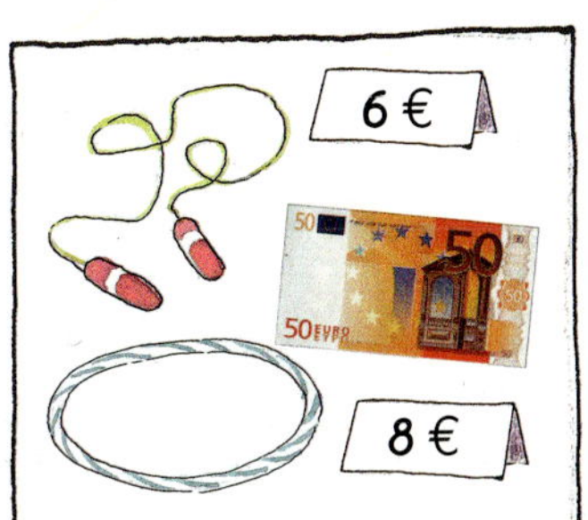

Summe: ■ €
Zurück: ■ €

c)

Summe: ■ €
Zurück: ■ €

Multiplizieren und Dividieren

1

$3 \cdot 4 =$ ____

$4 + 4 + 4 =$ ____

2

$5 \cdot 4 =$ ____

$4 + 4 + 4 + 4 + 4 =$ ____

1 a)

2 · 3 = ___

3 + 3 = ___

b)

___ · ___ = ___

___ + ___ + ___ + ___ = ___

2 a)

___ · ___ = ___

___ + ___ + ___ = ___

b)

___ · ___ = ___

___ + ___ + ___ + ___ + ___ + ___ = ___

3 a)

b)

c)

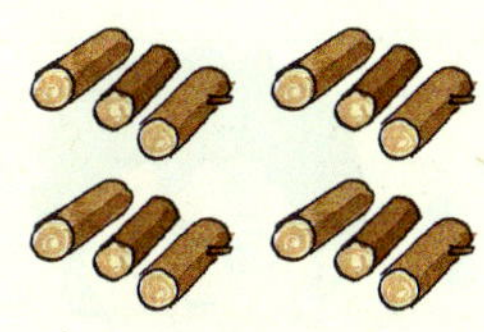

4 a)

b)

c)

5 a)

b)

c)

6 Finde eigene Aufgaben.

Durch-Aufgaben – Aufteilen

1

1	2	:	4	=			
1	2	geteilt durch					4

Es sind 12 Kinder.

Es sind ■ Gruppen.

2 Es sind 15 Kinder.

Immer drei Kinder sind in einer Gruppe. 1 5 : 3 =

Es sind ■ Gruppen.

3 Es sind 20 Kinder.

a) Immer vier Kinder in einer Gruppe, b) immer zwei Kinder, c) immer zehn Kinder, d) immer fünf Kinder.

2 0 : 4 =

Es sind ■ Gruppen.

4 Es sind 16 Kinder.

a) Immer acht Kinder in einer Gruppe, b) immer vier Kinder, c) immer zwei Kinder.

5 Es sind 24 Kinder.

a) Immer acht Kinder in einer Gruppe, b) immer vier Kinder, c) immer zwei Kinder, d) immer drei Kinder.

1 a)

Es sind 12 Plättchen,
immer drei Plättchen in einer Gruppe.
Es sind ■ Gruppen.
Durch-Aufgabe: 12 : 3 = ■
Mal-Aufgabe: ■ · 3 = 12

b)

Es sind 12 Plättchen,
immer sechs Plättchen in einer Gruppe.
Es sind ■ Gruppen.
Durch-Aufgabe: 12 : 6 = ■
Mal-Aufgabe: ■ · 6 = 12

2 Nimm 20 Plättchen.

a) Ordne die Plättchen wie Zahline.
Wie viele Vierer kannst du legen?

20 : 4 = , denn · 4 = 20

b) Wie viele Fünfer kannst du legen?
Schreibe die Durch-Aufgabe und die Mal-Aufgabe dazu.

3 Es sind 18 Plättchen. Male in dein Heft.
Schreibe die Durch-Aufgabe
und die Mal-Aufgabe dazu.

a) Immer sechs Plättchen in einer Gruppe

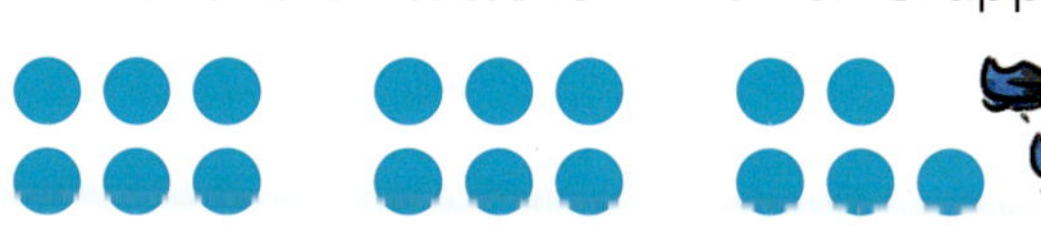

18 : 6 = 3, denn 3 · 6 = 18

b) Immer zwei Plättchen.
c) Immer neun Plättchen.
d) Immer drei Plättchen.

4 Nimm 24 Plättchen. Lege oder male.
Schreibe die Durch-Aufgabe und Mal-Aufgabe dazu.

a) Immer sechs in einer Gruppe b) Immer acht in einer Gruppe c) Was geht noch?

5 Lege oder male. Schreibe die Mal-Aufgabe dazu.

a) 8 : 2	b) 15 : 5	c) 9 : 3	d) 14 : 2	e) 16 : 4
6 : 3	21 : 3	24 : 4	14 : 7	24 : 6

1 a)

Es sind 12 Kinder,
immer gleich viele auf vier Bänken.
Auf jeder Bank sitzen ■ Kinder.
Durch-Aufgabe: 12 : 4 = ■
Mal-Aufgabe: 4 · ■ = 12

b)

Es sind 20 Kinder,
immer gleich viele auf vier Bänken.
Auf jeder Bank sitzen ■ Kinder.
Durch-Aufgabe: 20 : 4 = ■
Mal-Aufgabe: 4 · ■ = 20

2 Verteile 12 Plättchen, in jeder Gruppe sind gleich viele.
Wie viele Plättchen sind in jeder Gruppe?
Schreibe die Durch-Aufgabe und die Mal-Aufgabe dazu.

a) Verteile auf drei Gruppen.

a)		1	2	:	3	=			
			3	·		=	1	2	

b) Verteile auf zwei Gruppen, c) auf vier Gruppen, d) auf sechs Gruppen.

3 Verteile 15 Plättchen, in jeder Gruppe sind gleich viele.
Wie viele Plättchen sind in jeder Gruppe?
Schreibe die Durch-Aufgabe und die Mal-Aufgabe dazu.

a) Verteile auf fünf Gruppen. b) Verteile auf drei Gruppen.

4 Verteile 10 Plättchen. In jeder Gruppe sollen gleich viele Plättchen sein.
Welche Möglichkeiten hast du?

5 Wahr oder falsch? In jeder Gruppe sollen gleich viele Plättchen sein.

1 Viele Mal-Aufgaben. Schreibe zu jeder Mal-Aufgabe auch die Durch-Aufgabe.

a)  $5 \cdot 9 =$ ■ $45 : 9 =$ ■

b) 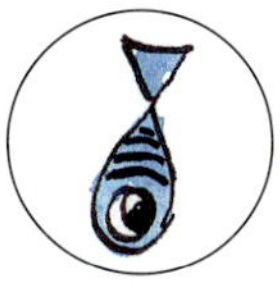 $2 \cdot 5 =$ ■ $10 : 2 =$ ■

c) 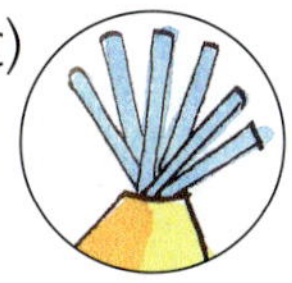

d) 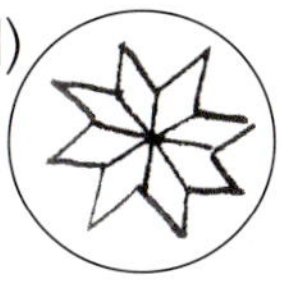

e) 

f) 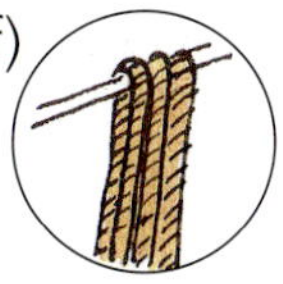

g) 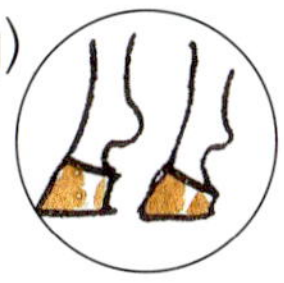

h) 

2 Findest du noch weitere Mal-Aufgaben? Schreibe immer die Durch-Aufgabe dazu.

Das Einmaleins

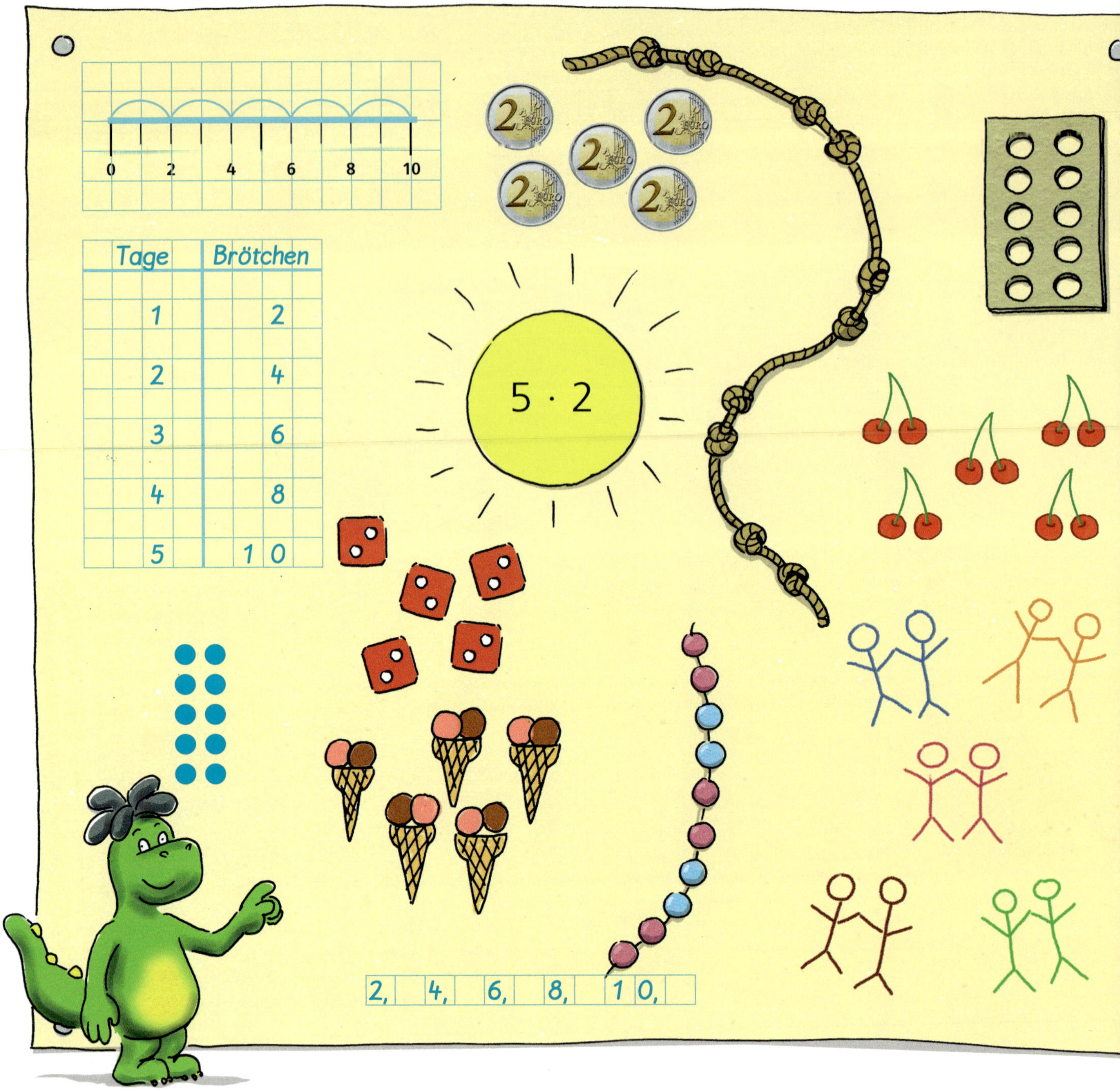

1

2 Malt ein Plakat zu der Aufgabe 6 · 2.

1 Mal-Aufgaben mit Füßen

a) 3 Kinder b) 5 Kinder

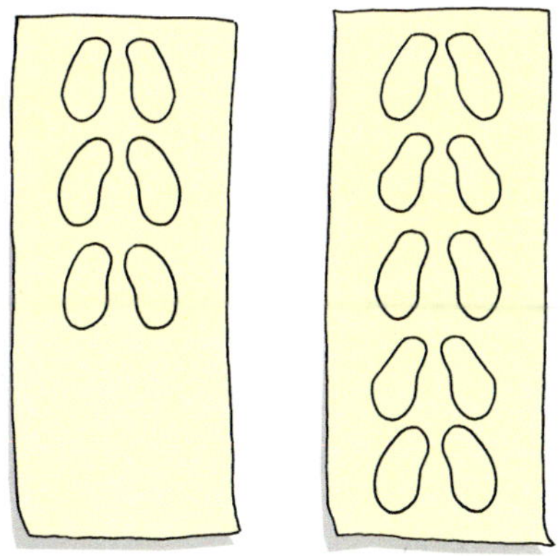

$3 \cdot 2 =$ ■ Es sind ■ Füße.

$5 \cdot 2 =$ ■ Es sind ■ Füße.

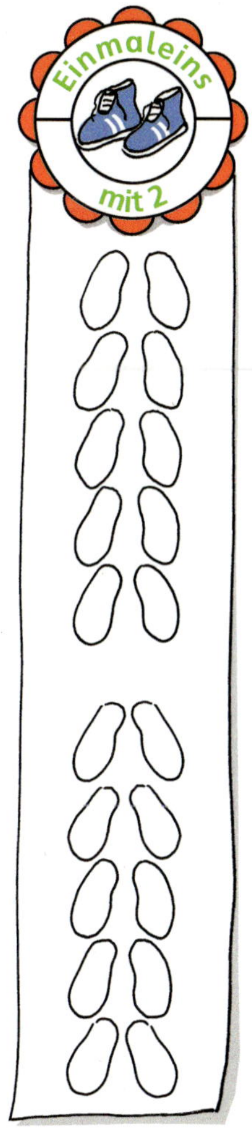

2

Kinder	1	2	■	4	5	■	7	8	9	■
Füße	2	■	6	■	■	12	■	■	■	20

3 Welche Zahlen gehören zur Zweier-Reihe?
Schreibe die Mal-Aufgabe dazu.

7 14 1 8 15 2 9 16 3 10 17

4

a) $2 \cdot 2$, $3 \cdot 2$, $4 \cdot 2$

b) $5 \cdot 2$, $6 \cdot 2$, $7 \cdot 2$

c) $8 \cdot 2$, $9 \cdot 2$, $10 \cdot 2$

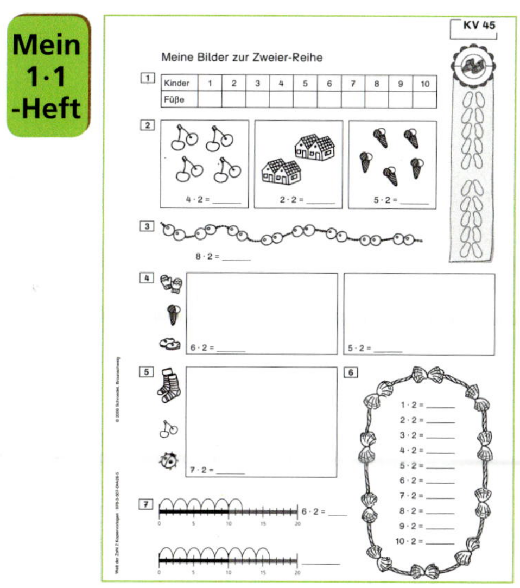

5

a) ■ $\cdot 2 = 8$
■ $\cdot 2 = 10$
■ $\cdot 2 = 12$
■ $\cdot 2 = 6$
■ $\cdot 2 = 4$

b) ■ $\cdot 2 = 20$
■ $\cdot 2 = 18$
■ $\cdot 2 = 16$
■ $\cdot 2 = 14$
■ $\cdot 2 = 2$

6 In Zweiersprüngen vorwärts und rückwärts.

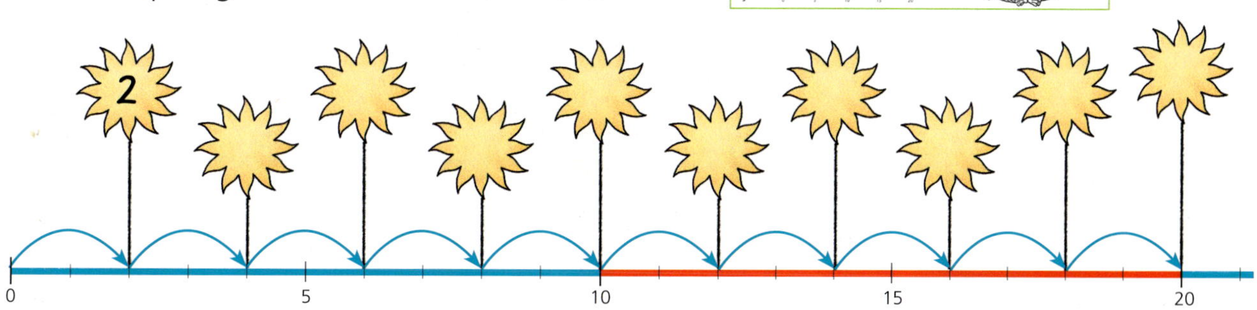

7 Schreibe alle Aufgaben zur Zweier-Reihe auf.

Verdoppeln

1 Zahlix hat viele Sachen in seinem Beutel. Die Zwillinge „Schneller Pfeil" und „Adlerauge" haben in ihrem Beutel von allem das Doppelte.

2 Wie heißt die passende Mal-Aufgabe? Rechne.

a) Das Doppelte von 4
b) Das Doppelte von 7
c) Das Doppelte von 9
d) Das Doppelte von 8
e) Das Doppelte von 10
f) Das Doppelte von 11
g) Das Doppelte von 20
h) Das Doppelte von 25
i) Das Doppelte von 16

3 Schreibe immer Aufgabe und Tauschaufgabe auf.

a) 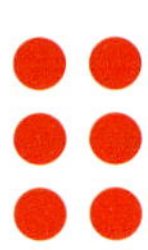
b) 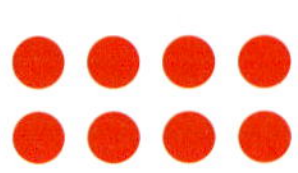
c) 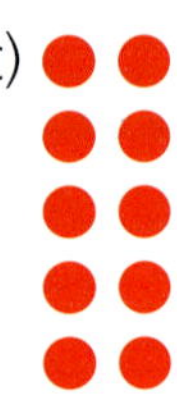
d) 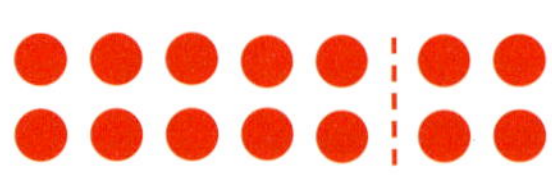
e) 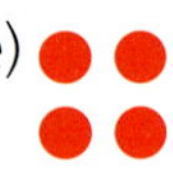

4 Schreibe zu jeder Aufgabe auch die Tauschaufgabe.

a) 5 · 2
b) 4 · 2
c) 7 · 2
d) 9 · 2
e) 2 · 3
f) 2 · 8
g) 2 · 10
h) 2 · 6

a)	5	·	2	=	1	0
	2	·	5	=	1	0

5 Vergleiche die Ergebnisse.

a) 2 · 2
2 · 4

b) 2 · 3
2 · 6

c) 2 · 4
2 · 8

d) 2 · 5
2 · 10

e) 2 · 10
2 · 20

f) 2 · 20
2 · 40

6

a) 

b) 

c) 

d) Die Zielzahl ist immer das ▒ der Startzahl.

5 Starke Aufgaben: Gesetzmäßigkeit erkennen und notieren.

1 Verteile gerecht: Die Hälfte für „Adlerauge“, die andere Hälfte für „Schneller Pfeil“.

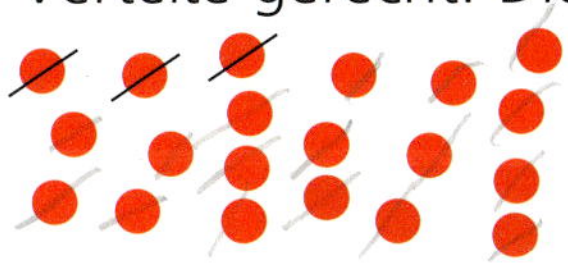

	●	●									
	●										

20 : 2 = ■
■ Murmeln für
■ Murmeln für

2 a) 12 Federn
12 : 2 = ■
■ Federn für
■ Federn für

b) 10 Rasseln
10 : 2 = ■
■ Rasseln für
■ Rasseln für

c) 16 Pfeile
16 : 2 = ■
■ Pfeile für
■ Pfeile für

3 Wie heißt die Durch-Aufgabe? Rechne. Die Hälfte von

a) 4 b) 8 c) 16 d) 12 e) 20
f) 22 g) 40 h) 30 i) 32 j) 38

4

5 Vergleiche die Ergebnisse.

a) 16 : 2 b) 4 : 2 c) 12 : 2 d) 8 : 2 e) 20 : 2 f) 40 : 2
8 : 2 2 : 2 6 : 2 4 : 2 10 : 2 20 : 2

6 a)

b) Die Zielzahl ist immer um ■ als die Startzahl.

7 a)

b) Die Zielzahl ist immer ■ Startzahl.

5 Starke Aufgaben: Gesetzmäßigkeit erkennen und notieren.

Einmaleins mit 10 und 5

1

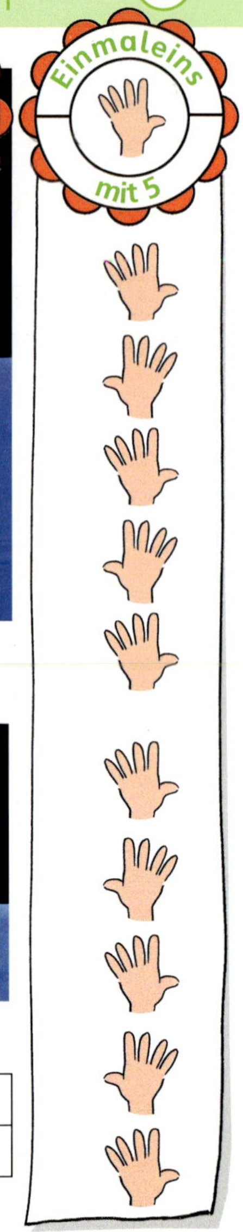

2 Wie viele Finger sind es? Schreibe zwei Mal-Aufgaben dazu.

Mein 1·1 -Heft

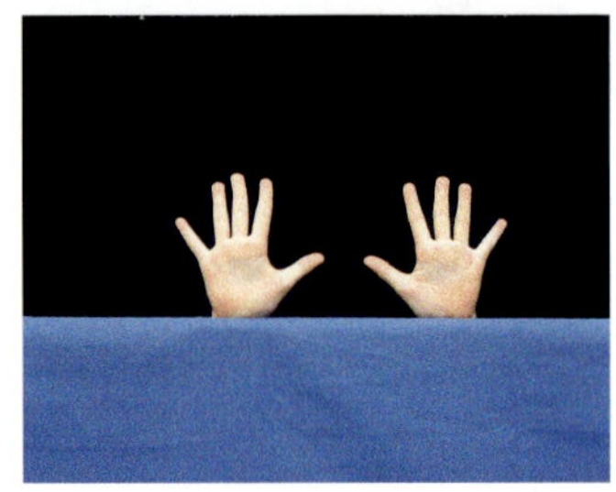

3

Hände	1	2	■	■	5	■	7	8	■	10
Finger	5	■	15	20	■	30	■	■	45	■

4 Das Einmaleins mit 10 ist leicht.

3 · 10 5 · 10 2 · 10 7 · 10 9 · 10 10 · 10

5

a) 4 · 10 8 · 5

b) 3 · 10 6 · 5

c) 2 · 10 4 · 5

d) 5 · 10 10 · 5

e) 6 · 10 12 · 5

6 Zeige am Punktefeld und rechne. Was stellst du fest?

a)

b) 4 · 10 4 · 5

c) 6 · 10 6 · 5

d) 8 · 10 8 · 5

e) 3 · 10 3 · 5

f) 5 · 10 5 · 5

g) Das zweite Ergebnis ist immer ■ vom ersten Ergebnis.

7

a) 10 · 6 5 · 6

b) 10 · 3 5 · 3

c) 10 · 5 5 · 5

d) 10 · 7 5 · 7

e) 10 · 8 5 · 8

f) Das zweite Ergebnis ist immer ■ vom ersten Ergebnis.

5 bis 7 Starke Aufgaben: Gesetzmäßigkeit erkennen und notieren.

Dividieren durch 10 und 5

1 In Zehner-Sprüngen vorwärts und rückwärts.

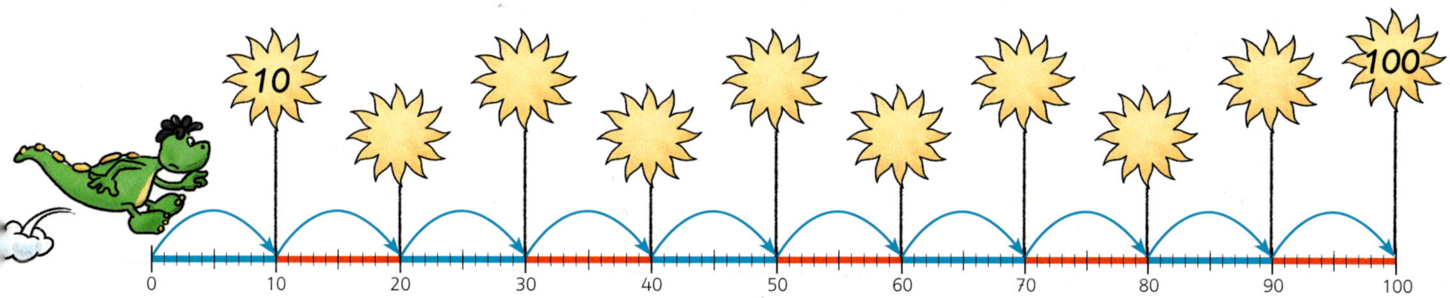

2 Wie viele Sprünge sind es für Zahlix?

a)

20 : 10 = ___

b)

___

c)

___

d)

___

3

a)	b)	c)	d)	e)
10 : 10	50 : 10	20 : 10	80 : 10	100 : 10
30 : 10	70 : 10	40 : 10	90 : 10	110 : 10

4 In Fünfer-Sprüngen vorwärts und rückwärts.

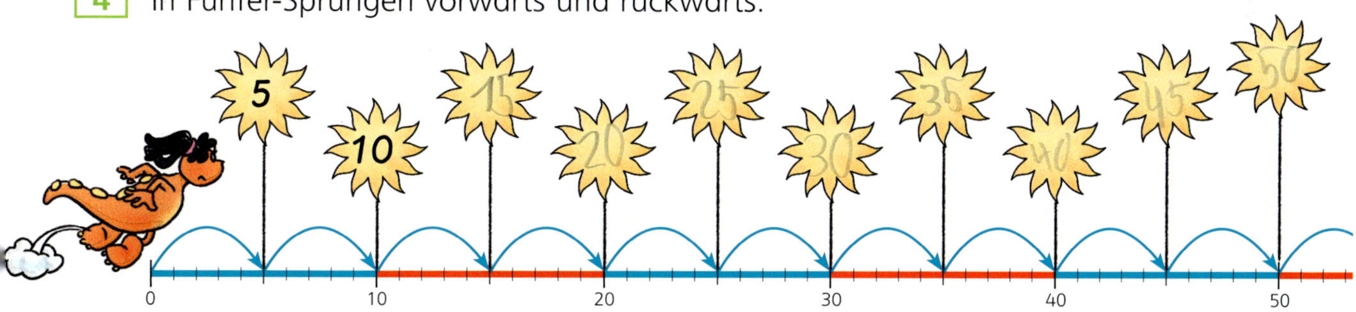

5 Wie viele Sprünge sind es für Zahline?

a)

15 : 5 = ___

b)

___

c)

___

d)

___

6

a)	b)	c)	d)	e)
20 : 5	40 : 5	50 : 5	10 : 5	30 : 5
10 : 5	20 : 5	25 : 5	5 : 5	15 : 5

7

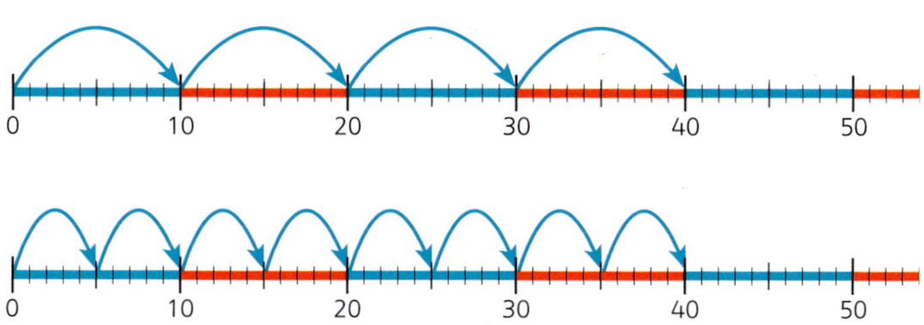

8

a)	b)	c)	d)	e)
20 : 10	30 : 10	50 : 10	10 : 10	60 : 10
20 : 5	30 : 5	50 : 5	10 : 5	60 : 5

f) Das zweite Ergebnis ist immer ___ vom ersten Ergebnis.

8 Starke Aufgaben: Gesetzmäßigkeit erkennen und notieren.

1

•	1	2	3	4	5	6	7	8	9	10
1	1	2	3	4	5	6	7	8	9	10
2	2	4	6	8	10	12	14	16	18	20
3	3	6			15					
4	4	8			20					
5	5	10			25					
6	6	12			30					
7	7	14			35					
8	8	16			40					
9	9	18			45					
10	10	20			50					

2 Zeige am Punktefeld eine Mal-Aufgabe der Fünfer-Reihe.
Dein Nachbar nennt immer Aufgabe und Tauschaufgabe.

3 Schreibe auch die Tauschaufgabe dazu.

a) 4 · 2
6 · 2
10 · 2

a) 4 · 2 =
2 · 4 =

b) 3 · 2
5 · 2
8 · 2

c) 2 · 5
8 · 5
10 · 5

d) 1 · 10
7 · 10
8 · 10

e) 3 · 5
6 · 5
8 · 5

4

a) ☀ 2 · 3
☀ 5 · 3
☀ 10 · 3

b) ☀ 2 · 4
☀ 5 · 4
☀ 10 · 4

c) ☀ 2 · 6
☀ 5 · 6
☀ 10 · 6

d) ☀ 2 · 8
☀ 5 · 8
☀ 10 · 8

e) ☀ 2 · 9
☀ 5 · 9
☀ 10 · 9

f) ☀ 2 · 7
☀ 5 · 7
☀ 10 · 7

•	1	2	3	4	5	6	7	8	9	10
1	1	2	3	4	5	6	7	8	9	10
2	2	4	6	8	10	12	14	16	18	20
3	3	6			15					30
4	4	8			20					40
5	5	10	15	20	25	30	35	40	45	50
6	6	12			30					60
7	7	14			35					70
8	8	16			40					80
9	9	18			45					90
10	10	20	30	40	50	60	70	80	90	100

5

a) : 2

10	■
16	■
20	■

b) : 5

20	■
30	■
45	■

c) : 10

100	■
70	■
60	■

d) : 2

■	7
18	■
■	6

e) : 5

10	
	10
	5

6

a)

b)

c)

1 a) 5 | 2 | 10 · 5 | 3 | 7

a)	5 · 5 = 25		2 · 5 =		10 · 5 =	
	5 · 3 =		2 · 3 =		10 · 3 =	
	5 · 7 =		2 · 7 =		10 · 7 =	

b) 10 | 5 | 2 · 2 | 4 | 6

c) 10 | 5 | 0 · 10 | 9 | 8

2 Wer Sonnen-Aufgaben kennt, kann auch Nachbaraufgaben ausrechnen.

a)

b)

3 Zeige am Punktefeld und löse die Sonnen-Aufgaben und die Nachbaraufgaben.

a)	b)	c)	d)	e)
4 · 9	4 · 8	4 · 3	4 · 7	4 · 6
☀ 5 · 9	☀ 5 · 8	☀ 5 · 3	☀ 5 · 7	☀ 5 · 6
6 · 9	6 · 8	6 · 3	6 · 7	6 · 6

4

a)	b)	c)	d)	e)
9 · 3	9 · 7	9 · 6	9 · 4	9 · 5
☀ 10 · 3	☀ 10 · 7	☀ 10 · 6	☀ 10 · 4	☀ 10 · 5
11 · 3	11 · 7	11 · 6	11 · 4	11 · 5

5 Welche Nachbaraufgaben kennst du?

a)	b)	c)	d)
☀ 5 · 4 = 20	☀ 5 · 3 = ___	☀ 5 · 6 = ___	☀ 5 · 8 = ___
4 · 4 = ___	___	___	___
___	___	___	___

6 Welche Sonnen-Aufgabe nutzt du?

a)	b)	c)	d)
4 · 6 = ___	9 · 3 = ___	6 · 7 = ___	3 · 9 = ___
☀ 5 · 6 = ___	☀ ___	☀ ___	☀ ___

7 Aufgepasst!

a)	b)	c)	d)	e)
10 · 5	8 · 2	35 : 5	18 + 2	12 : 2
10 – 5	8 + 2	35 – 5	18 : 2	12 – 2
10 : 5	8 : 2	35 + 5	18 – 2	12 · 2

8 Welches Rechenzeichen passt? + – · :

a)	b)	c)	d)
15 ☐ 5 = 3	10 ☐ 2 = 20	30 ☐ 10 = 40	10 ☐ 5 = 50
15 ☐ 5 = 10	10 ☐ 2 = 5	30 ☐ 10 = 3	10 ☐ 5 = 5
15 ☐ 5 = 20	10 ☐ 2 = 8	30 ☐ 10 = 20	10 ☐ 5 = 2

Strecken messen und zeichnen

1 Wie lang sind die Streifen? Schätze zuerst, dann miss. Schreibe: a) ■ cm

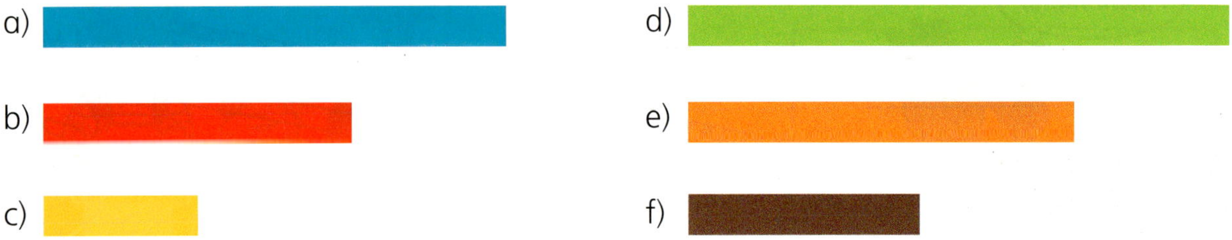

2 Vergleiche die Längen der Streifen miteinander. Ordne die Streifen nach der Länge.

3 a) Wie lang sind der blaue und der braune Streifen zusammen?

a) ___ cm + ___ cm = ___ cm

b) Wie lang sind der gelbe und der grüne Streifen zusammen?

c) Wie lang ist ein Streifen, der doppelt so lang wie der rote Streifen ist?

d) Wie lang ist ein Streifen, der halb so lang wie der blaue Streifen ist?

e) Wie lang ist ein Streifen, der halb so lang wie der grüne Streifen ist?

4 Welche Streifen musst du hintereinander legen, damit sie zusammen 10 cm lang sind? Es gibt mehrere Möglichkeiten.

5 Zeichne mit dem Lineal Strecken in dein Heft.

a) 3 cm b) 8 cm c) 10 cm d) 14 cm
e) 1 cm f) 6 cm g) 7 cm h) 12 cm

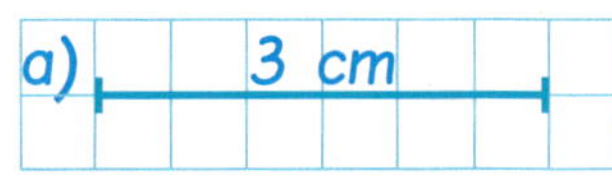

6 Zeichne mit dem Lineal Strecken in dein Heft.

a) Zeichne eine Strecke, die doppelt so lang wie der braune Streifen ist.

b) Zeichne eine Strecke, die 4 cm länger als der rote Streifen ist.

c) Zeichne eine Strecke, die 3 cm kürzer als der grüne Streifen ist.

d) Zeichne eine Strecke, die genauso lang ist wie der gelbe, rote und blaue Streifen zusammen.

e) Zeichne eine Strecke, halb so lang wie der blaue und der rote Streifen zusammen.

7 Zeichne die Buchstaben in dein Heft.

a)

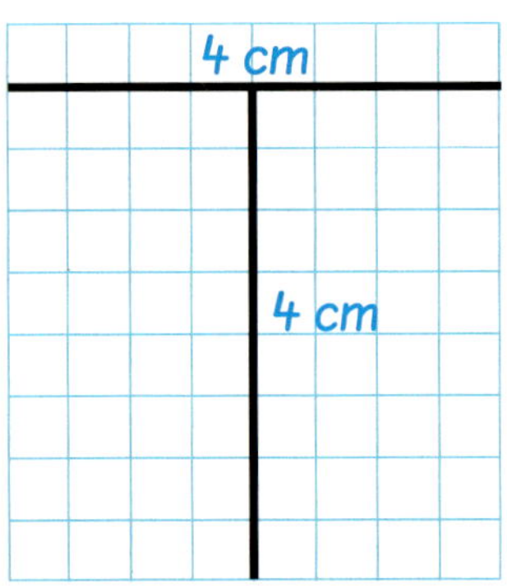

b)

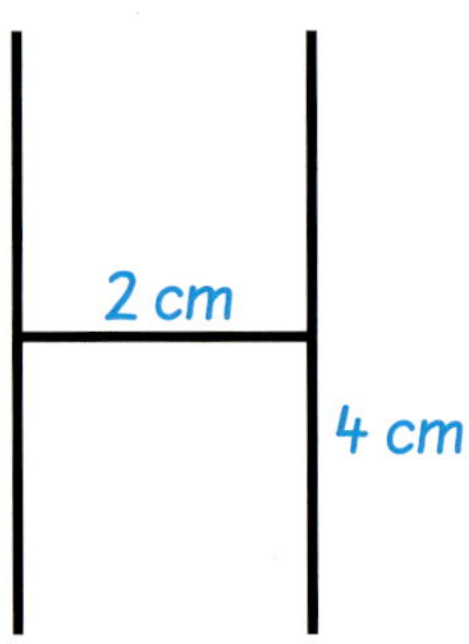

c)

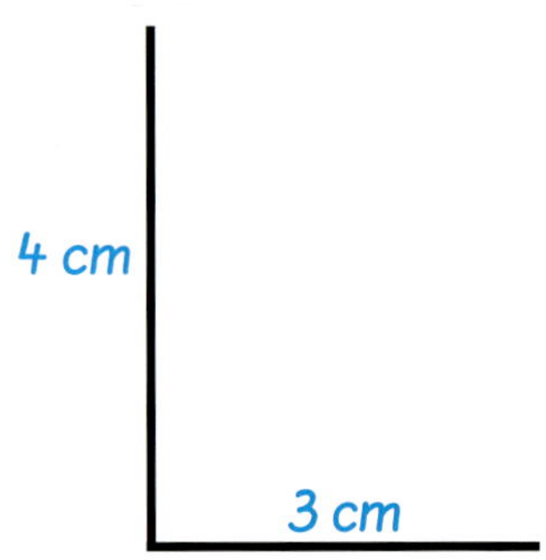

8 Welche Buchstaben kannst du noch mit dem Lineal zeichnen?

Schulmöbel: Schulkinder müssen auf passenden Stühlen sitzen. Deshalb gibt es Tische und Stühle in verschiedenen Größen. Die Größe erkennt man an den farbigen Punkten.

Körpergröße	Tischhöhe	Sitzhöhe	Farbe
1 m 13 cm bis 1 m 27 cm	52 cm	30 cm	[violetter Punkt]
1 m 28 cm bis 1 m 42 cm	58 cm	34 cm	[gelber Punkt]
1 m 43 cm bis 1 m 57 cm	64 cm	38 cm	[roter Punkt]
1 m 58 cm bis 1 m 72 cm	70 cm	42 cm	[grüner Punkt]

1 Sitzen die Kinder auf passenden Stühlen?

2

Tischgruppe 1		
Jan	1 m 34 cm	[gelber Punkt]
Laura	1 m 26 cm	
Paul	1 m 30 cm	
Lena	1 m 44 cm	
Noah	______	

a) Wie groß ist Noah?
b) Wie heißt das größte Kind?
c) Welches Kind ist am kleinsten?
d) Welche Tische und welche Stühle brauchen die Kinder?

3 Messt die Kinder in eurer Tischgruppe.
a) Welches Kind ist am kleinsten?
b) Wie groß bist du? Welchen Stuhl brauchst du?
c) Welches Kind ist am größten?
d) Welche Stühle brauchen die anderen Kinder?
e) Vergleicht mit den anderen Tischgruppen.

4 Schreibe auf zwei Arten: 119 cm = 1 m 19 cm

a)	b)	c)	d)
119 cm	152 cm	110 cm	111 cm
130 cm	148 cm	109 cm	170 cm
112 cm	126 cm	102 cm	107 cm

5 Nun umgekehrt. Schreibe so: 1 m 15 cm = 115 cm

a)	b)	c)	d)
1 m 15 cm	1 m 5 cm	1 m 10 cm	1 m 6 cm
1 m 50 cm	1 m 3 cm	1 m 1 cm	1 m 60 cm
1 m 25 cm	1 m 8 cm	1 m 11 cm	1 m 56 cm

Viele Fragen

a) Wie viel Euro kostet der Bagger?

b) Wie alt ist der Verkäufer?

c) Was macht Tim gerade?

d) Ist das ein Sonderangebot?

e) Womit bezahlt Tim?

f) Gibt es den Bagger auch in anderen Farben?

g) Was macht Tim mit dem Bagger?

h) Wie viel Geld muss Tim bezahlen?

i) Wie viel Geld hat Tim?

j) Wie alt ist Tim?

k) Wie viel Euro bekommt Tim zurück?

l) Wie viel Euro hat Tim gespart?

m) Bekommt Tim Taschengeld?

1 Welche Fragen kannst du sofort beantworten? Schreibe die Fragen und Antworten auf?

F Wie viel Euro kostet der Bagger?

A ___ Euro kostet der Bagger.

2 Bei welcher Frage musst du rechnen? Schreibe Frage, Lösung und Antwort auf.

3 Welche Fragen kannst du nicht beantworten?

4 Welche Fragen kannst du sofort beantworten? Schreibe Fragen und Antworten auf.

a) Wie alt ist Leo?

b) Wie viel Euro kostet der Hund?

c) Wie viel Geld hat Leo gespart?

d) Wie viel Euro kostet das Schiff?

e) Wie viel Euro kostet alles zusammen?

f) Möchte Leo noch mehr einkaufen?

5 Bei welcher Frage musst du rechnen? Schreibe Frage, Lösung und Antwort auf.

6 Welche Fragen kannst du nicht beantworten?

1 Wie heißt die Rechenfrage? Welche Informationen brauchst du zum Rechnen? Schreibe Frage, Lösung und Antwort auf.

F *Wie viel Geld bekommt Anna zurück?*

L *Anna hat 2 0 €*

Das Springseil kostet ______ €.

2 0 € –

A

2 a)

b)

3 Wie heißt die Rechenfrage? Welche Informationen brauchst du zum Rechnen? Schreibe Frage, Lösung und Antwort auf.

F *Wie viel Geld muss Tom insgesamt bezahlen?*

L *Der Hund kostet 8 €*

Das Auto kostet ______ €.

8 € +

A

4 a)

b)

5 a)

b)

Weiter im Einmaleins

1 · 1 = ■
bellt der Dackel Heinz.

2 · 2 = ■
pfeift das Murmeltier.

3 · 3 = ■
Panda kann sich freu'n.

4 · 4 = ■
Grabi kann das
schlecht seh'n.

5 · 5 = ■
Jumbo frisst sie
und entspannt sich.

6 · 6 = ■
Biene Maja
rechnet fleißig.

7 · 7 = ■
das Huhn meint fünfzig,
doch es irrt sich.

8 · 8 = ■
merkt Piccolo,
der Specht, sich.

9 · 9 = ■
denkt der Uhu
in der Nacht sich.

10 · 10 = ■
nur das Schaf
schaut noch verwundert.

Quadratzahlen

1 Decke am Punktefeld Quadrate ab.
Dein Nachbar nennt die Aufgabe
und prüft das Ergebnis nach.

2 Weiter auf der Büffelhaut.
Trage die Quadratzahlen ein.
Auch das sind Sonnen-Aufgaben.
Wo stehen sie?

·	1	2	3	4	5	6	7	8	9	10
1	1	2	3	4	5	6	7	8	9	10
2	2	4	6	8	10	12	14	16	18	20
3	3	6	9	12	15			24		30
4	4	8	12	16	20	24	28	32	36	40
5	5	10	15	20	25	30	35	40	45	50
6	6	12		24	30	36		48		60
7	7	14		28	35		49	56		70
8	8	16	24	32	40	48	56	64	72	80
9	9	18		36	45			72	81	90
10	10	20	30	40	50	60	70	80	90	100

3 Welche Zahlen sind Quadratzahlen?
Schreibe die Mal-Aufgabe dazu.

4 10 25 33 36 50 64 77 81 100

4 Welche Quadratzahl ist es? Schreibe die Mal-Aufgabe dazu.

a) Sie liegt zwischen 10 und 20.
b) Sie liegt zwischen 30 und 40.
c) An einer Stelle hat sie eine 5.
d) An einer Stelle hat sie eine 8.
e) Sie liegt zwischen 60 und 70.
f) Sie hat zwei Nullen.

5
a) $6 \cdot 6 + 6$, $6 \cdot 6 - 6$
b) $8 \cdot 8 + 8$, $8 \cdot 8 - 8$
c) $9 \cdot 9 + 9$, $9 \cdot 9 - 9$
d) $4 \cdot 4 + 4$, $4 \cdot 4 - 4$
e) $7 \cdot 7 + 7$, $7 \cdot 7 - 7$

6 Von Sonnen-Aufgaben zu Nachbaraufgaben.
Zeige und rechne.

a) ☀ $6 \cdot 6$, $7 \cdot 6$
b) ☀ $7 \cdot 7$, $8 \cdot 7$
c) ☀ $8 \cdot 8$, $9 \cdot 8$

7
a) ☀ $9 \cdot 9$, $8 \cdot 9$
b) ☀ $8 \cdot 8$, $7 \cdot 8$
c) ☀ $7 \cdot 7$, $6 \cdot 7$

8
a) $3 \cdot 3 + 1$, $7 \cdot 7 + 1$
b) $4 \cdot 4 + 4$, $6 \cdot 6 + 4$
c) $2 \cdot 2 + 6$, $8 \cdot 8 + 6$

d) Jedes Ergebnis ist eine Zahl der ____-Reihe.

9 a) Male in dein Heft. Setze das Muster noch zweimal fort.

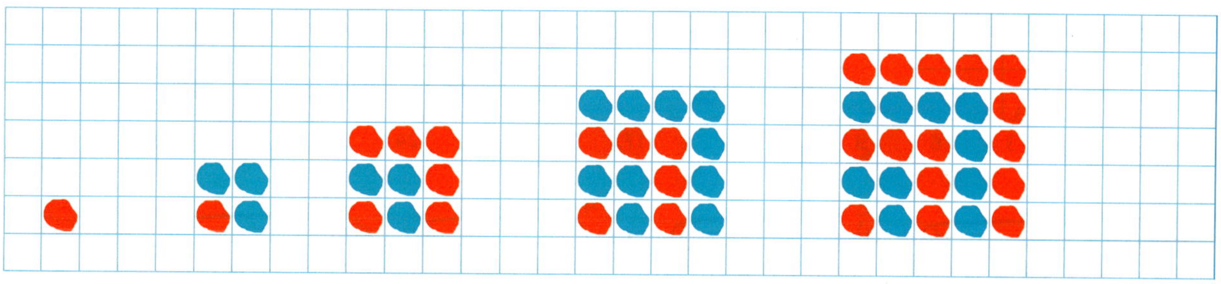

b) Das Muster ist immer ein Quadrat.
Wie viele Punkte kommen jedesmal dazu?
Schreibe wie im Beispiel bis zum 6. Muster.

1. Muster	1	=	1				
2. Muster	4	=	1	+	3		
3. Muster	9	=	1	+	3	+	5

c) Wie heißt die Plus-Aufgabe zur Quadratzahl 100?

Einmaleins mit 9

1 Wie viele Federn brauchen die Kinder?
Schreibe die Mal-Aufgabe.

a)

b)

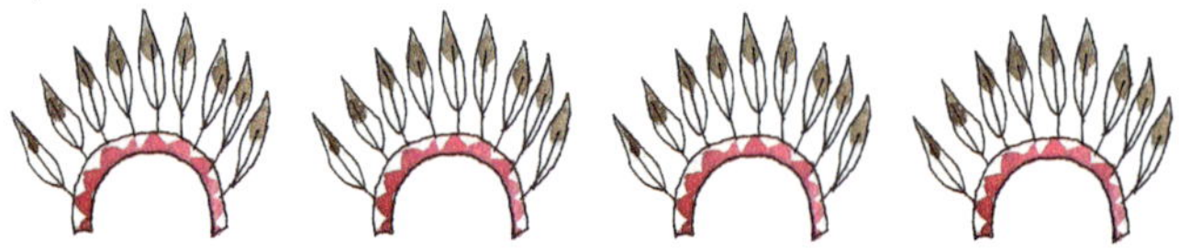

c)

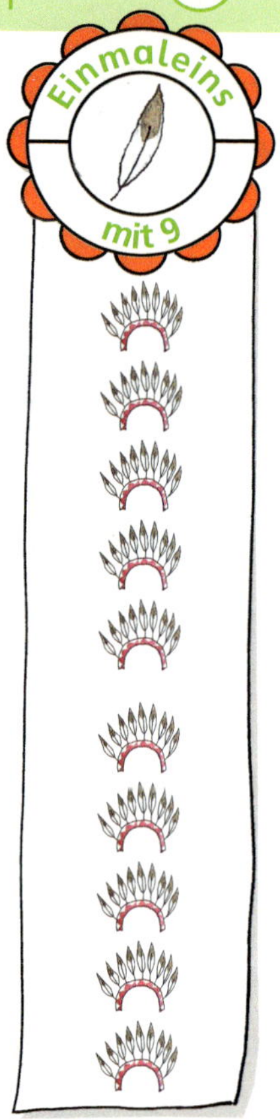

Mein 1·1-Heft

2

Häuptlinge	1	■	3	4	■	6	7	■	■	10
Federn	9	18	■	■	45	■	■	72	81	■

3 Welche Zahlen gehören zur Neuner-Reihe?
Schreibe die Mal-Aufgabe dazu.

18 25 27 36 45 54 61 72 82 89

4 Von Sonnen-Aufgaben zu Nachbaraufgaben.

a) ☀ 2 · 9
3 · 9
4 · 9

b) ☀ 5 · 9
6 · 9
7 · 9

c) ☀ 5 · 9
4 · 9
3 · 9

d) ☀ 10 · 9
9 · 9
8 · 9

5 Rechne und antworte.

a) Kristina, Lisa und Kaja basteln Federbänder. Wie viele Federn brauchen sie?

b) Luca und Alexander basteln sich jeder zwei Federbänder. Wie viele Federn brauchen sie?

c) Niklas hat 45 Federn. Wie viele Federbänder kann er basteln?

6 a) 2 4 6 · 3 6 9

b) 3 6 9 · 2 5 10

7

a)

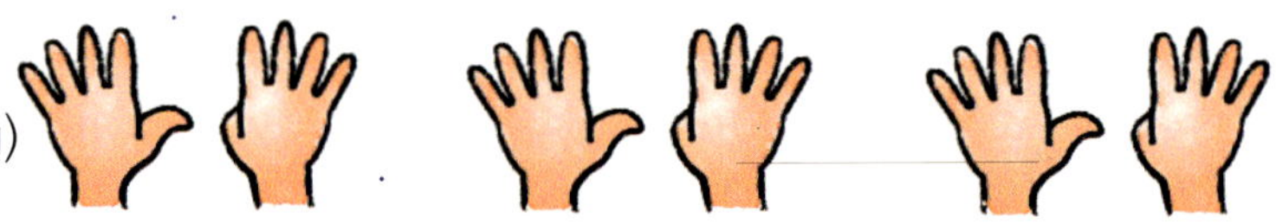

b) 2 · 9 = 2 · 10 – ■
4 · 9 = 4 · 10 – ■

c) 5 · 9 = ■
6 · 9 = ■

d) 7 · 9 = ■
8 · 9 = ■

2 Weiter im 1 · 1-Heft: Tabelle, Bilder zur Neuner-Reihe, alle Aufgaben der Neuner-Reihe.

1 In Neuner-Sprüngen vorwärts und rückwärts.

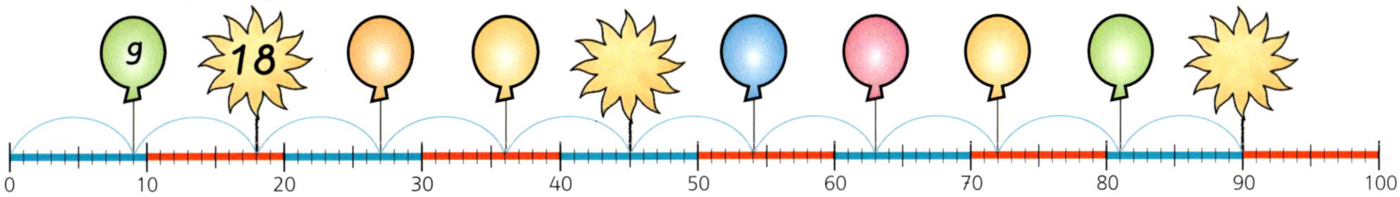

2 Wie viele Sprünge sind es?

a) 

45 : 9 = ___

b) 

___

c) 

___

d) 

___

3

a) · 9

___	72
9	___
___	90

b) · 9

___	45
___	36
3	___

c) · 6

6	___
___	42
8	___

d) · 3

___	18
5	___
4	___

e) · 4

8	___
___	36
10	___

4 5 6 7 8 9 10 12 15 18 27 32 36 40 48 81

4 a) 1 · 9 + 1 = ___ 4 · 9 + 4 = ___ 7 · 9 + 7 = ___

2 · 9 + 2 = ___ 5 · 9 + 5 = ___ ___

3 · 9 + 3 = ___ 6 · 9 + 6 = ___ ___

b) Das Ergebnis ist immer eine Zahl der ___-Reihe.

5 a) 5 · 9 b) 4 · 9 c) 3 · 9 d) 2 · 9

6 · 9 7 · 9 8 · 9 9 · 9

6 a) 90 : 9 b) 81 : 9 c) 72 : 9 d) 63 : 9 e) 54 : 9

9 : 9 18 : 9 27 : 9 36 : 9 45 : 9

f) Vergleiche die beiden Ergebnisse. Zusammen ergeben sie immer ___.

7 a) 18 : 9 b) 9 : 9 c) 27 : 9 d) 36 : 9 e) 90 : 9

18 : 3 9 : 3 27 : 3 36 : 3 90 : 3

f) Vergleiche die beiden Ergebnisse. Das zweite Ergebnis ist immer ___.

8 Wie heißt die Zahl?

a) b) c) d)

4, 6, 7 Starke Aufgaben: Gesetzmäßigkeit erkennen und Ergebnis notieren.

1 ABC

a) Die Indianer lebten früher in einem ___ .
Der Boden war mit b) ___ ausgelegt. Möbel gab es kaum.

a)
3 · 5 = ___
3 · 2 = ___
4 · 10 = ___
2 · 3 = ___

b)
10 · 5 = ___
4 · 4 = ___
2 · 2 = ___
9 · 6 = ___
6 · 8 = ___
8 · 4 = ___

2 ABC

Das Pferd war das wichtigste Tier für die Indianer.
Mit den Pferden konnten sie leichter a) ___ jagen und schwere b) ___ ziehen.

a)
9 · 5 − 4 = ___
9 · 9 − 3 = ___
9 · 2 − 5 = ___
8 · 7 − 4 = ___
7 · 6 − 8 = ___
4 · 7 − 6 = ___

b)
9 · 5 + 30 = ___
4 · 9 + 10 = ___
4 · 4 + 40 = ___
8 · 3 + 20 = ___
4 · 7 + 20 = ___
7 · 7 + 20 = ___

3 ABC

Die Indianer haben eine Zeichensprache erfunden. Was bedeuten diese Zeichen?

a)
6 · 7 + 10 = ___
3 · 5 + 10 = ___
8 · 8 + 10 = ___
6 · 7 + 40 = ___
7 · 7 + 20 = ___
7 · 3 + 30 = ___

b)
9 · 5 + 0 = ___
7 · 8 + 6 = ___
8 · 9 + 7 = ___
8 · 6 + 0 = ___
3 · 8 + 2 = ___

c)
8 · 10 − 6 = ___
7 · 7 − 2 = ___
8 · 9 − 3 = ___

9 · 5 − 4 = ___
8 · 8 − 9 = ___
5 · 5 − 0 = ___

4 ABC

Die Mädchen mussten Beeren a) ___ und b) ___ suchen.

a)
2 · 7 = ___
4 · 6 = ___
6 · 7 = ___
3 · 3 = ___
4 · 4 = ___
6 · 9 = ___
6 · 6 = ___

b)
5 · 9 = ___
10 · 3 = ___
2 · 2 = ___
10 · 10 = ___

5 ABC

Die Jungen lernten a) ___ zu fangen und zu b) ___ .

a)
6 · 3 − 5 = ___
3 · 4 − 6 = ___
4 · 5 − 6 = ___
7 · 3 − 0 = ___
7 · 9 − 5 = ___
9 · 4 − 2 = ___

b)
5 · 4 − 3 = ___
6 · 10 − 5 = ___
7 · 7 − 7 = ___
5 · 5 − 2 = ___
5 · 3 − 2 = ___
9 · 9 − 7 = ___
6 · 7 − 6 = ___

1 Wie viele Wochen waren die Indianer an diesem Ort?

2 Am Wasserfall wollen die Indianer nur 28 Tage bleiben. Wie viele Wochen sind das?

3 In einem Tipi wohnt eine Familie.
a) Wie viele Tipis müssen abgebaut werden?
b) Wie viele Stangen müssen verpackt werden?

4 Jede Familie hat zwei Kochtöpfe. „Adlerauge“ packt die Töpfe ein.

5 Die Mädchen basteln Sterne.
a) „Schöne Blume“ hat 32 Zacken gefaltet. Wie viele Sterne bastelt sie?
b) „Morgentau“ hat 48 Zacken gefaltet.

6 Ein Pferd hat zwei Vorder- und zwei Hinterbeine, zwei linke und zwei rechte Beine. Wie viele Beine hat es zusammen?

7 „Schöne Blume“ packt vier Kisten mit Fellen und Bändern.
a) Die Zwillinge „Schneller Pfeil“ und „Adlerauge“ packen doppelt so viele Kisten.
b) Die Pferde können 14 Kisten tragen. Reicht das?

8 „Büffeljäger“ kümmert sich um die Pferde.
a) Jedes Pferd erhält einen neuen Gurt. Wie viele Gurte werden benötigt?
b) Wie viele Pferde müssen noch eingefangen werden?
c) Jedes Pferd bekommt zwei neue Decken.

9 „Kleiner Häuptling“ kümmert sich um die Hunde.
a) Wie viele Hunde gehören zum Stamm?
b) Jeder Hund bekommt ein neues Halsband. Für ein Band braucht man drei Fäden.

Körper

1 Was siehst du?

a) 

b) 

c) 

d) 

e) 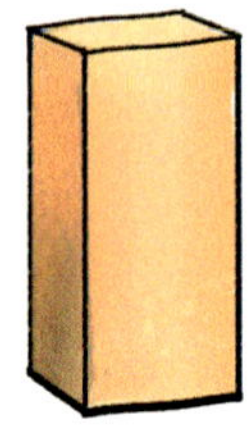

f) 

2

3 a) Welche Körper sind Quader? Welche davon Würfel?

b) Welche Körper sind Kugeln?

c) Welche Körper sind Zylinder?

4 Bringt selbst Gegenstände mit und sortiert sie.

5 Was kannst du fühlen?

6 Nenne weitere Gegenstände, die aussehen wie ein Quader, wie ein Würfel, wie eine Kugel, wie ein Zylinder. Schreibe sie auf.

1 Stelle aus einer Kartoffel einen Quader her.

2 Tom hat mit seinem Kartoffelquader gestempelt.
Welche Figuren hat er erhalten? Beschreibe.

3 Kannst du mit einem Kartoffelquader auch ein Quadrat stempeln?

4 Welche Gegenstände wurden für das Bild benutzt?

5 Zeichne auch ein Bild. Verwende verschiedene Gegenstände als Schablone.

6 Wie viele Quader siehst du? Wie viele davon sind Würfel? Wie viele Zylinder siehst du?

a)

a) 5 Quader
davon 3 Würfel
____ Zylinder

b)

c)

d)

e)

Orientierung im Raum

1 Wo sehen Tom und Anna den roten Würfel? Links oder rechts?

a)

b)

c)

2 Wo sehen die Kinder den roten Würfel? Links, rechts, vorne oder hinten?
Baut und schaut nach. Schreibt in euer Heft.

a)

Lena: rechts, hinten

Peter: links,

b)

c)

3 Wo sehen die Kinder den roten Würfel? Links, rechts, vorne, hinten, oben oder unten?
Baut und schaut nach. Schreibt in euer Heft wie in Aufgabe 2.

a)

b)

4 Die Kinder haben vier Würfel, einen roten und drei gelbe.
Sie haben mit den Würfeln gebaut.
Wie könnte das Gebäude aussehen?
Baut es auf.

1 Tina geht zur Schule.
Sie geht am Kiosk und an der Bäckerei vorbei.

Tinas Haus – Kiosk – Bäckerei – Schule

a) Tina kann noch andere Wege zur Schule gehen. Schreibe einen anderen Weg wie oben auf.

b) Zahlix meint, dass Tina vier verschiedene Möglichkeiten hat, um zur Schule zu gehen. Findest du sie alle?

2 Tina muss zur Bäckerei. Überprüfe und schreibe: stimmt oder stimmt nicht.

a) Sie muss an der Bank vorbei.

b) Sie muss am Kiosk vorbei.

c) Sie muss am Supermarkt vorbei.

2 a) stimmt nicht
b)

3 Tina muss zur Bank. Überprüfe und schreibe: stimmt oder stimmt nicht.

a) Sie muss an der Bäckerei vorbei.

b) Sie muss am Supermarkt vorbei.

c) Sie muss am Kiosk vorbei.

4 Tom möchte Jan besuchen. Wie kann Tom gehen? Schreibe in dein Heft.

5 Auf dem Weg zum See möchte Tom nicht an der Kirche vorbeigehen. Geht das?

6 Bevor Tom zum Schwimmbad geht, möchte er noch zur Bäckerei.
Er will aber keinen Weg doppelt gehen. Wie muss er gehen?

7 Erfindet selbst Aufgaben zu dem Bild. Der Partner löst sie.

Weiter im Addieren und Subtrahieren

1

Schnell bin ich hier.
23 + 40 =

Hier helfe ich mir.
23 + 35 =

2

1, **2** Immer zwei Ziffernkarten aussuchen und die Aufgabe legen. Entscheiden, ob die Lösung im Kopf oder mit Hilfe gelingt. Aufgabe und Ergebnis aufschreiben.

Addieren ohne Überschreiten

1 Löse am Rechenstrich.

a) 15 + 51 = ■

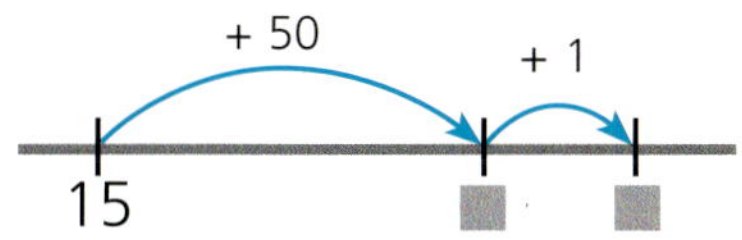

b) 56 + 32 = ■

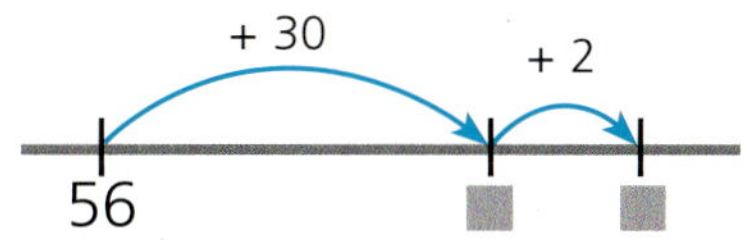

c) 41 + 18 = ■

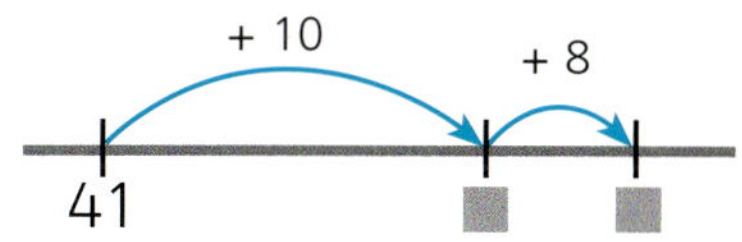

2 a) 85 + 12 = ■

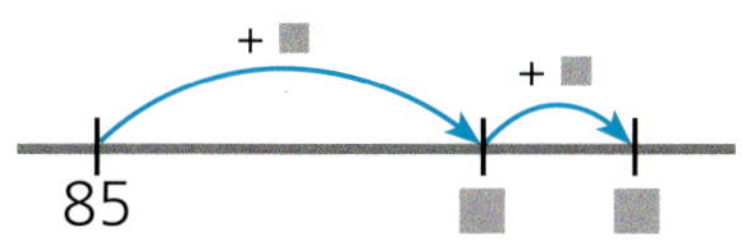

b) 22 + 67 = ■

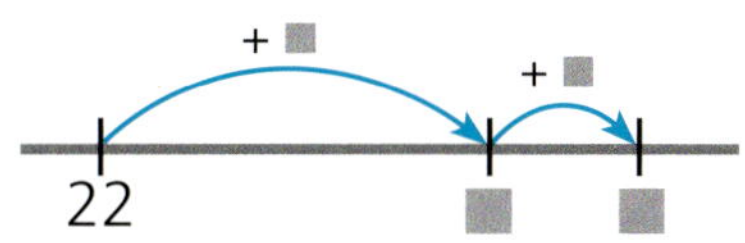

c) 34 + 35 = ■

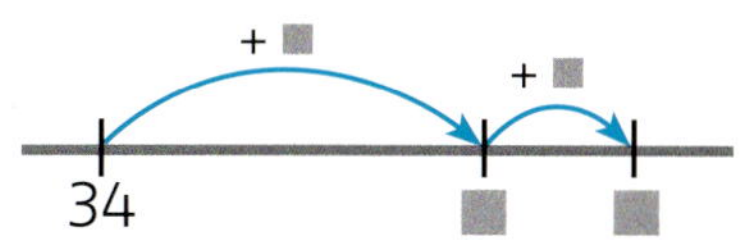

3 Zeige am Rechenstrich, wie du die Aufgabe gelöst hast.

a)	b)	c)	d)	e)
34 + 15	56 + 33	36 + 12	40 + 38	44 + 26
25 + 31	45 + 54	46 + 24	54 + 11	57 + 30
42 + 26	37 + 43	35 + 20	27 + 33	21 + 48

48 49 55 56 60 65 68 69 70 70 78 80 83 87 89 99

4

a)	b)	c)	d)	e)
43 + 16	65 + 24	14 + 32	36 + 63	82 + 15
43 + 15	64 + 24	14 + 42	36 + 53	72 + 15
43 + 14	63 + 24	14 + 52	36 + 43	62 + 15

5 a) Welche Aufgabenfolge aus Aufgabe 4 ist gemeint?
Regel A: Die zweite Zahl wird immer um 1 kleiner, das Ergebnis auch.
Regel B: Die erste Zahl wird immer um 10 kleiner, das Ergebnis auch.

b) Schreibe auch die Regeln für die anderen Aufgabenfolgen auf.

6

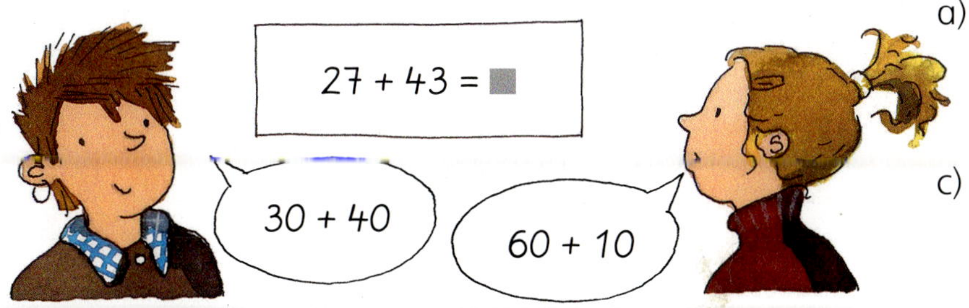

a)	b)	c)	d)
27 + 43	56 + 24	36 + 54	67 + 33
48 + 32	39 + 51	17 + 63	45 + 25
24 + 26	18 + 42	28 + 42	21 + 79

50 60 60 70 70 70 80 80 80 90 90 100 100

7

a)	b)	c)	d)	e)
55 + 30	18 + 70	50 + 16	44 + 10	10 + 37
22 + 20	74 + 10	47 + 30	20 + 13	59 + 10
67 + 30	29 + 30	80 + 18	35 + 40	40 + 60

33 42 47 54 56 59 66 69 75 77 84 85 88 97 98 100

8

a)	b)	c)	d)	e)
42 + 9	87 + 8	79 + 7	30 + 8	55 + 7
16 + 3	44 + 5	66 + 7	82 + 9	53 + 6
53 + 8	33 + 7	17 + 7	78 + 4	26 + 4

19 24 30 38 40 49 51 55 59 61 62 73 82 86 91 95

4, 5 Starke Aufgaben: Aufgabenfolge fortsetzen, Gesetzmäßigkeit aufschreiben.

Subtrahieren ohne Überschreiten

1 Löse am Rechenstrich.

a) 76 – 23 = ■

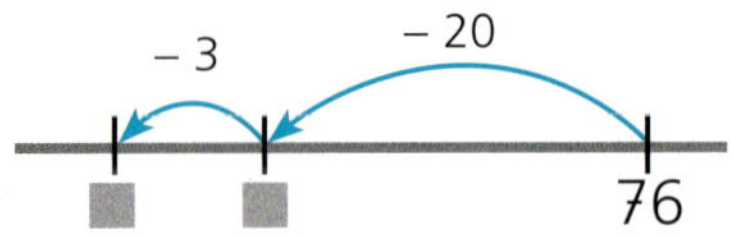

b) 95 – 64 = ■

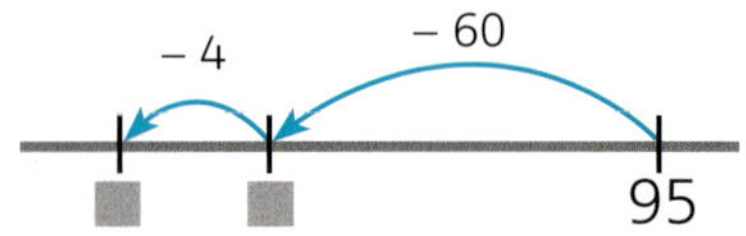

c) 38 – 16 = ■

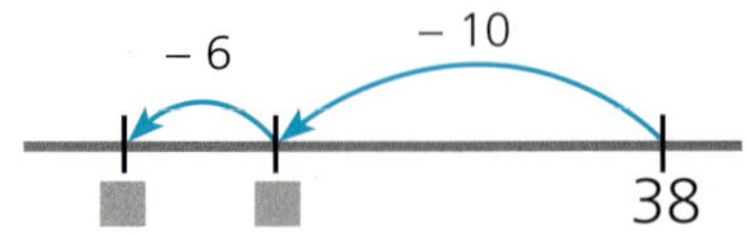

2 a) 67 – 35 = ■

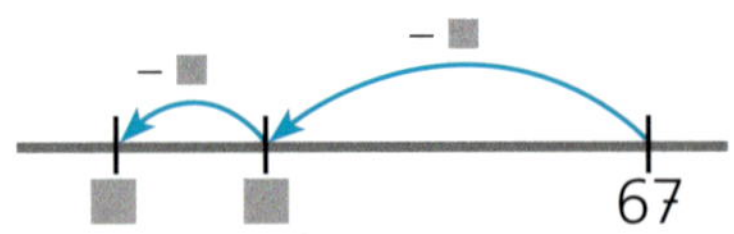

b) 54 – 32 = ■

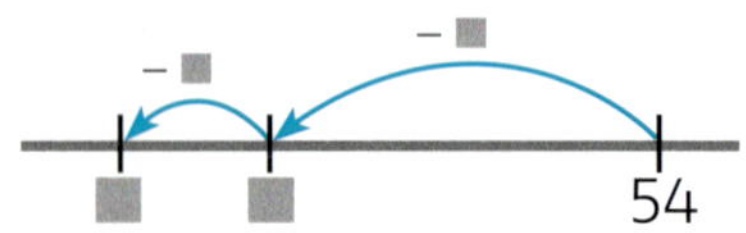

c) 49 – 14 = ■

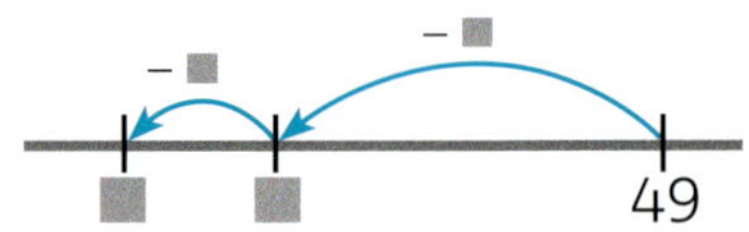

3 Zeige am Rechenstrich, wie du die Aufgabe gelöst hast.

a) 68 – 22
56 – 24
97 – 36

b) 59 – 32
74 – 54
85 – 62

c) 43 – 13
52 – 20
39 – 17

d) 63 – 30
78 – 27
88 – 18

e) 93 – 82
64 – 51
55 – 34

11 13 20 21 22 23 27 28 30 32 32 33 46 51 61 70

4

a) 57 – 36
57 – 35
57 – 34

b) 85 – 55
86 – 55
87 – 55

c) 79 – 24
79 – 34
79 – 44

d) 44 – 42
44 – 32
44 – 22

e) 78 – 16
68 – 16
58 – 16

5 a) Welche Aufgabenfolge aus Aufgabe 4 ist gemeint?
Regel A: Die erste Zahl wird immer um 1 größer, das Ergebnis auch.
Regel B: Die zweite Zahl wird immer um 10 größer, das Ergebnis immer um 10 kleiner.

b) Schreibe auch die Regeln für die anderen Aufgabenfolgen auf.

6

a) 73 – 43
54 – 24
48 – 38

b) 66 – 46
95 – 45
88 – 28

c) 74 – 34
62 – 42
58 – 18

d) 91 – 11
75 – 25
64 – 34

e) 37 – 17
41 – 11
83 – 63

f) 97 – 87
86 – 16
82 – 62

10 10 20 20 20 20 20 30 30 30 30 40 40 50 50 50 60 70 80

W

7 a) 83 – 70
66 – 20
18 – 10

b) 90 – 20
85 – 40
47 – 30

c) 31 – 10
99 – 60
64 – 10

d) 93 – 10
87 – 20
58 – 30

e) 70 – 20
85 – 10
74 – 40

8 13 17 21 28 34 39 45 46 50 54 61 67 70 75 83

8 a) 81 – 4
90 – 6
13 – 2

b) 45 – 9
18 – 9
72 – 9

c) 54 – 4
77 – 8
22 – 5

d) 53 – 7
34 – 8
60 – 3

e) 31 – 6
39 – 5
80 – 8

9 11 17 25 26 34 36 46 50 57 63 69 72 76 77 84

4, 5 Starke Aufgaben: Aufgabenfolge fortsetzen, Gesetzmäßigkeit aufschreiben.

1 ABC Das ist Rufus. Rufus ist ein a) ____hund. Er hat lange b) ____ und kann besonders schnell c) ____.

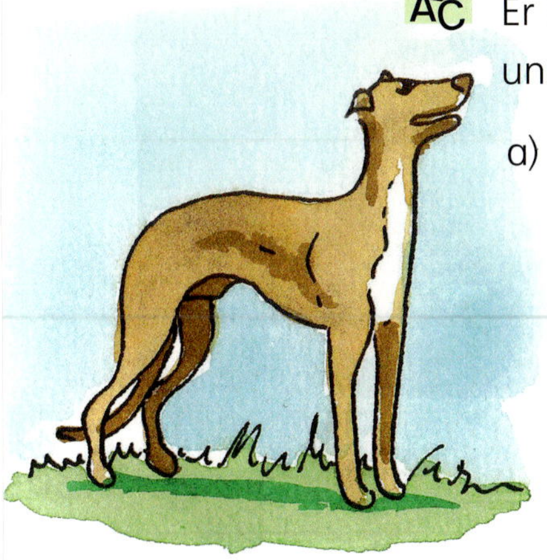

a) 87 + 3 = ■ ■
50 − 3 = ■ ■
19 + 7 = ■ ■
25 − 6 = ■ ■

b) 20 + 21 = ■ ■
13 + 35 = ■ ■
22 + 17 = ■ ■
16 + 10 = ■ ■
52 + 22 = ■ ■

c) 48 − 44 = ■ ■
59 − 13 = ■ ■
99 − 28 = ■ ■
85 − 35 = ■ ■
64 − 30 = ■ ■
37 − 27 = ■ ■

2 ABC Alle Hunde stammen vom a) ____ ab. Es gibt viele verschiedene b) Hunde____.

a) 66 + 7 = ■ ■
87 + 7 = ■ ■
46 + 8 = ■ ■
21 − 8 = ■ ■

b) 12 + 13 = ■ ■
38 − 35 = ■ ■
49 − 12 = ■ ■
41 + 25 = ■ ■
60 − 12 = ■ ■
11 + 21 = ■ ■

3 ABC Hunde können sehr gut a) ____ und b) ____.

a) 71 + 6 = ■ ■
71 − 9 = ■ ■
7 + 18 = ■ ■
62 − 46 = ■ ■
80 − 8 = ■ ■

b) 45 + 20 − 4 = ■ ■
64 + 26 − 3 = ■ ■
95 − 24 + 3 = ■ ■
99 − 20 + 4 = ■ ■
21 + 21 + 3 = ■ ■
79 − 30 − 1 = ■ ■
16 + 14 + 2 = ■ ■

4 ABC Hunde helfen den Menschen. Sie können sehr gut a) ____ hüten, b) ____ suchen und c) ____ führen.

a) 88 − 45 = ■ ■
42 − 21 = ■ ■
52 − 7 = ■ ■
65 + 20 = ■ ■
43 + 9 = ■ ■
56 − 51 = ■ ■

b) 60 − 8 = ■ ■
75 − 20 = ■ ■
59 − 58 = ■ ■
50 − 25 = ■ ■
52 − 8 = ■ ■
83 − 9 = ■ ■
92 − 23 = ■ ■

c) 81 − 26 − 14 = ■ ■
90 − 16 − 20 = ■ ■
17 + 23 + 27 = ■ ■
63 + 16 − 53 = ■ ■
47 − 38 + 18 = ■ ■
84 − 66 + 16 = ■ ■

Zahlen-ABC: Rechnen, zum Ergebnis im Zahlen-ABC (S. 136) den passenden Buchstaben suchen und eintragen.

Größen und Daten

1

2 Welche Zeitspannen kannst du mit welcher Uhr messen? Sekunden, Minuten, Stunden?

a)  b)  c)  d) 

3 Wie schnell waren die Kinder beim Schuhe binden? Schreibe in dein Heft.

Heike Peter Katja Stefan

Heike	____	Sekunden
Peter	____	Sekunden
Katja	____	Sekunden
Stefan	____	Sekunden

4 Wie lange brauchst du dafür? Schätze, bevor du misst.

a) bis 100 zählen

b) das ABC aufsagen

c) die 6er-Reihe aufsagen

5 Was dauert ungefähr so lange? Ordne zu.

a) 45 min b) 10 h c) 90 min d) 12 s e) 30 min f) 15 min

Sendung mit der Maus

Fußballspiel

Schlafen

50-m-Lauf

Mathematikstunde

Pause

1

2 Wie lange hat der Zahnarzt an diesen Tagen Sprechstunde?

a) Mittwoch b) Montag c) Freitag d) Samstag

Dr. W. Holle
Zahnarzt

Sprechstunde
Montag, Dienstag, Donnerstag,
Freitag von 8 bis 12 Uhr
und von 16 bis 18 Uhr
Mittwoch von 8 bis 12 Uhr

3 Wie viele Stunden sind es?

a) von 8 Uhr bis 13 Uhr b) von 9 Uhr bis 19 Uhr
c) von 16 Uhr bis 21 Uhr d) von 18 Uhr bis 23 Uhr

4 Katrins Nachmittage. Wie lange dauert es?

Montag	*Dienstag*	*Mittwoch*	*Donnerstag*	*Freitag*
16.30 Uhr bis 17.30 Uhr	15.30 Uhr bis 17.30 Uhr	16.00 Uhr bis 19.00 Uhr	16.00 Uhr bis 16.30 Uhr	14.30 Uhr bis 17.30 Uhr

5 Wie spät ist es in fünf Stunden? Es ist jetzt:

a) 8 Uhr, 16 Uhr, 1 Uhr
b) 5 Uhr, 10 Uhr, 17 Uhr
c) 0 Uhr, 19 Uhr, 20 Uhr

jetzt	in 5 Stunden
8 Uhr	____ Uhr

6 Wie spät war es vor vier Stunden? Schreibe wie in Aufgabe 5.

a) 5 Uhr 13.00 Uhr 2 Uhr b) 12.30 Uhr 13.15 Uhr 21.45 Uhr
c) 23.05 Uhr 11.35 Uhr 17.20 Uhr d) 1.30 Uhr 0.40 Uhr 3.25 Uhr

7 Wie lange dauert es?

a) von 16.15 Uhr bis 18.15 Uhr b) von 7.20 Uhr bis 14.20 Uhr
c) von 19.20 Uhr bis 23.20 Uhr d) von 13.10 Uhr bis 19.10 Uhr
e) von 15.05 Uhr bis 18.05 Uhr f) von 23.30 Uhr bis 1.30 Uhr

8 Verena fährt mit dem Zug. Die Abfahrt ist um 9 Uhr. Die Fahrt dauert drei Stunden.

9 Paul kommt um 14.25 Uhr in Frankfurt an. Die Fahrt dauerte zwei Stunden.

10 Sinems Zug fährt um 17 Uhr ab. Die Fahrt dauert vier Stunden und 30 Minuten.

Kombinieren

1 Kaja hat zu ihrer Geburtstagsfeier vier Kinder eingeladen.
Die Kinder kommen nacheinander: Ahmed, Lisa, Elena und Timo.
Zur Begrüßung schütteln sich die Kinder die Hände.
Wie oft werden die Hände geschüttelt?

2 Zu Beginn der Feier gibt es ein Glas Saft. Alle Kinder stoßen miteinander an.
a) Wie oft stößt jedes Kind an?
b) Wie oft klingen die Gläser?

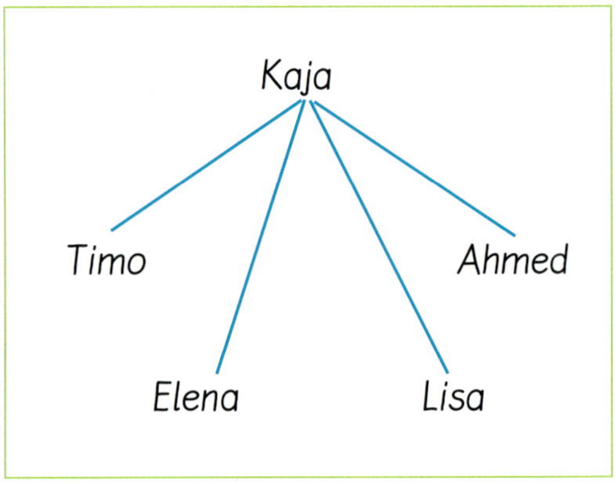

3 Die Gläser klingen genauso oft, wie sich die Kinder die Hände schütteln.
Kaja sagt: „Das muss auch so sein.“ Was meint sie?

4 Kajas Mama kommt herein. „Nun stoßen wir alle sechs noch einmal miteinander an.“
Wie oft klingen die Gläser?

5 Für ein Spiel werden eine Zweiergruppe und eine Dreiergruppe gebildet.
a) Kaja spielt immer in einer Dreiergruppe. Wie viele Möglichkeiten gibt es für die Dreiergruppe? Wie viele Möglichkeiten gibt es für die Zweiergruppe?
b) Wie viele Möglichkeiten gibt es, wenn Kaja immer in einer Zweiergruppe spielt?

1

2 Suche Montag, den 8. Juni im Kalender.
Zeige diesen Tag mit einem Stift.
Dein Nachbar zeigt den Tag davor.
Welches Datum ist es?

3

vorgestern	■	■ Juni
gestern	■	■ Juni
heute	Mo	8. Juni
morgen	■	■ Juni
übermorgen	■	■ Juni

4 Welche Termine hat Zahlix?

Di 2. Juni — So 7. Juni — Fr 12. Juni — Mo 15. Juni — Sa 20. Juni — Di 23. Juni — Di 30. Juni

Dienstag	2. Juni	Geburtstag	Oma
Sonntag	7. Juni		

5
Zahline: Ich habe ■ Tage nach Oma Geburtstag.
Felix: Ich habe ■ Tage nach Zahline Geburtstag.
Lea: Ich habe ■ Tage vor Timo Geburtstag.

6 Wie lange dauert es?
Urlaub Zahlix: ■ Tage
Besuch Oma: ■ Tage
Schwimmen: ■ Stunden

7 Wie lange dauert der Sommer?
■ Tage dauert der Sommer.

Mo	1. Juni:	
Di	2. Juni:	Geb. Oma
Mi	3. Juni:	
Do	4. Juni:	
Fr	5. Juni:	
Sa	6. Juni:	
So	7. Juni:	Theater 15 Uhr
Mo	8. Juni:	
Di	9. Juni:	
Mi	10. Juni:	
Do	11. Juni:	
Fr	12. Juni:	Geb. Zahline
Sa	13. Juni:	Urlaub
So	14. Juni:	Urlaub
Mo	15. Juni:	Geb. Felix (Urlaub)
Di	16. Juni:	Urlaub
Mi	17. Juni:	Urlaub
Do	18. Juni:	Urlaub
Fr	19. Juni:	Urlaub
Sa	20. Juni:	Geb. Lea
So	21. Juni:	Sommeranfang
Mo	22. Juni:	
Di	23. Juni:	Bastelkurs
Mi	24. Juni:	
Do	25. Juni:	Schwimmen 14–16 Uhr
Fr	26. Juni:	Oma (Besuch)
Sa	27. Juni:	Oma (Besuch)
So	28. Juni:	Oma (Besuch)
Mo	29. Juni:	
Di	30. Juni:	Geb. Timo

2011

	Januar	Februar	März	April	Mai	Juni
Mo	3 10 17 24 31	7 14 21 28	7 14 21 28	4 11 18 25	2 9 16 23 30	6 13 20 27
Di	4 11 18 25	1 8 15 22	1 8 15 22 29	5 12 19 26	3 10 17 24 31	7 14 21 28
Mi	5 12 19 26	2 9 16 23	2 9 16 23 30	6 13 20 27	4 11 18 25	1 8 15 22 29
Do	6 13 20 27	3 10 17 24	3 10 17 24 31	7 14 21 28	5 12 19 26	2 9 16 23 30
Fr	7 14 21 28	4 11 18 25	4 11 18 25	1 8 15 22 29	6 13 20 27	3 10 17 24
Sa	1 8 15 22 29	5 12 19 26	5 12 19 26	2 9 16 23 30	7 14 21 28	4 11 18 25
So	**2 9 16 23 30**	**6 13 20 27**	**6 13 20 27**	**3 10 17 24**	**1 8 15 22 29**	**5 12 19 26**

1 Wie viele Monate hat ein Jahr? Wie heißen die Monate? Schreibe die Namen der Monate der Reihe nach auf. Wie viele Tage hat jeder Monat?

1. Monat: Januar 31 Tage
2. Monat:

2 Wie viele Tage hat der Monat?

a) Januar b) April c) Mai
d) Juli e) August f) November

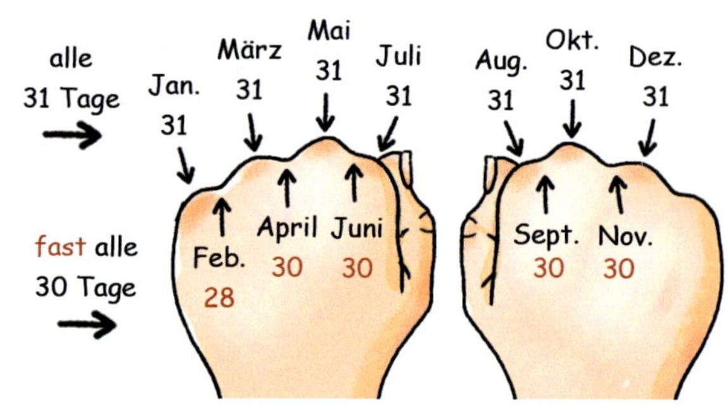

3 Der Monat Februar ist eine Ausnahme. Warum?

4 Alle vier Jahre ist ein „Schaltjahr". Was passiert da? Erkundige dich.

5 An welchen Wochentagen haben die Kinder Geburtstag? Schreibe das Datum auf.

a) Tim: Mittwoch, 5. 1. 2011

b) Lisa c) Niko d) Theo
e) Nina f) Ayse g) Luca

6 Welcher Wochentag ist es im Jahr 2011? Schreibe das Datum auf.

a) Neujahr: Samstag, 1. 1. 2011

b) Nikolaus c) Silvester d) Heiligabend
e) dein Geburtstag

7 Welches Datum passt? Schreibe das richtige Datum auf.

a) Tim geht ins Freibad.
8. 2. 2011
2. 8. 2011
3. 12. 2011

b) Anna fährt Schlitten.
1. 7. 2011
17. 6. 2011
6. 1. 2011

c) Ben pflückt Äpfel.
8. 9. 2011
20. 2. 2011
5. 12. 2011

d) Lena kauft Osterglocken.
12. 11. 2011
28. 3. 2011
19. 7. 2011

2011

	Juli	August	September	Oktober	November	Dezember
Mo	4 11 18 25	1 8 15 22 29	5 12 19 26	3 10 17 24 31	7 14 21 28	5 12 19 26
Di	5 12 19 26	2 9 16 23 30	6 13 20 27	4 11 18 25	1 8 15 22 29	6 13 20 27
Mi	6 13 20 27	3 10 17 24 31	7 14 21 28	5 12 19 26	2 9 16 23 30	7 14 21 28
Do	7 14 21 28	4 11 18 25	1 8 15 22 29	6 13 20 27	3 10 17 24	1 8 15 22 29
Fr	1 8 15 22 29	5 12 19 26	2 9 16 23 30	7 14 21 28	4 11 18 25	2 9 16 23 30
Sa	2 9 16 23 30	6 13 20 27	3 10 17 24	1 8 15 22 29	5 12 19 26	3 10 17 24 31
So	**3 10 17 24 31**	**7 14 21 28**	**4 11 18 25**	**2 9 16 23 30**	**6 13 20 27**	**4 11 18 25**

1 Ein Jahr – viele Geburtstage

a) In welchem Monat haben die meisten Kinder Geburtstag?

b) In welchen Monaten hat nur ein Kind Geburtstag?

c) In welchem Monat haben nur Mädchen Geburtstag?

d) In welchen Monaten haben mehr Mädchen als Jungen Geburtstag?

2 Pia hat am 13. Juli Geburtstag.

a) Wer hat genau zehn Tage später Geburtstag?

b) Wer hat genau fünf Wochen später Geburtstag?

c) Wer hat genau vier Monate vorher Geburtstag?

d) Wer hat genau vier Wochen vorher Geburtstag?

3 Vergleiche.

a) Eva sagt: „Paul hat genau 20 Tage vor mir Geburtstag." Stimmt das?

b) Paul sagt: „Arne hat genau sechs Wochen nach mir Geburtstag." Stimmt das?

c) Fabian sagt: „Theo hat genau acht Monate vor mir Geburtstag." Stimmt das?

4 Wahr oder falsch?

a) Jonas hat am 4. Oktober Geburtstag.

b) Florian hat am 20.7. Geburtstag.

c) Ein Kind hat Heiligabend Geburtstag.

d) Ein Kind hat am 30. Februar Geburtstag.

e) Der März hat 31 Tage.

f) Der Monat mit dem kürzesten Namen hat genau 28 Tage.

g) Zwei benachbarte Monate haben zusammen 62 Tage.

h) Drei benachbarte Monate haben zusammen 93 Tage.

5 Schreibe selbst Rätsel-Zettel wie in Aufgabe 4.

Strichliste und Schaubild

1 Die Klasse 2a erstellt Steckbriefe für ein Freundebuch. Die Kinder haben unterschiedliche Lieblingsspeisen.

a) Was essen die Kinder am liebsten?

b) Was essen die Kinder nicht so gerne?

c) Wie viele Kinder sind in der Klasse 2a?

2 Frage deine Mitschüler, was sie am liebsten essen. Notiere das Ergebnis in einer Strichliste und zeichne dazu ein Schaubild.

3 Die Kinder haben unterschiedlich viele Geschwister. Ein Kästchen steht für ein Kind.

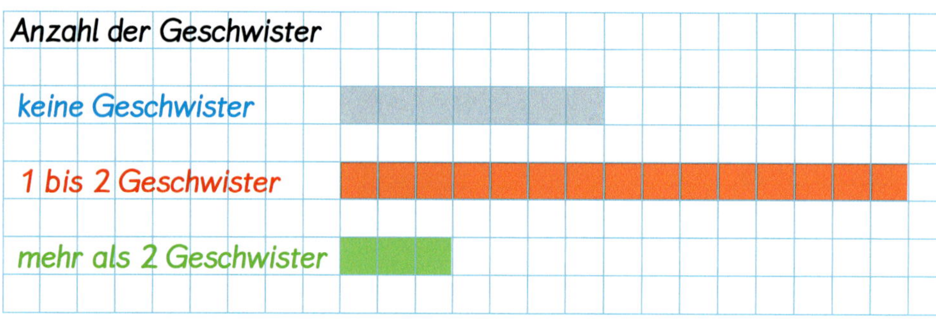

a) Wie viele Kinder haben keine Geschwister?

b) Wie viele Kinder haben mehr als zwei Geschwister?

c) Wie viele Kinder haben ein bis zwei Geschwister?

4 Frage deine Mitschüler, wie viele Geschwister sie haben. Notiere das Ergebnis in einer Strichliste. Zeichne dazu ein Schaubild.

5

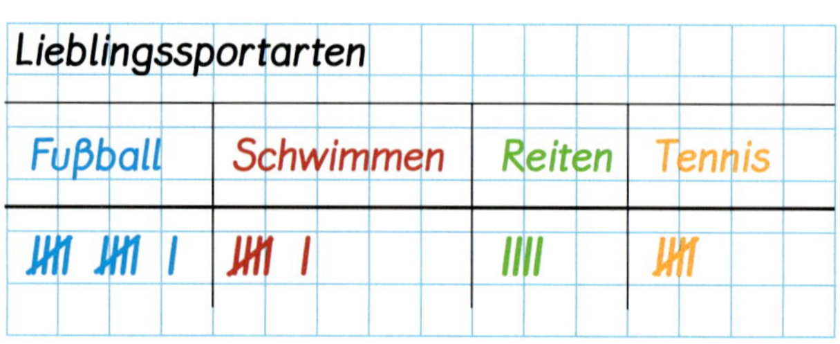

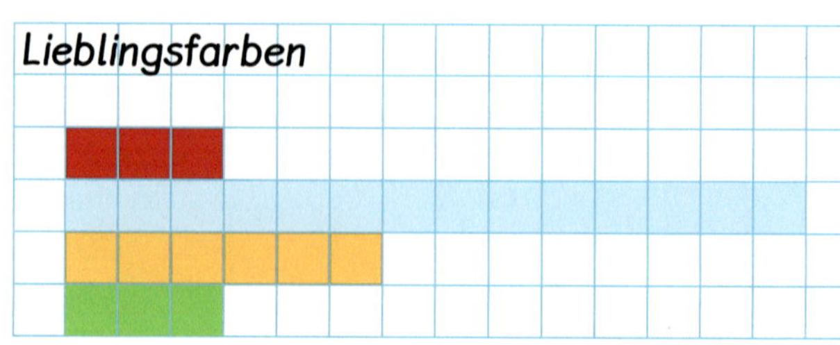

a) Welche Sportarten mögen die Kinder am liebsten? Welche nicht so gerne?

b) Wie viele Kinder mögen die Farbe rot, wie viele die Farbe blau am liebsten?

6 Alle Kinder der Klasse haben ein Haustier. Vier Kinder haben sogar zwei Tiere. Kein Kind hat drei Tiere. Wie viele Kinder sind in der Klasse?

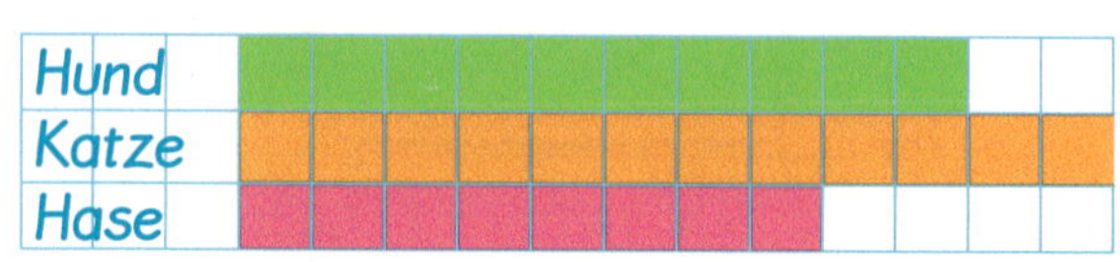

1 Minigolfplatz: Die Besucher werden in einer Strichliste gezählt.

a) Zeichne zu der Strichliste ein Schaubild. (Für einen Besucher zeichne 1 Kästchen)

Mittwoch

	Erwachsene	Kinder
Vormittag	𝍸 II	𝍸 𝍸 I
Nachmittag	𝍸 𝍸 𝍸	𝍸 𝍸 𝍸 𝍸 𝍸 II

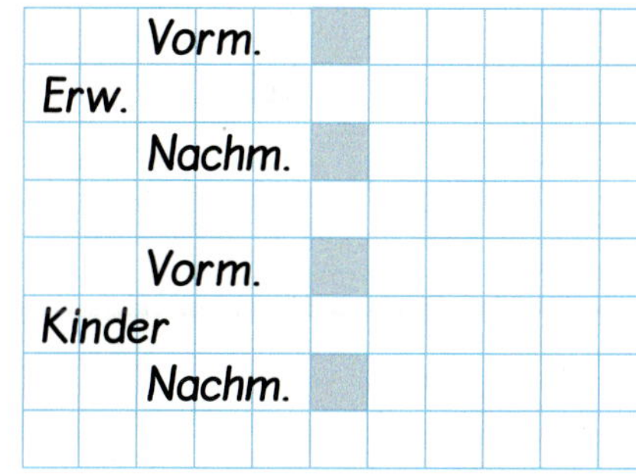

b) Wie viele Besucher sind es am Mittwoch Vormittag?

c) Wie viele Besucher sind es am Mittwoch Nachmittag?

d) Wie viele Besucher sind es insgesamt am Mittwoch?

2 Lies aus dem Schaubild die Besucher am Sonntag ab.

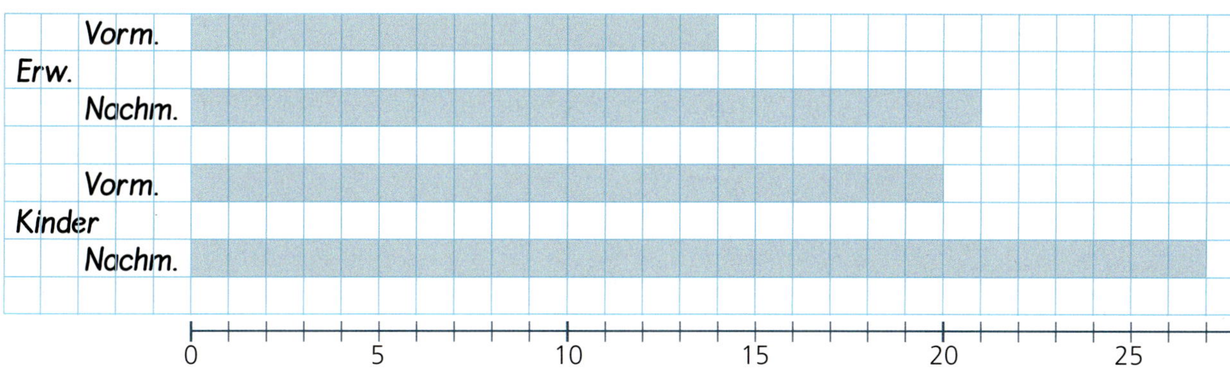

a) Wie viele Erwachsene sind es am Vormittag, am Nachmittag?

b) Wie viele Kinder sind es am Vormittag, am Nachmittag?

c) Wie viele Besucher sind es insgesamt?

W W

3 Ben trifft sich am Sonntag um 14.00 Uhr mit seinen sieben Freunden zur Geburtstagsfeier im Minigolf-Park. In wie vielen Stunden schließt der Park?

4 Bens Mutter kauft für Ben und seine Freunde Eis. Sie bezahlt mit einem 20-€-Schein.

5 Bens Freunde meinen: „Der Eintritt kostete für alle bestimmt viel Geld!"

6 Um 17.30 Uhr gehen Bens Freunde wieder nach Hause. Wie lange waren sie im Minigolf-Park?

7 Schreibe eigene Rechengeschichten.

Rechennetzwerk bis 100

1 a) Lege mit roten Plättchen die Zahlen der Sechser-Reihe.

b) Gehe auch über 60, immer 6 dazu. Schreibe die Zahlen in dein Heft.

2 a) Lege mit blauen Plättchen die Zahlen der Dreier-Reihe, die nicht zur Sechser-Reihe gehören. Schreibe sie auf.

b) Gehe auch über 30.

3 a) Lege mit roten Plättchen in der Hundertertafel die Zahlen der Achter-Reihe.

b) Welche Zahlen der Vierer-Reihe gehören auch zur Achter-Reihe. Schreibe sie auf.

c) Lege mit blauen Plättchen die Zahlen der Vierer-Reihe, die nicht zur Achter-Reihe gehören. Gehe auch über 40.

4 Zeige alle geraden Zahlen in der Hundertertafel. Was fällt auf?

5 Welche Einmaleinsreihen sind es?

a)

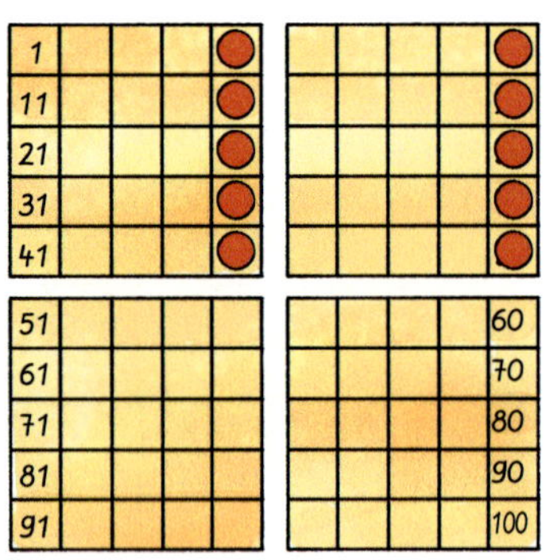

b)

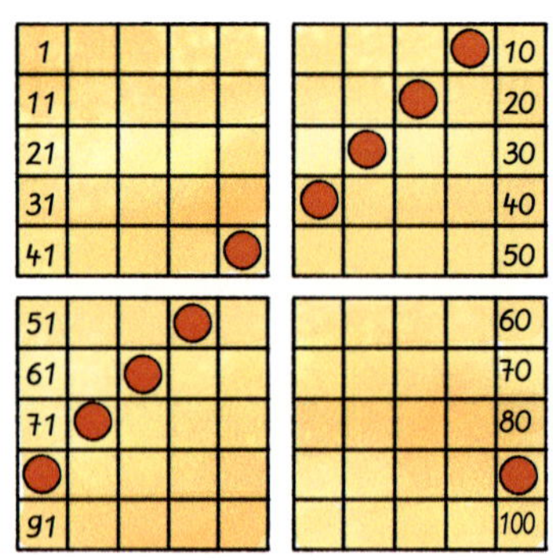

c)

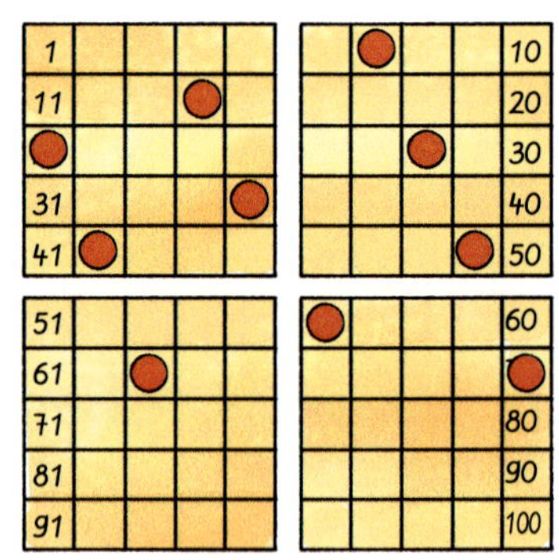

d) Setze die Muster fort. Schreibe die Zahlen auf.

6 Wie heißen die Zahlen? Schreibe sie auf.

a) Sie sind gerade und gehören zur Dreier-Reihe.

b) Sie sind ungerade und gehören zur Fünfer-Reihe.

c) Sie sind gerade und gehören zur Neuner-Reihe.

d) Sie sind ungerade und gehören zur Siebener-Reihe.

1 a)

b)

2 Immer das Doppelte. Schreibe als Plus-Aufgabe oder als Mal-Aufgabe.

a)	b)	c)	d)	e)
34	39	41	47	17
18	23	36	33	38
45	19	48	46	28
26	27	35	25	52

3

a)	b)	c)	d)	e)
2 · 50	2 · 15	2 · 22	2 · 26	2 · 51
2 · 30	2 · 13	2 · 42	2 · 35	2 · 55
2 · 32	2 · 17	2 · 32	2 · 49	2 · 60

4 Immer das Doppelte: 5 10 15 20 25 30 35 40 45 50

5 Stimmt das?

a)

b)

c)

d)

e)

f)

g) Denke dir weitere Zahlengeschichten für deine Mitschüler aus.

6

Zahl	20	■	24	■	■	30	■	■	36
Die Hälfte	■	11	■	13	14	■	16	17	■

WN

7 Stimmt das? Finde die sechs Fehler.

a)	b)	c)
60 – 27 = 33	9 · 3 = 24	7 · 4 + 20 = 48
84 – 36 = 58	16 : 2 = 8	9 · 8 – 20 = 62
26 + 46 = 72	6 · 7 = 42	3 · 8 – 40 = 16
41 + 33 = 47	48 : 8 = 8	6 · 5 + 50 = 80

Dividieren mit Rest

1 Verteile gerecht.

a) 12 Würstchen an sechs Kinder.

F: Wie viele Würstchen bekommt jedes Kind?

L: 12 : 6 =

A: ____ Würstchen bekommt jedes Kind.

b) 16 Ballons an sechs Kinder.

F: Wie viele Ballons bekommt jedes Kind?

L: 16 : 6 = ___ Rest ___

A: ____ Ballons bekommt jedes Kind.
____ Ballons bleiben übrig.

2 Verteile die eingekauften Dinge immer an sechs Kinder.

3 Schreibe selbst weitere Geburtstag-Geschichten. Verteile gerecht.

4 Verteile gerecht:

a) 24 Sticker an 4 Kinder b) 24 Sticker an 8 Kinder c) 24 Sticker an 3 Kinder
d) 30 Bilder an 5 Kinder e) 30 Bilder an 10 Kinder f) 30 Bilder an 6 Kinder

5 a) 18 : 4 = 4 Rest 2
18 : 5 = Rest

b)	c)	d)	e)
25 : 4	32 : 6	35 : 4	48 : 9
25 : 9	32 : 5	35 : 6	48 : 6
25 : 8	32 : 9	35 : 8	48 : 5
25 : 7	32 : 7	35 : 9	38 : 7

6

a) Teile durch 6. Bei welchen Zahlen bleibt kein Rest?
b) Teile durch 7. Die Reste sind immer verschieden.
c) Teile durch 8.
d) Teile durch 9. Was fällt dir an den Resten auf?

7 Vater hat eine Pizza gebacken und sie in 20 Stücke geschnitten.
Verteile die Pizza an sechs Kinder und zwei Erwachsene.

Malifant

·	2	3	
5	10	15	25
4	8	12	20
	18	27	45

Erst die Mitte: Mal-Aufgaben lösen	5 · 2 = 10 4 · 2 = 8	5 · 3 = 15 4 · 3 = 12
Dann der Rand: Plus-Aufgaben lösen	10 + 15 = 25 8 + 12 = 20	10 + 8 = 18 15 + 12 = 27
Fußzahl testen	25 + 20 = 45	18 + 27 = 45

1

a)

·	2	4	
3	■	■	■
6	■	■	■
	■	■	■

b)

·	4	2	
8	■	■	■
4	■	■	■
	■	■	■

c)

·	3	7	
4	■	■	■
5	■	■	■
	■	■	■

2

a)

·	3	6	
3	■	■	■
4	■	■	■
	■	■	■

b)

·	8	2	
9	■	■	■
2	■	■	■
	■	■	■

c)

·	7	6	
7	■	■	■
3	■	■	■
	■	■	■

3

a)

·	8	■	
3	■	6	■
6	■	■	■
	■	■	■

b)

·	■	3	
5	■	■	■
4	28	■	■
	■	■	■

c)

·	6	■	
2	■	■	■
7	■	28	■
	■	■	■

4

a)

·	■	■	
■	35	■	77
2	■	■	■
	■	■	■

b)

·	■	5	
■	30	■	■
■	■	■	44
	54	■	■

c)

·	■	■	
■	21	■	49
■	■	■	■
	36	■	■

Formen und Symmetrien

1 Stelle mit dem Spiegel her.

a) mehr Schilf
b) zwei Boote
c) einen langen Bach
d) neue Tannen
e) weniger Blumen
f) drei Holzstämme
g) zwei kurze Holzstämme
h) zwei lange Holzstämme
i) sechs Vögel
j) zwei Vögel
k) zwei Hasen

2 Stellt euch gegenseitig weitere Aufgaben.

3 Stelle den Spiegel in das Bild.
Welche Bilder kannst du sehen?

a)

b)

c)

d)

1 Viele Bilder sind symmetrisch.
Prüfe mit dem Spiegel.
Die Linie, auf der der Spiegel steht, heißt Spiegelachse.
Manche Dinge haben mehrere Spiegelachsen.

a)

b)

c)

d)
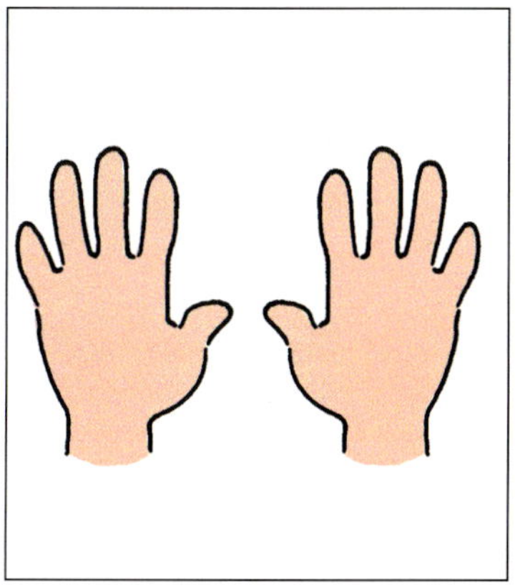

e)

f)

g)
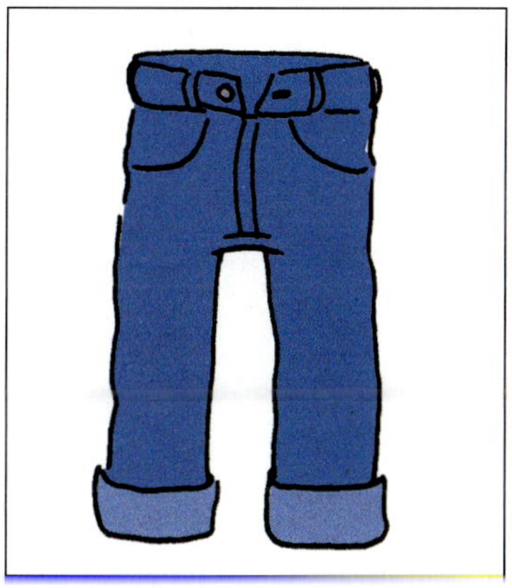

h)

i)

2 Übertrage die Figuren in dein Heft, dann zeichne Spiegelachsen in deine Figuren ein.
Wie viele Spiegelachsen findest du?

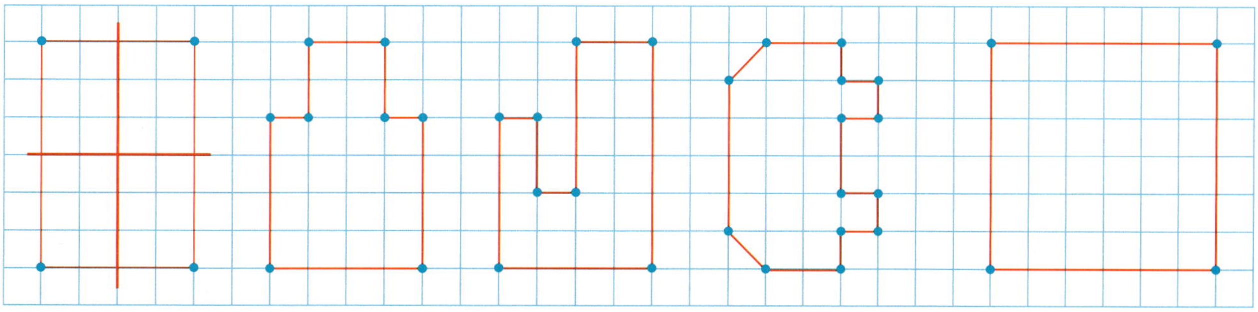

3 Male eigene Spiegelfiguren in dein Heft und zeichne die Spiegelachse ein.

Spiegelbilder und Spiegelschrift

1 Sind diese Spiegelbilder richtig oder falsch gemalt?

a) 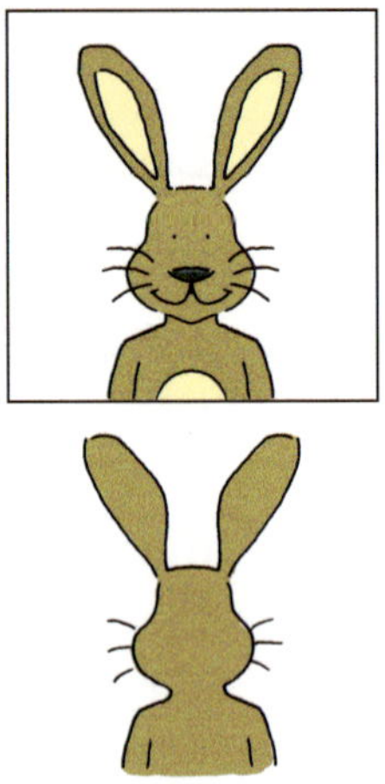

b) 

c) 

d) 

2 Kannst du die Wörter lesen? Warum sind die Wörter in Spiegelschrift geschrieben?

a) 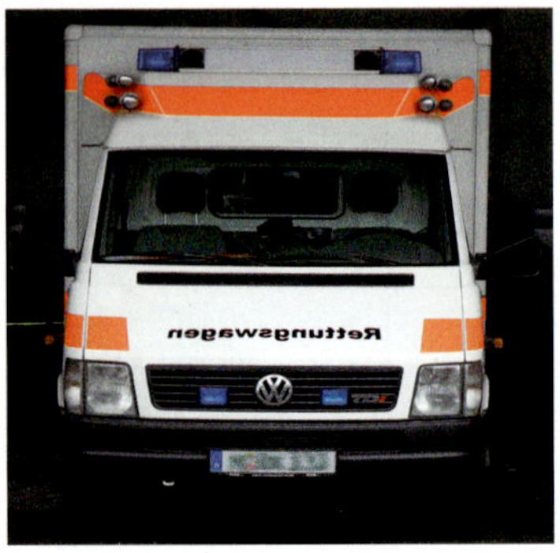

b) 

c) 

3 a) Welche der Buchstaben haben eine Spiegelachse? Welche haben zwei?

M	E	H	N	A	Z	O

b) Findest du noch andere achsensymmetrische Buchstaben?

4 Wie heißen die Kinder? Mit dem Spiegel kannst du es lesen.

a) 

b) 

c) 

5 Kannst du die Botschaften lesen? Wie musst du hier spiegeln?

a) 

b) 

1 Spanne nach.
Dein Partner spannt das Spiegelbild.
Prüft mit dem Spiegel.

a) 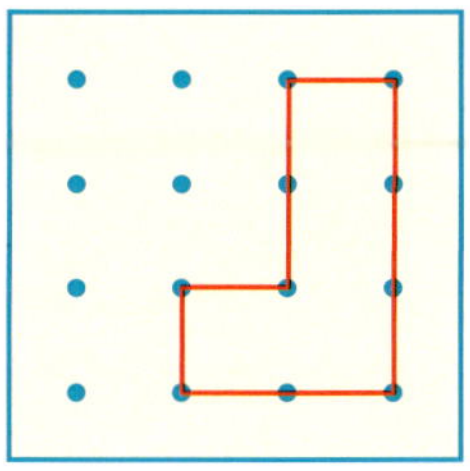
b) 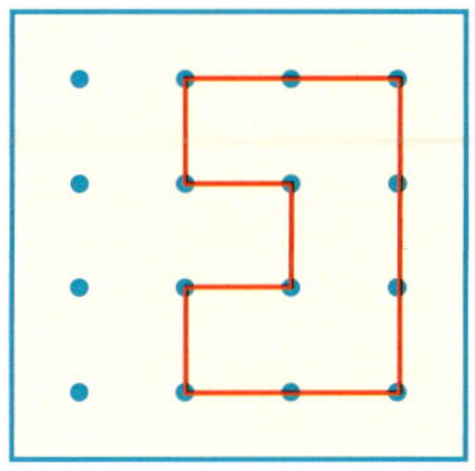
c) 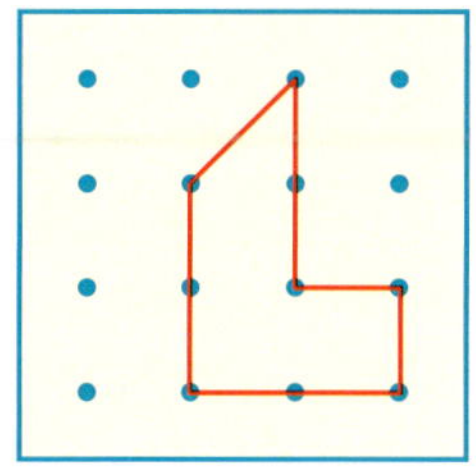
d) 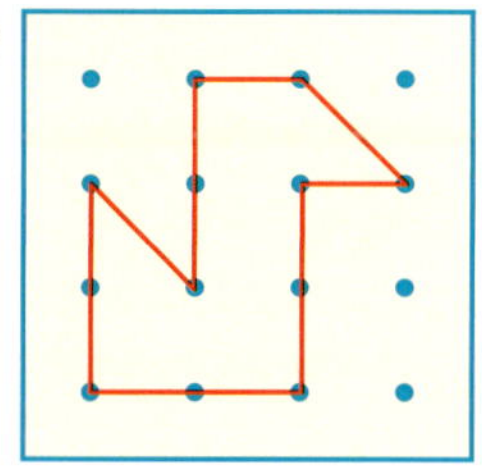

2 Spanne und zeichne auf Karopapier. Dann spanne und zeichne auch das Spiegelbild.

a) 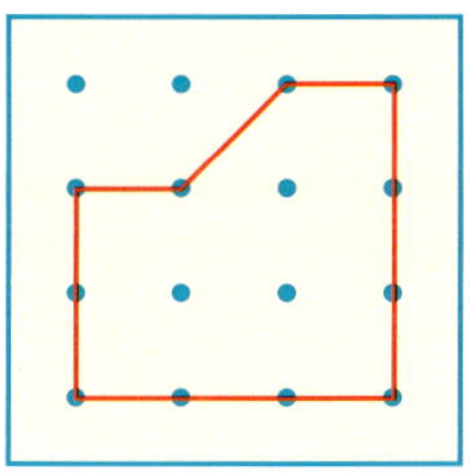
b) 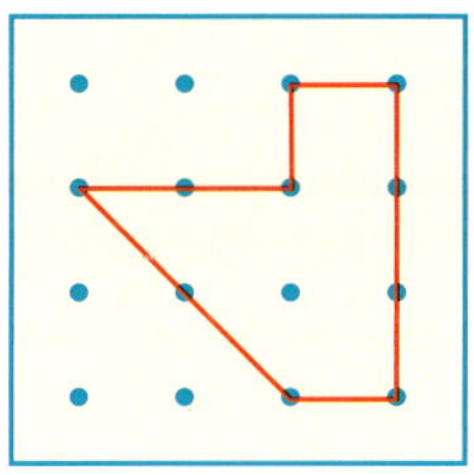
c) 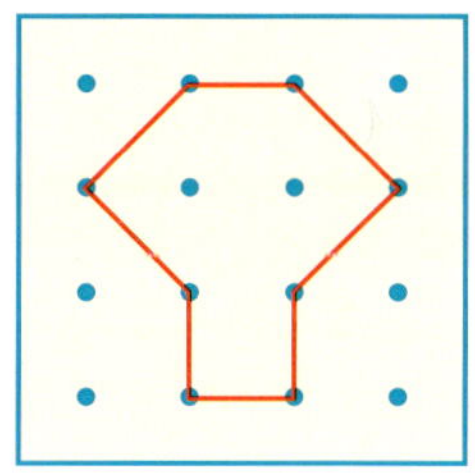
d) 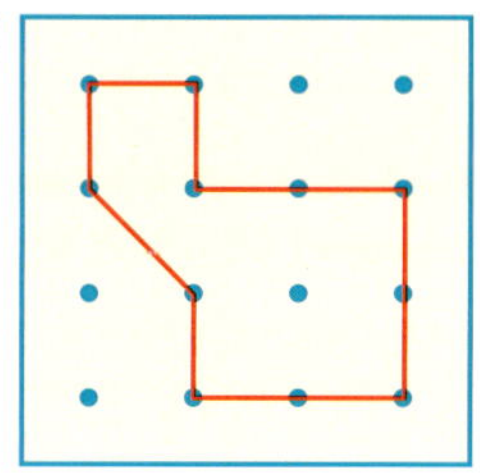

3 Welche Bilder sind Spiegelbilder? Prüfe mit dem Spiegel.

a) 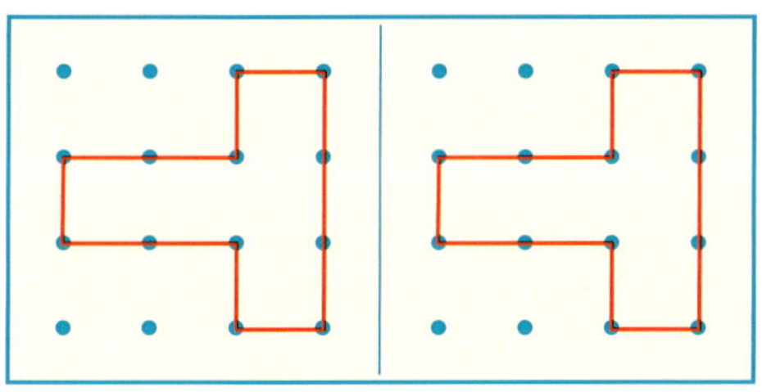
b) 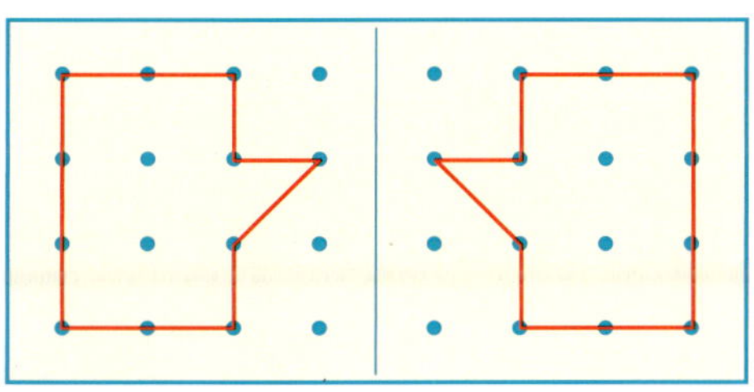
c) 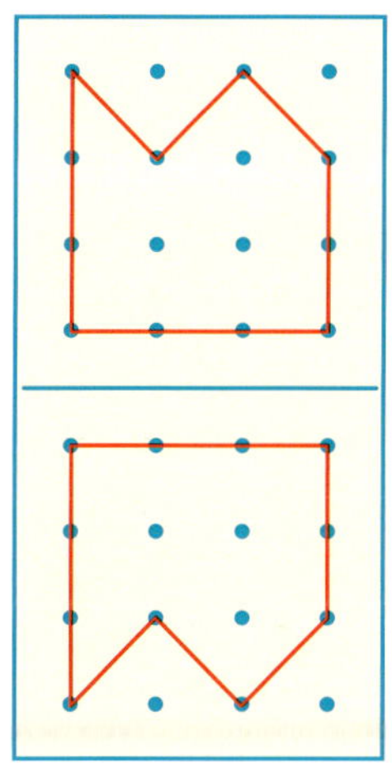
d) 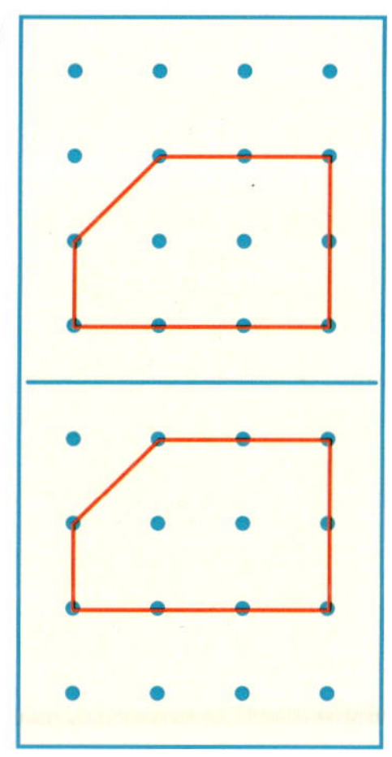

4 Spanne ein Dreieck und zeichne es auf Karopapier.
Dann spanne und zeichne auch das Spiegelbild. Der Spiegel steht a) rechts, b) unten.

5 An welche Stelle wurde der Spiegel gestellt?

Original

oben

links 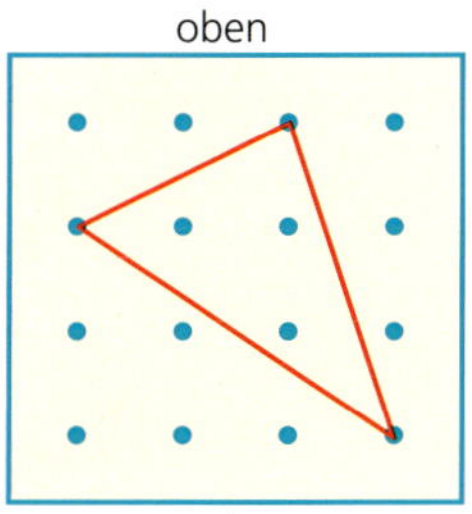 rechts

unten

Spiegelbilder

a) 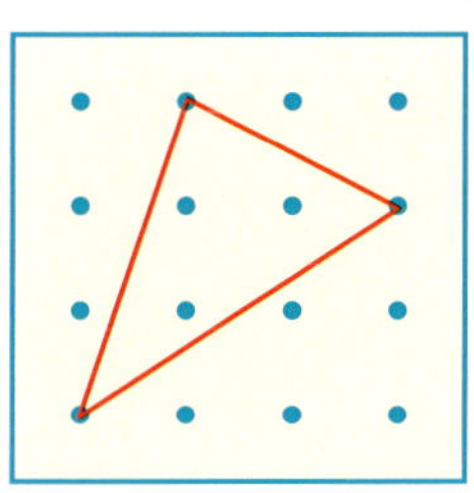
b) 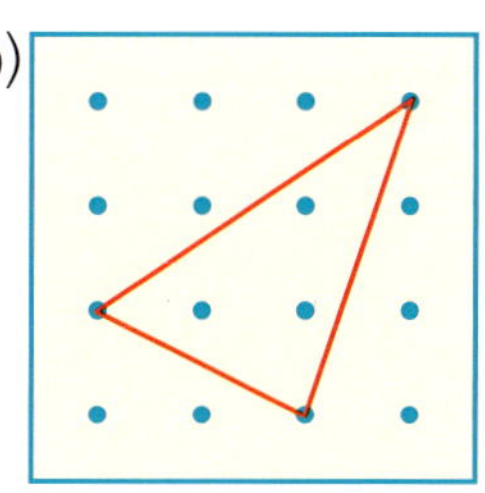

Figuren legen

1 Lege immer ein Plättchen anders.

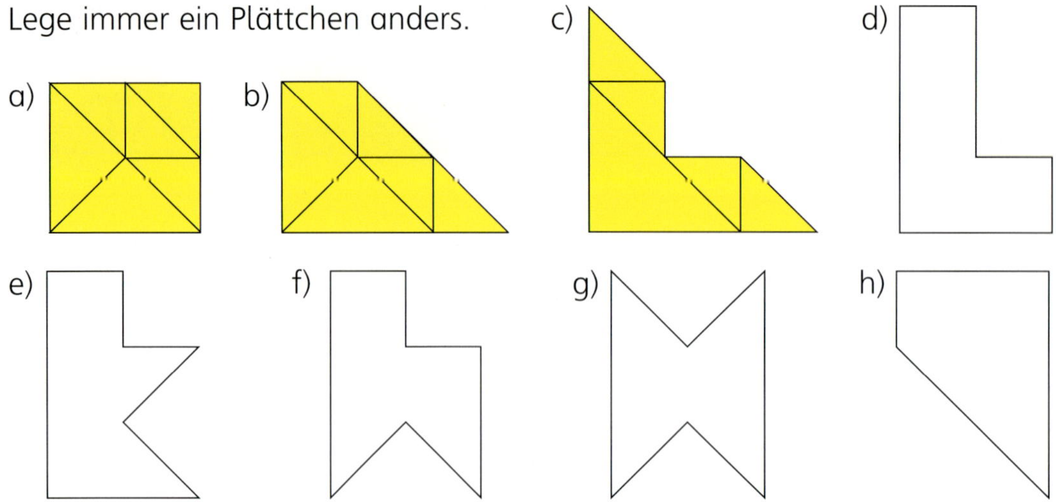

2 Benutze acht kleine Dreiecke. Kannst du alle Figuren legen?

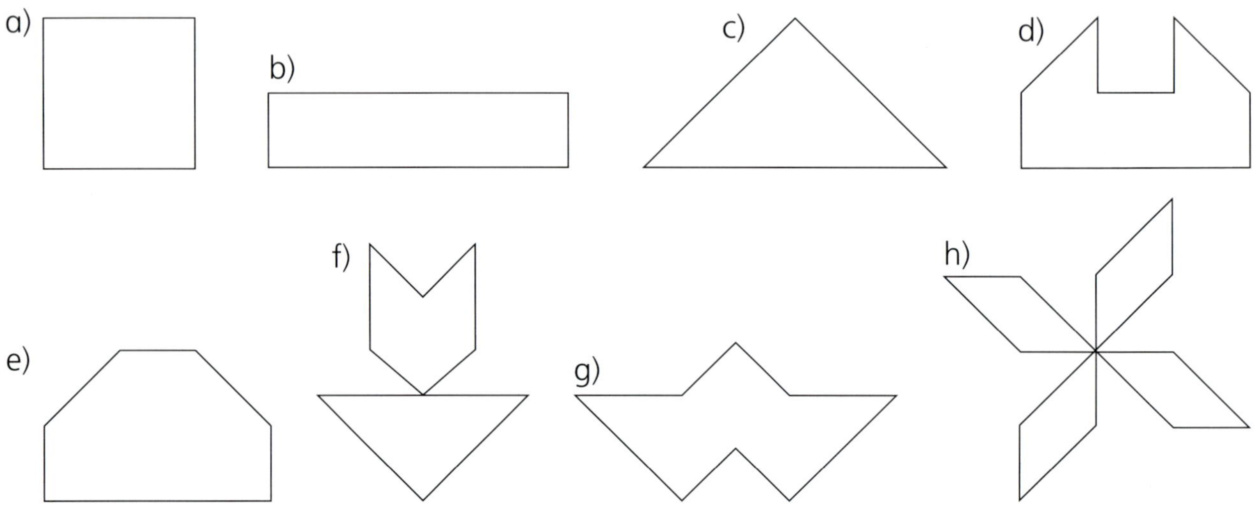

3 Lege immer erst die rote Figur, dann lege zwei Plättchen anders.
Drei Figuren kannst du nicht legen.

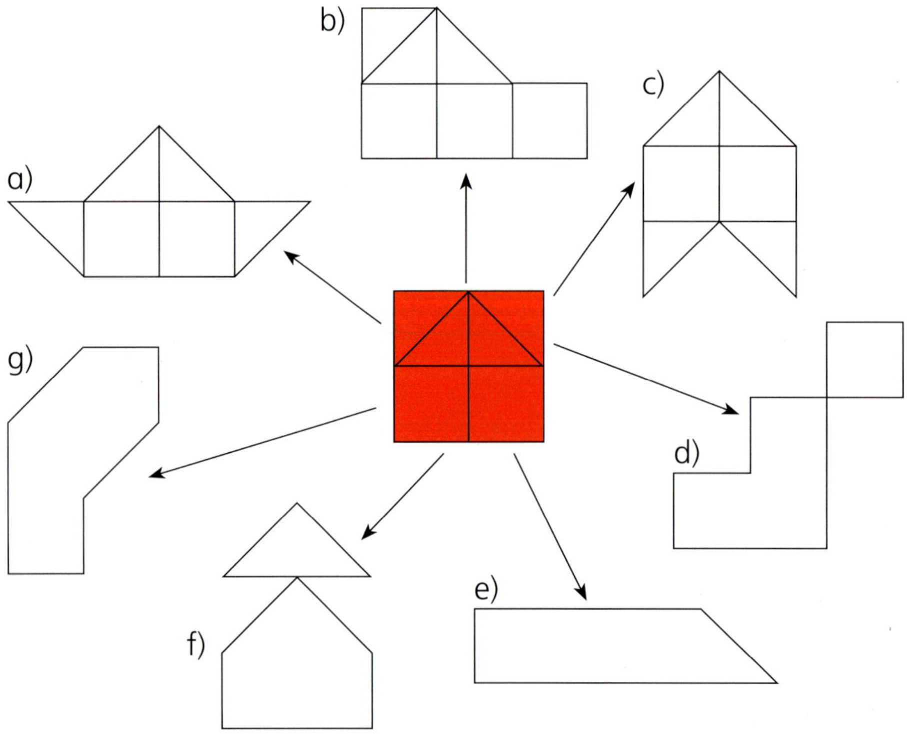

Muster und Ornamente

1 Lege Muster wie Zahlix.

a)

b)

c)

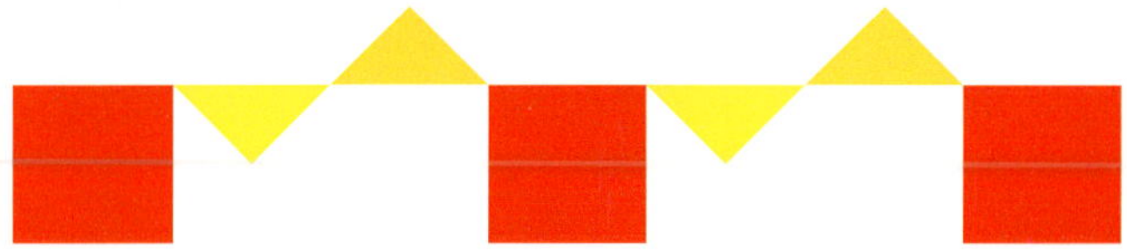

2 Denke dir selbst Muster aus. Lege sie. Dein Nachbar legt sie nach.

3 Zeichne die Muster ab und setze sie fort. Hilfslinien oder Punkte helfen dir beim Zeichnen.

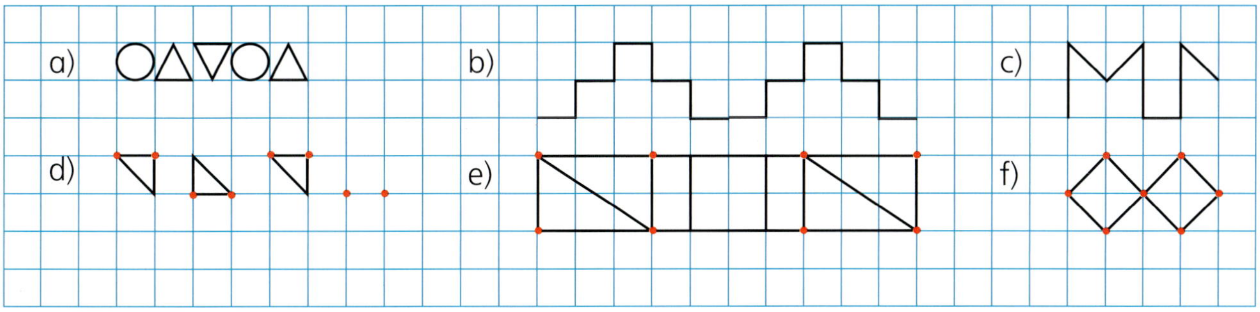

4 a) Was siehst du in den Mustern von Aufgabe 3? b) Welche Formen kommen hier vor?
c) Welche Farben kommen vor? d) Beschreibe die Regel des Musters.

5 Zeichne ab und setze fort.

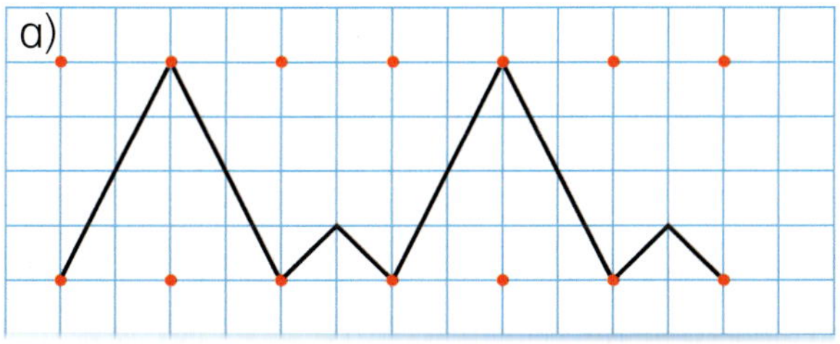

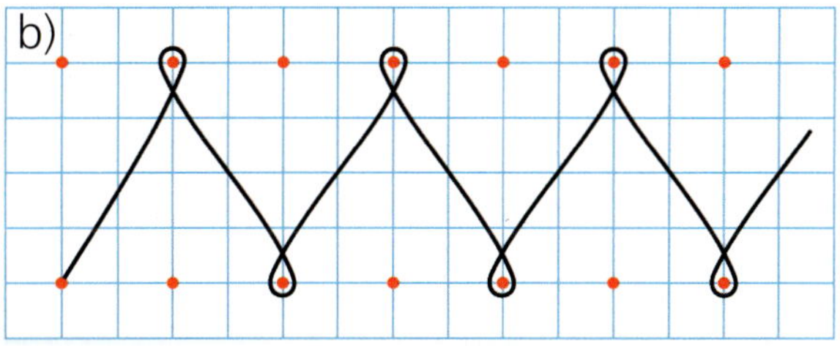

6 Gestalte Ornamente.

7 Wo findest du noch Ornamente?

Bausteine des Wissens und Könnens

Plus- und Minusaufgaben bis 20 auswendig wissen

Addiere 5 und 7.
Die **Summe** ist 12.

5 + 7 = 12

Subtrahiere 7 von 12.
Die **Differenz** ist 5.

12 – 7 = 5

Den Zahlenraum bis 100 kennen

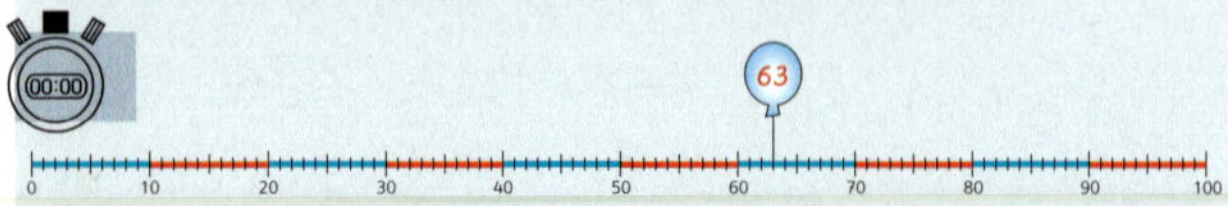

Zahlen auf dem Zahlenstrahl und in der Hundertertafel zeigen und ablesen

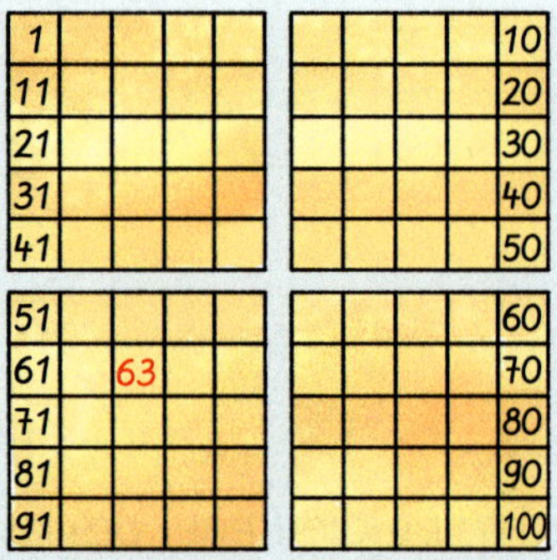

Vorwärts und rückwärts zählen in Einerschritten und in Zehnerschritten

63, 62, 61, 60, 59, …
24, 34, 44, 54, 64, …

Nachbarzahlen bestimmen

Vorgänger	Zahl	Nachfolger
62	63	64

Benachbarte Zehner bestimmen

60	63	70

Gerade und ungerade Zahlen unterscheiden

gerade 60 62 64 66 68

ungerade 61 63 65 67 69

Zahlen der Größe nach vergleichen

27 < 54 — 27 ist kleiner als 54

63 > 36 — 63 ist größer als 36

Zahlen zerlegen in Zehner und Einer

36 = 3 Z + 6 E — 63 = 6 Z + 3 E

Zehnerzahlen addieren, subtrahieren und ergänzen

30 + 50 — 36 + 50 — 36 + ■ = 86
60 – 40 — 63 – 40 — 63 – ■ = 23

Innerhalb eines Zehners addieren, subtrahieren und ergänzen

34 + 5 — 34 + ■ = 39 — 34 + ■ = 40
67 – 4 — 67 – ■ = 63 — 67 – ■ = 60

Einstellige Zahlen mit Zehnerübergang addieren und subtrahieren

27 + 8 = ■ — 35 – 8 = ■

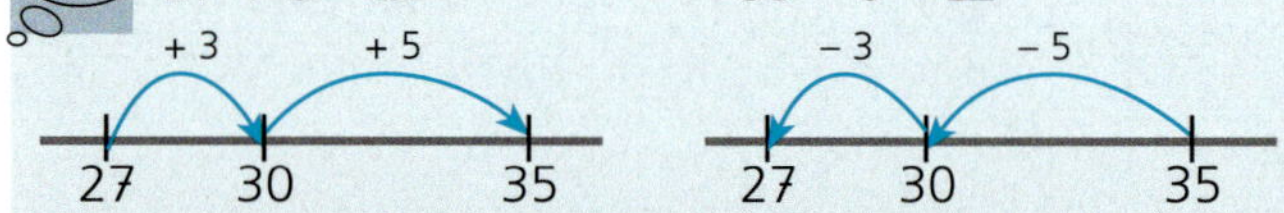

Zweistellige Zahlen addieren und subtrahieren

22 + 15 = ■ — 37 – 15 = ■

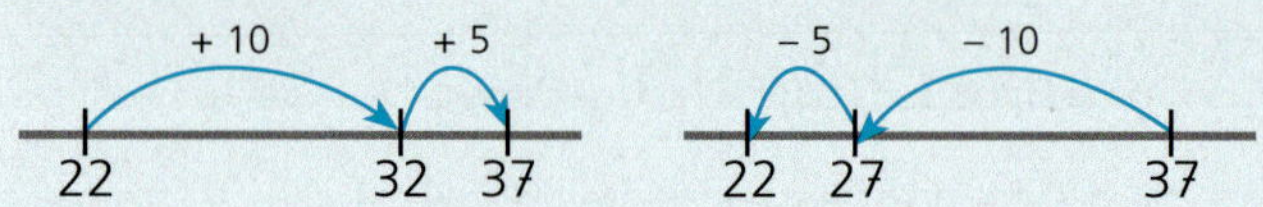

Helferaufgaben nutzen

Tauschaufgabe

7 + 85 = ■ — 85 + 7 = 92

Leichte Nachbaraufgabe

57 + 29 = ■ — 57 + 30 = 87 dann 1 weniger

86 – 29 = ■ — 86 – 30 = 56 dann 1 mehr

Diese Aufgaben sollen die Kinder auswendig wissen oder automatisiert lösen können.

Diese Aufgaben sollen die Kinder mit guten Strategien rechnen.

Sonnen-Aufgaben des Einmaleins auswendig wissen

·	1	2	3	4	5	6	7	8	9	10
1	1	2	3	4	5	6	7	8	9	10
2	2	4	6	8	10	12	14	16	18	20
3	3	6	9		15					30
4	4	8		16	20					40
5	5	10	15	20	25	30	35	40	45	50
6	6	12			30	36				60
7	7	14			35		49			70
8	8	16			40			64		80
9	9	18			45				81	90
10	10	20	30	40	50	60	70	80	90	100

Von den Sonnen-Aufgaben zu den Nachbaraufgaben

a)	b)	c)	d)
☼ 2 · 7	4 · 7	☼ 10 · 7	6 · 7
3 · 7	☼ 5 · 7	9 · 7	☼ 7 · 7
	6 · 7		8 · 7

Verdoppeln und Halbieren

Verdoppeln ↓

3	8	20	25
6	16	40	50

↑ Halbieren

Verwandte Aufgaben

Aufgabe und Tauschaufgabe

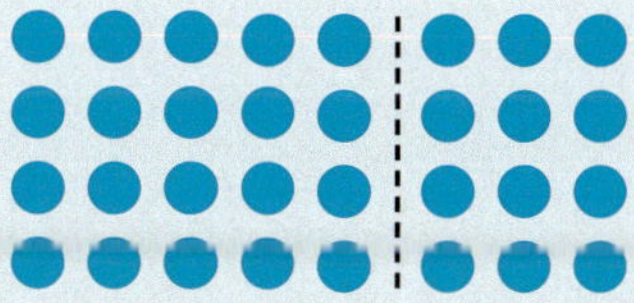

4 · 8 = 32   8 · 4 = 32

Aufgabe und Umkehraufgabe

4 · 8 = 32   32 : 8 = 4

Vier verwandte Aufgaben

Geld

Ein Euro hat 100 Cent.
1 € = 100 ct.

Uhrzeit

morgens 6.30 Uhr	vormittags 10.15 Uhr	nachmittags 14.45 Uhr
abends 18.30 Uhr	nachts 22.15 Uhr	nachts 2.45 Uhr

Ein **Tag** hat 24 Stunden.

Eine **Stunde** hat 60 Minuten. 1 h = 60 min

Eine **Minute** hat 60 **Sekunden.** 1 min = 60 s

Kalender

2011

Mai

Dienstag, 3. Mai 2011

Eine **Woche** hat 7 Tage.

Ein **Monat** hat 28 (29) oder 30 oder 31 Tage.

Ein **Jahr** hat 12 **Monate**.

Mo		2	9	16	23	30
Di		3	10	17	24	31
Mi		4	11	18	25	
Do		5	12	19	26	
Fr		6	13	20	27	
Sa		7	14	21	28	
So	**1**	**8**	**15**	**22**	**29**	

Geometrie

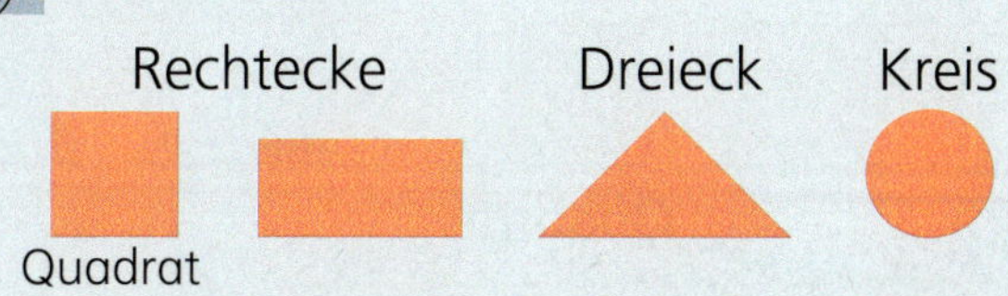

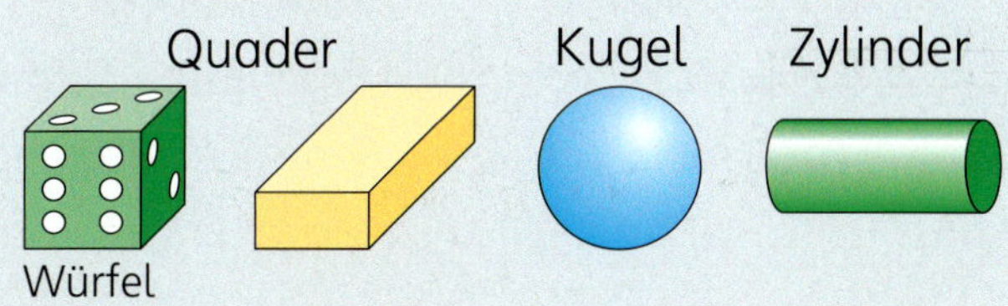

Zahlen ABC

0
B

1	2	3	4	5	6	7	8	9	10
H	O	A	L	E	I	S	T	M	N

11	12	13	14	15	16	17	18	19	20
R	G	F	S	T	E	K	A	D	U

21	22	23	24	25	26	27	28	29	30
C	L	P	A	R	N	D	N	H	O

31	32	33	34	35	36	37	38	39	40
V	N	U	E	T	N	S	D	I	P

41	42	43	44	45	46	47	48	49	50
B	M	S	T	H	A	I	E	T	F

51	52	53	54	55	56	57	58	59	60
D	F	K	L	Ä	S	W	H	C	M

61	62	63	64	65	66	67	68	69	70
R	Ö	K	G	D	S	I	V	N	P

71	72	73	74	75	76	77	78	79	80
U	N	W	E	L	G	H	Ü	R	V

81	82	83	84	85	86	87	88	89	90
T	U	C	R	A	T	I	Z	X	W

91	92	93	94	95	96	97	98	99	100
T	D	I	O	H	R	M	I	Q	Z

101
J

Merktafel

Z Zehner · mal Summe Differenz

E Einer : durch 54 + 6 = 60 85 – 3 = 82

Rechtecke Dreiecke Kreis Quader Zylinder

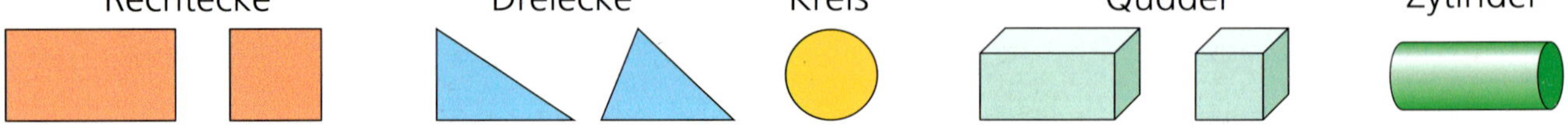

Quadrat Würfel

1 m = 100 cm

1 € = 100 ct

Eine Stunde = 60 Minuten

Eine halbe Stunde = 30 Minuten

Eine Viertelstunde = 15 Minuten

Eine Minute = 60 Sekunden

1 Jahr = 12 Monate

1 Woche = 7 Tage